Schwarzmost

Daniel Badraun wuchs im Engadin auf. Er schreibt Krimis für Erwachsene und Texte für Kinderbücher. Seit mehr als fünfundzwanzig Jahren lebt Badraun mit seiner Frau zwischen dem Bodensee und Schaffhausen. Der Vater von vier erwachsenen Kindern unterrichtet eine Kleinklasse und war sechs Jahre lang Abgeordneter im thurgauischen Parlament.

Dieses Buch ist ein Roman. Handlungen und Personen sind frei erfunden. Ähnlichkeiten mit lebenden oder toten Personen sind nicht gewollt und rein zufällig.

DANIEL BADRAUN

Schwarzmost

KRIMINALROMAN

emons:

Bibliografische Information der Deutschen Nationalbibliothek
Die Deutsche Nationalbibliothek verzeichnet diese Publikation in der Deutschen Nationalbibliografie; detaillierte bibliografische Daten sind im Internet über http://dnb.d-nb.de abrufbar.

MIX
Papier aus verantwortungsvollen Quellen
FSC® C083411
FSC
www.fsc.org

Umschlagmotiv: photocase.de/bellaluna
Umschlaggestaltung: Tobias Doetsch
Gestaltung Innenteil: César Satz & Grafik GmbH, Köln
Lektorat: Irène Kost, Biel/Bienne (CH)
Druck und Bindung: CPI – Clausen & Bosse, Leck
Printed in Germany 2016
ISBN 978-3-95451-955-2
Originalausgabe

Unser Newsletter informiert Sie
regelmässig über Neues von emons:
Kostenlos bestellen unter
www.emons-verlag.de

Für
Fabio, Olivia, Raya und Dario,
die ein Leben voller Farbe leben,

und für

die Beamtinnen und Beamten der Kantonspolizei Thurgau,
die jeden Tag für die Bevölkerung im Einsatz sind.

Heimat

Die blinde Krähe hackt dir in dein Auge.
Die Taube stirbt in ihrem eignen Kot.
Nun dreht man dir den Daumen mit der Schraube,
und einer mischt den Wein mit hartem Brot.

Es flieht die Wahrheit – und die Knochenhand
würgt dich mit ewig kaltem Beben,
der Schrei erstickt, kalt ist das Land.
Hier blüht kein helles, neues Leben!

Es herrschen trübe diese Tränen,
wie eitrig fliessend gelber Neid.
Warum nur kann sich niemand schämen?
Kann keiner bremsen dieses Leid?

Gian-Claudio Manetsch

Prolog

Ein warmer Tag, der Frühling zeigt sich von seiner schönsten Seite. Seit zehn Minuten steht er schwitzend neben dem Hotel SiX, einem modernen Betonbau an der Hauptstrasse, der ihm kaum Deckung bietet. Kurz nach halb eins sieht er, wie drei Männer den Polizeiposten vis-à-vis verlassen.

Seinen Wagen hatte er vor einer Stunde in der Parkgarage beim Einkaufszentrum Karussell abgestellt. Zuerst holte er in der Buchhandlung am Boulevard einen Reiseführer ab, den er vor drei Tagen bestellt hatte. Mountainbike-Touren auf Sardinien. Etwas Ausgefallenes, die Verkäuferin sollte sich an ihn erinnern können.

«Sardinien ist sehr schön», sagte die Buchhändlerin und tippte den Betrag ein.

«Waren Sie schon einmal dort?»

«Ich nicht, aber Freunden von mir hat die Insel sehr gut gefallen.»

«Auch ich kenne Sardinien noch nicht. Wenn alles klappt, gehe ich im September.» Er gab ihr eine Fünfzigernote.

«Mit dem Mountainbike?»

Er lächelte. «Man kann nicht immer am Strand liegen.» Er nahm das Wechselgeld entgegen und trat hinaus auf die Strasse. Falls er einem Bekannten über den Weg lief, war er wegen des Buchs hier in Kreuzlingen. Das musste als Grund ausreichen.

Um zwanzig vor zwölf trank er einen Kaffee im Selbstbedienungsrestaurant des Einkaufszentrums. An den Tischen sassen einige Rentner beim frühen Mittagessen. Als er den Zuckerbeutel aufriss, verschüttete er die Hälfte. Der Kaffee war viel zu heiss, er liess die halb volle Tasse stehen und machte sich auf den Weg. Er durfte nicht zu früh beim Grenzübergang sein. Er wollte nicht auffallen, was der Fall wäre, wenn er zu lange zwischen Zollgebäude und Polizeiposten herumstand. Kam er aber zu spät, waren die drei Männer schon weg und seine ganzen Bemühungen umsonst. Das Ganze war eine Frage des Timings. Und darin war er nicht besonders gut.

Gleich hinter dem «Karussell» begann die Schützenstrasse, dieser folgte er bis zur Einmündung Alleestrasse und wandte sich nach rechts. Beim Bahnhof war im Moment nicht viel los. Zwei Trinker sassen auf einer Bank beim Busbahnhof und leerten ihre Büchsen Bier. Bei der Post nahm er die Unterführung. Statt hinauf zu den Perrons zu steigen, ging er geradeaus weiter und kam ins Neubauquartier hinter den Geleisen. Nun setzte er die Schiebermütze und die Sonnenbrille auf und klappte den Kragen der dunklen Lederjacke hoch. Er folgte dem Fussweg rechts durch die gesichtslose Siedlung hinüber zur Brückenstrasse, diese führte ihn direkt an sein Ziel: das Polizeigebäude auf der anderen Strassenseite, gleich beim Zoll.

Die Wartezeit kam ihm lange vor. Vielleicht waren die Männer schon weg. Vielleicht war heute alles anders. Möglich war auch, dass sie den Wagen nahmen und an einem anderen Ort die Grenze überquerten. Dann konnte er ihnen nicht folgen.

Vielleicht irrte er sich auch und bildete sich die ganze Geschichte nur ein. Was wusste er denn?

Er ist erleichtert, als die drei Männer das Polizeigebäude verlassen, kurz stehen bleiben und in Richtung Zollanlage davonschlendern. Drei junge Männer mit offenen Mänteln auf dem Weg zu einem guten Mittagessen drüben in Konstanz. Der Dunkelhaarige in der Mitte ist Franco Rossi. Bruno Kohler geht links von ihm, sein Kopf ist kahl rasiert und er hinkt etwas. Sven Metzger geht rechts. Er hat blonde Haare und einen Dreitagebart.

Beim Grenzübergang bleiben die Männer kurz stehen, lachen und scherzen mit den Zollbeamten und gehen dann weiter. Als sie drüben sind, macht er sich auf den Weg. Unbehelligt erreicht er Deutschland. Die Schweizer Beamten kümmern sich um die Einkaufstouristen und ihre vollen Taschen, die Deutschen stempeln Ausfuhrscheine. Nach der Eröffnung des Autobahnzolls vor einigen Jahren wurde dieser Übergang für motorisierte Fahrzeuge gesperrt, einer von vielen Versuchen, die beiden

Stadtzentren vom Verkehr zu entlasten. Seither überqueren hier viele Fussgänger und Velofahrer die Grenze und profitieren vom kurzen Weg zwischen den zwei Städten.

In einigem Abstand folgt er den drei Männern, die gut gelaunt zu sein scheinen. Immer wieder hört er ihr Lachen, sieht, wie sie gestikulieren. Kleine Coiffeurgeschäfte, Antiquitätenläden und Schnellrestaurants bieten ihm kaum Deckung. Bei der Einmündung der Kreuzlinger in die Emmishofer Strasse überqueren die Männer die Fahrbahn und klingeln an einem Haus aus der Gründerzeit. Er sieht die Person nicht, die öffnet, nur dass Kohler und Metzger im Haus verschwinden, während sich Rossi draussen auf der Strasse eine Zigarette anzündet und sich umschaut. Er zieht sich etwas zurück und wartet.

Eine junge Frau mit einer grossen Tasche bleibt mit ihrem Kinderwagen stehen, denn das Kind an ihrer Hand zerrt in eine andere Richtung und reisst sich schliesslich von ihr los. Es ist das Schaufenster eines Modelleisenbahngeschäfts, das eine magische Anziehungskraft hat. Ein angegrauter Herr mit Hut macht Platz, sodass sich das Kind die Nase am Schaufenster platt drücken kann. Die Frau kommt dazu, der Mann sagt etwas, beide lachen.

Unterdessen hat Rossi fertig geraucht und schaut auf die Uhr.

Vor einem Thai-Imbiss steht eine Dame mit Hündchen und spricht mit einer unsichtbaren Person im Innern. Die Frau mit dem Kind hat ihre Tasche in den Kinderwagen gestellt und ist weitergegangen, der Alte schaut immer noch die Lokomotiven und Waggons im Schaufenster an. Drei junge Männer kommen aus dem Kebabladen an der Ecke und scherzen mit ein paar Mädchen, die ziemlich langsam vorbeigehen, dann stehen bleiben und miteinander tuscheln. Herzhaft beissen die Burschen in ihre Kebabs. Sauce tropft aufs Pflaster, die Mädchen lachen. Drei munter schwatzende Frauen kommen mit vollen Taschen vorbei und verschwinden in Richtung Zollstelle Emmishofer Tor.

Metzger und Kohler kommen aus dem Haus und sagen

etwas zu Rossi, dieser schüttelt den Kopf. Metzger geht noch einmal ins Haus. Rossi zündet eine weitere Zigarette an, Kohler scheint ihm etwas zu erklären. Kurz darauf ist Metzger wieder an der Türe, er sagt etwas zu seinen Begleitern. Nun scheinen alle zufrieden zu sein, denn Rossi und Kohler nicken. Metzger dreht sich um, sagt etwas zu einer Person, die wohl hinter ihm im Hausgang steht.

Die drei Männer gehen an den Kebab essenden Jugendlichen vorbei. Er wartet einen Moment, dann schlendert er hinüber zur Häuserzeile an der Emmishofer Strasse. Links ein Videoschuppen, im Schaufenster die Umrisse einer Frau. Gleich daneben der Hauseingang, in dem Kohler und Metzger verschwunden sind. Die Namen an den Briefkästen sagen ihm nichts. Marinkovic, Iljazi, Cubedu, Ritter. Im Erdgeschoss das Büro einer Handelsfirma. Müller Trading.

Während er an verschiedenen Restaurants vorbeigeht, bleiben die Männer vorne an der Ampel beim Fussgängerstreifen stehen. Als die Ampel auf Grün wechselt, spazieren sie hinüber. Er wartet noch einen Augenblick und will losgehen. Er hat aber zu lange gezögert, denn die Ampel hat bereits wieder auf Rot gewechselt. Die andern Fussgänger bleiben stehen. Ein Blick nach links, dann läuft er los. Ein Auto mit Berner Kennzeichen hupt, der Bus dahinter bremst ab. Auf der Fussgängerinsel in der Mitte der Fahrbahn bleibt er stehen. Von rechts kommen die Autos ziemlich schnell, er muss auf eine Lücke warten. Rossi, Kohler und Metzger sind bereits durch das Schnetztor und nicht mehr zu sehen.

Endlich ein Cabrio mit Zürcher Kennzeichen, das etwas langsamer unterwegs ist. Er überquert die Fahrbahn und nähert sich dem Torbogen. Auf der Seite des Turmrestaurants sitzt ein Bettler und streckt ihm murmelnd seine Blechbüchse entgegen. Weiter in die Altstadt hinein. Gitarren und Blasinstrumente im Fenster des Musikhauses zu seiner Rechten, drinnen Klaviere und Kunden, die sich ein Saxofon anschauen. Beim Teegeschäft und dem Haus, in dem Jan Hus während des Konzils wohnte, bevor er eingekerkert und als Ketzer verbrannt wurde, macht die Gasse einen Knick nach rechts. Kleine Geschäfte säumen den Rand. Er bleibt stehen, vor sich etliche Passanten. Erleichtert stellt er fest, dass die drei Männer weiter vorne vor dem Schaufenster eines Reisebüros stehen. Rossi verschwindet kurz im Innern, um wenig später mit einem Prospekt in der Hand zurückzukommen. In der Hussenstrasse sind so viele Menschen unterwegs, dass er kaum fürchten muss aufzufallen. Trotzdem lässt er den Männern einen genügend grossen Vorsprung.

Auf der Höhe des Warenhauses Karstadt wenden die drei nach links, hier befindet sich ein kleiner Platz mit Bäumen, der in die Hieronymusgasse mündet. Auf dem Kopfsteinpflaster stehen die Kisten eines Blumengeschäftes. Die verschiedenfarbigen Blüten wecken Frühlingsgefühle bei ihm, er will gleich morgen bei der Landi, der landwirtschaftlichen Genossenschaft, vorbeischauen und Pflanzen und Erde kaufen. Das Wetter soll weiterhin schön und warm bleiben, so steht seiner Pflanzaktion nichts im Wege. Rechts am Rand seines Gesichtsfeldes nimmt er eine Bewegung wahr; eine Gestalt, die ihm bekannt vorkommt, betritt das Warenhaus. Der Moment ist nur kurz, sodass er nicht sagen kann, was ihn dabei irritiert. Er wischt den Gedanken weg, denn er darf sich jetzt nicht verzetteln, darf die drei Männer nicht aus den Augen verlieren.

Metzger, Kohler und Rossi machen es ihm einfach. Sie setzen sich vor dem Restaurant «ExxTRA» an den letzten freien Tisch und beginnen, die Speisekarte zu studieren. Die Bedienung kommt, grüsst lächelnd, nimmt einen Schreibblock hervor. Er nutzt die Gelegenheit, geht mit abgewandtem Gesicht vorbei bis um die Hausecke herum und in die enge Gasse hinein. Dann bleibt er stehen. Rechts an der Mauer ein Kreuz mit einer grossen Christusfigur, die zu ihm herunterschaut. Wie weiter?

Hier herumstehen kann er nicht. Ein Erwachsener, der unentwegt um eine Hausecke schaut, fällt auf. Auch auf dem kleinen Platz gibt es kein gutes Versteck, dort würde er bald von Kohler, Metzger und Rossi entdeckt. Das muss er unbedingt vermeiden. Bleibt das Restaurant selber. Es verfügt über einige Fenster im ersten Stock, von dort oben sollte es möglich sein, den Tisch unbemerkt zu beobachten. Ein Blick um die Hausecke herum, die drei Männer am Tisch sind mit der Speisekarte beschäftigt, schnell geht er der Hauswand entlang bis zur Eingangstüre des «ExxTRA» und kommt in ein geräumiges Treppenhaus. An den vielen Kulturplakaten vorbei steigt er nach oben, betritt das angenehm kühle Restaurant und schaut sich um. Viel Holz, dunkle Farben, ein einziger Gast sitzt hier drin und liest die Zeitung.

«Wollen Sie sich draussen auf den Balkon setzen? Es hat noch Platz.» Hinter der Theke steht eine junge Frau und schaut ihn neugierig an.

«Gibt es hier einen Balkon?» Er ist verwirrt, denn den hat er von unten nicht gesehen, nur die Fenster.

«Da drüben.»

Er geht hinaus, eine Reihe Tische, drei sind besetzt, die anderen noch frei. Der Balkon befindet sich über der Gasse, von seinem Platz aus sieht er den Gekreuzigten. Wenn er sich über das Geländer lehnt, hat er rechts einen Teil des Platzes im Blick, auch den Tisch mit den drei Männern. Eben heben sie ihre Gläser und prosten sich zu.

«Was darf ich Ihnen bringen?»

Er zuckt zusammen, fühlt sich ertappt. «Bringen Sie mir ein Glas Mineralwasser. Und einen Espresso.»

Einen Moment setzt er sich hin, reibt sich nervös die Hände, steht wieder auf und stellt sich ans Geländer. Niemand scheint ihn zu beachten, die Leute auf dem Balkon sind mit sich und ihrem Gegenüber beschäftigt.

Wieder der Blick nach rechts. Bei den Männern werden drei grosse Teller aufgetragen.

«Der Espresso und das Wasser.» Er dreht sich um. «Schön, die Aussicht, nicht wahr?»

Er zeigt auf die Getränke. «Kann ich gleich bezahlen? Ich warte auf einen Freund, wenn er kommt, muss ich los.» Eine vage Geste nach unten. Er legt einen Fünfeuroschein auf den

Tisch, nimmt das Glas mit dem Mineralwasser und dreht sich wieder zum Geländer.

Plötzlich hat er das Gefühl, dass etwas nicht stimmt. Rossi, Metzger und Kohler sitzen hinter ihren Tellern und essen mit grossem Appetit. Sie schauen kaum auf, scheinen also niemanden zu erwarten. Er lässt seinen Blick über die anderen Tische wandern. Einheimische und Touristen, die zu Mittag essen und die Frühlingssonne geniessen. Niemand, der sich auffällig benimmt. Dann sieht er ihn, den älteren Mann mit Hut, den er schon beim Geschäft mit den Modelleisenbahnen gesehen hat. Auch erinnert er sich jetzt, dass genau dieser Mann vorhin im Warenhaus Karstadt verschwunden war, nur war er zu sehr mit den drei Männern beschäftigt gewesen und hatte keine Verbindung zur ersten Beobachtung herstellen können.

Nun steht der Mann da unten, er hält eine gestreifte Tasche und schaut hinüber zu Rossi, Metzger und Kohler. Und dann greift er in seine Tasche.

Eine Übergabe, denkt er, und ich bin zu weit weg. Er stellt das Glas auf den Tisch und verlässt den Balkon.

«Der Rest ist für Sie», ruft er der Bedienung zu, durchquert das Restaurant und steigt die Treppe hinunter. Bei der Türe bleibt er stehen und schaut hinüber zu den Tischen.

Der Mann mit dem Hut nähert sich dem Tisch, die Hand immer noch in der Tasche. Gleich wird etwas passieren, denkt er und wartet gespannt.

«Darf ich bitte vorbei?» Eine Frau, die wohl zur Toilette muss, schiebt ihn zur Seite.

«Entschuldigen Sie», sagt er verwirrt und schaut ihr nach, wie sie die Treppe hinaufsteigt.

Ein Schrei lässt ihn herumfahren. Der Mann steht nun wenige Schritte vor dem Tisch. Er hat eine Pistole in der Hand, Metzger springt auf, es knallt einmal, noch einmal. Metzger schreit, Leute rufen durcheinander, Geschirr klirrt, als ein Tisch umgeworfen wird. Passanten werfen sich zu Boden. Gäste eilen zum Eingang, um sich in Sicherheit zu bringen.

«Wir brauchen einen Krankenwagen!», schreit jemand.

Er kämpft sich gegen den Strom, ist draussen und schaut sich um. Der Schütze ist verschwunden, Metzger liegt am Boden, Kohler und Rossi kauern neben ihm. Ein Mann steht daneben und telefoniert.

Er nutzt das Durcheinander aus und verschwindet in der Menge.

EINS

Gaudenz Huber hört, dass seine Frau Claudia wach liegt. Sie dreht sich vom Rücken auf die Seite, von der Seite auf den Bauch. Sie legt sich das Kopfkissen zurecht, schiebt die Decke zur Seite, um sich gleich darauf wieder einzuwickeln. Einmal spürt er ihr Knie auf seinem Oberschenkel, kurz nur, dann zieht sie das Bein schnell wieder zurück, als hätte sie sich verbrannt. Gaudenz weiss, dass Claudia auf seine Frage wartet, dass sie sich von seiner Bewegungslosigkeit und seinem flachen Atem nicht täuschen lässt.

Diese Gespräche um Mitternacht bringen oft nichts Gutes, manchmal Streit, manchmal eine tiefe Traurigkeit, nur selten enden sie in gegenseitigem Verstehen. Abwenden lassen sie sich jedoch kaum, denn Claudia wird sich hin und her drehen, bis er nachgibt und fragt.

Endlich hält er es nicht mehr aus. «Kannst du nicht schlafen?»

«Nein.»

«Warum nicht?»

«Weil ich immerzu an unsere Mädchen denken muss?»

Er ist erleichtert. Beim Thema «unsere Mädchen» sind sie sich meist einig. «Das mache ich auch. Und trotzdem kann ich gut schlafen.»

«Weil du eben keine Phantasie hast, Gaudenz.»

«Wer erzählt Sandra und Verena jeden Abend eine neue Geschichte mit der Prinzessin Sosura – und das ohne Buch?»

«Das meine ich nicht.» Sie seufzt. «Geschichten erzählen ist eine Sache, sich die Möglichkeiten der Realität auszumalen, ist etwas ganz anderes.»

«Ich habe eine sehr blumige Phantasie. Auch in der Realität. Das sagt jedenfalls Spinöl.» Als Romeo Koch abstürzte und Jakob Sonder verschwand, wollte Peider Spinöl, der Gemeindepräsident von Sils und Gaudenz' Vorgesetzter, nichts von einem Verbrechen wissen und die Geschichte unter den Teppich kehren. Auch Gaudenz brauchte einige Zeit, bis er die Zusammenhänge verstand. Dann aber konnte ihn auch sein Vorgesetzter nicht davon abhalten, die Vorgänge um die verschwundenen Aktien einer Immobiliengesellschaft aufzuarbeiten und einigen Verantwortlichen gehörig auf den Füssen herumzutrampeln.

«Ich meine nicht in deinem Beruf. Ich denke da eher ans Private.»

Gaudenz spürt einen leichten Stich in der Seite. Wenn Claudia über «das Private» sprechen will, bringt sie heikle Themen aufs Tapet, denen er gerne aus dem Weg gehen würde. Mit Worten wie «Beziehungsarbeit» kann er nichts anfangen. So schweigt er und wartet ab.

«Was sagst du zu diesem Frühling da draussen?» Die Decke raschelt, anscheinend hat sich Claudia aufgesetzt.

«Was meinst du damit?» Gaudenz ist irritiert. «Was hat der Frühling mit unseren Töchtern zu tun?»

«Sehr viel sogar.» Claudia macht Licht. «Die braunen Wiesen, die fauligen Schneehaufen im Schatten, alles ist grau und matt. Sandra und Verena können draussen kaum spielen, die Wiesen sind sumpfig vom vielen Schmelzwasser, im Wald liegt noch Schnee. Wenn die Mädchen heimkommen, sind sie schmutzig und durchfroren.»

«Ach was, die haben auch ihren Spass. Überall wachsen Krokusse, der See ist eisfrei, wenn du genau hinschaust, siehst du den grünen Schimmer an den Sonnenhängen.»

«Ich will keinen grünen Schimmer, ich will Primeln und Osterglocken sehen, fettes Gras, gelbe Forsythien und blühende Magnolienbäume.»

«Wir könnten am Samstag hinunter nach Chiavenna fahren und auf der Piazza eine Glacé essen.»

«Wozu? Um am Abend wieder hierher zurückzukehren? Den ganzen Tag hocke ich in dieser Wohnung. Zwischendurch spaziere ich im Wind durchs Dorf, dies nur, um festzustellen, dass viele Häuser verschlossen sind, weil diese Jahreszeit den

Gästen nichts bietet. Die Hotels sind zu, viele Geschäfte haben dichtgemacht. Wenn du nach St. Moritz zu einem Bummel fährst, siehst du bloss ausgeräumte Schaufenster.»

«Mir gefällt die Zwischensaison», sagt Gaudenz leise.

«Dir vielleicht.» Claudia atmet tief durch. «Das meine ich eben mit der mangelnden Phantasie. Du kannst dir nicht vorstellen, wie ein wirklicher Frühlingstag im Flachland sein kann. Ein Spaziergang durch Blumenwiesen übersteigt deine Vorstellungskraft.»

«Ich freue mich eben auf den Bergfrühling.» Er versucht sie zu beruhigen.

«Wann blühen Enzian, Alpenrose und Anemone? Im Juli?»

«Ende Mai. Und es ist wunderbar.»

«Wenn du Glück hast, dann schneit es dir auf die Blumen.»

«Du bist ungerecht, Claudia, ich habe schon die ersten Tulpen an der Hauswand gesehen.» Gaudenz nimmt ihre Hand. Sie legt sich wieder hin, schaut ihm in die Augen.

«Wenn ich meine Eltern im Thurgau anrufe, erzählen sie vom hohen Gras, von milden Winden, vom Regen, der alles sauber wäscht. Die Kinder von meiner Schwester rennen barfuss und in kurzen Hosen herum, sie spielen am See und sind mit dem Velo unterwegs. Und was machen Sandra und Verena? Sie streiten die ganze Zeit, weil sie nicht rauskönnen. Sie gehen sich in unserer engen Wohnung auf die Nerven.» Tränen rinnen über Claudias Wangen.

Gaudenz spürt die Trauer und Verzweiflung seiner Frau. Er liegt da, hält ihre viel zu heisse Hand, kann nichts tun, nichts sagen. Irgendwann schliesst sie die Augen, dreht ihm den Rücken zu, schläft ein. Er hört ihren Atemzügen zu, seine Gedanken kreisen um das Unmögliche.

In drei Wochen würden die Maiferien beginnen. Die Schulen, die verbliebenen Restaurants, das Kino und die Hallenbäder sind geschlossen. Alle, die können, suchen das Weite, um für die bevorstehende Sommersaison aufzutanken. Dann könnte Claudia zu ihren Eltern in den Frühling fahren.

Er hatte zwar bei Spinöl Ferien eingegeben, doch bewilligt

wurden ihm nur einige Freitage. Es gab zu viele Arbeiten, die im Winter liegen geblieben waren und die nun erledigt werden mussten. Ausserdem würde Giacun Rauch, der zweite Gemeindepolizist von Sils, nach einer Knieoperation noch mehrere Wochen ausfallen und konnte ihn nicht ablösen.

Gaudenz müsste mit seiner Frau, die noch nichts davon weiss, über die Ferien sprechen. Nach diesem nächtlichen Gespräch weiss er aber noch nicht, wie er dieses Problem anpacken soll.

ZWEI

Gaudenz langweilt sich. Er sitzt an seinem Schreibtisch im ersten Stock des Gemeindehauses von Sils. Sein Blick wandert hinaus in den grauen Aprilmorgen, in einen Frühling, der noch keiner ist. Claudia hat schon recht mit ihren spitzen Bemerkungen über die etwas spezielle Form dieser Jahreszeit. Als Engadiner fühlt er sich verpflichtet, ihren Angriff abzuwehren und sein Tal zu verteidigen. Dabei sind die Wochen der Schneeschmelze zwischen Saisonende und Bergfrühling wirklich nicht leicht auszuhalten. Wer kann, verschwindet aus dem Tal und kehrt erst Anfang Juni wieder zurück.

Die Bürotage vergehen viel zu langsam. Wie er das hasst. Formulare ausfüllen, Berichte verfassen, erledigte Geschäfte abheften. Die liegen gebliebenen Papierberge sind die Ausbeute einer ereignisreichen Wintersaison. Gaudenz lehnt sich zurück, gähnt. Auf der linken Seite liegt ein Stoss mit unerledigten Aufträgen. Auf der rechten Seite einige wenige Mäppchen mit Geschäften, die er bereits abgearbeitet hat und die er später der Bürolehrtochter Cornelia weitergeben wird, die diese Papiere irgendwo im Archiv deponiert. Dort werden die Akten ungelesen verstauben und in zig Jahren hervorgeholt und geschreddert.

Auf dem Boden liegen wild verstreut verschiedenfarbige Aktenordner, darauf kleben Merkzettel, die angeben, was zu tun ist. Gaudenz nimmt sich ein neues Mäppchen vor. Er kann sich aber kaum auf das Protokoll, das vor ihm liegt, konzentrieren. Noch eine Stunde bis zur Kaffeepause. Kurz davor will er hinüber zum Gemeindepräsidenten.

«Peider», wird er zu Spinöl sagen, «diese paar Freitage reichen einfach nicht aus. Ich brauche mehr, sonst kann ich mich nicht erholen.»

Da könnte ja jeder kommen, würde Spinöl antworten, es herrsche Personalknappheit auf der Gemeindeverwaltung von

Sils, er selber sei zwei Wochen abwesend – Velofahren auf Mallorca, wie letztes Jahr –, da müsse einfach jemand im Büro sein und die Stellung halten. Dieses Jahr treffe es Gaudenz, das sei nun einfach nicht mehr zu ändern. Die Dienstpläne hätte die Gemeindeschreiberin Gianna Rohner bereits vor einem Monat verteilt, damals hätte er sich nicht dagegen gewehrt. Ausserdem sei Giacun Rauch nach einer Knieoperation noch nicht wieder einsatzfähig. Es würde einfach zu viel Arbeit liegen bleiben, wenn Gaudenz nun auch noch die Gemeinde im Stich lassen würde.

«Bist du gerne Gemeindepolizist? Dann weisst du auch, dass dies nicht einfach so ein Nullachtfünfzehn-Job ist, bei dem man eben mal hingehen kann und die Stempeluhr bedient. Du bist ein wichtiger Teil der Dorfgemeinschaft, das verpflichtet. Vergiss das nie, Gaudenz.»

Bei so viel Dramatik müsste er wohl klein beigeben und betreten schweigen. Spinöl würde erklären, dass er ihn ja gut verstehen könne. Es sei für ihn auch wichtig, dass sich seine Mitarbeiter nach der Wintersaison gut erholen können, nur so sei der Dienst für die Bevölkerung auch in der Sommersaison gewährleistet. Er sei ja kein Unmensch und würde ihm also gerne noch einige weitere Freitage bewilligen, dies müsse er aber noch genau mit der Gemeindeschreiberin absprechen.

Gaudenz würde dankbar einschlagen und das Erreichte am Mittagstisch als seinen grossen Sieg präsentieren. Allerdings ist er nicht sicher, ob Claudia mit einer knappen Woche gemeinsamer Ferien zufrieden sein würde. Die Diskussion mit seiner Frau liegt ihm noch mehr auf dem Magen als das Gespräch mit Spinöl. Er schaut wieder hinaus auf die grauen Dächer und die Bergspitzen dahinter. Oben liegt noch viel Schnee, im Tal herrschen beste Verhältnisse für Tourenskifahrer, nicht aber für wintermüde Ehefrauen.

Er versucht erneut, sich auf das Protokoll auf dem Schreibtisch zu konzentrieren, doch seine Gedanken schlagen weiterhin Saltos und sind kaum zu bändigen.

Das Telefon klingelt. Dankbar für die Ablenkung hebt er ab.

«Gemeindepolizei Sils, Huber.»

Erst jetzt sieht er auf dem Display, dass es ein interner Anruf ist.

«Gaudenz, kannst du bitte rüberkommen?» Spinöl hüstelt.

«Jetzt gleich?», fragt Gaudenz, der es plötzlich gar nicht mehr eilig hat, seinem Vorgesetzten gegenüberzutreten.

«Jetzt gleich. Es gibt da ein Problem, das wir lösen müssen.» Spinöl hat aufgelegt.

Wenn Spinöl seine Probleme nicht alleine lösen kann, bedeutet dies im Allgemeinen viel Arbeit für Gaudenz. Viel Arbeit wiederum bedeutet, dass er seine zusätzlichen Freitage vergessen muss, ohne überhaupt darum gebeten zu haben. Langsam schiebt er das Protokoll ins dazugehörige Mäppchen und legt dieses auf den Stoss mit den unerledigten Geschäften zurück. Dann richtet er die zwei Kugelschreiber parallel zur Schreibunterlage aus und steht auf. Erstaunlich, wie kurz der Weg zwischen den beiden Büros doch ist. Erstaunlich auch, wie schnell sich seine berufliche und familiäre Situation ändert. Zum Schlechten, das versteht sich. Enttäuschung und Wut nehmen ihm fast den Atem, ein dumpfes Gefühl breitet sich in seiner Magengegend aus. Warum nur, fragt er sich bei seinen letzten Schritten, muss in meinem Leben alles so kompliziert sein?

Die Türe mit der Aufschrift «Gemeindepräsident» ist nur angelehnt. Gaudenz klopft und wartet auf das zackige «Herein!» seines Chefs.

«Die Türe ist offen», ruft dieser stattdessen unerwartet sanft, was auf ein sehr kompliziertes Problem hindeutet.

Gaudenz betritt das Büro des Gemeindepräsidenten, der hinter seinem etwas zu grossen Schreibtisch verloren wirkt. Normalerweise hantiert Spinöl mit Akten, wenn jemand zu ihm kommt, oder er täuscht mit einem Telefonanruf Wichtigkeit vor. Heute sitzt er einfach nur da und starrt den Gummibaum an, der in der Zimmerecke steht.

«Du wolltest etwas mit mir besprechen?»

«Genau.» Spinöl fasst sich wieder. «Setz dich doch. Kaffee?»

Ohne auf eine Antwort zu warten, zieht er das Telefon zu sich heran. «Cornelia, kannst du uns bitte zwei Espresso bringen. Danke!» Dann trommelt er mit den Fingern einen Marsch auf die Tischplatte. «Erstaunlich, nicht wahr?»

Gaudenz nickt, es ist wirklich erstaunlich, wie zerstreut und gleichzeitig gespannt Spinöl dasitzt und auf etwas zu warten scheint, das von irgendwoher kommen soll.

«Entschuldigung», sagt Cornelia und stellt das Tablett mit zwei dampfenden Tassen ab. «Ich habe den Anhang der Mail ausgedruckt», erklärt sie und legt ein Mäppchen auf den Schreibtisch.

«Danke, Cornelia.» Spinöl zieht das Mäppchen zu sich heran. «Kannst du noch die Türe zumachen?»

Gleich wird es losgehen, denkt Gaudenz und hält den Atem an. Stattdessen deutet Spinöl auf die Tasse. «Bitte schön.» Nachdenklich rührt er in seinem Espresso.

«Du hast etwas von einem Problem gesagt.» Gaudenz nimmt einen Schluck. Der Kaffee ist heiss, stark und bitter, so wie er ihn mag. «Um was geht es?»

Spinöl zieht drei eng beschriebene Blätter aus dem Mäppchen. «Wie steht es bei dir mit der Weiterbildung?»

«Im letzten Jahr habe ich diesen Verwaltungskurs in Chur besucht», sagt Gaudenz und denkt an die Tage in der Hauptstadt, an das heisse Kurslokal, an die vielen Papiere, die er durcharbeiten musste, an die Abschlussprüfung, die er mit Bravour bestanden hatte. Das Resultat war allerdings, dass er danach noch mehr Büroarbeit zu erledigen hatte, weil er ja nun ein Experte in diesem Bereich war.

«Und wie sieht es mit Polizeitechnik aus?»

«Wir sind doch nicht bei der Kantonspolizei.»

«Es könnte aber nicht schaden, wenn du mehr über die richtige Polizeiarbeit wissen würdest, oder?»

«Natürlich nicht.» Gaudenz denkt an die herablassende Art der Kollegen von der Kantonspolizei Graubünden, wenn sie einen Fall von den Beamten der Gemeinde übernehmen. Vor allem Raselli, der Chef des Postens in Silvaplana, hat eine besondere Begabung dafür, ihn und Giacun Rauch wie Schulbuben aussehen zu lassen. «Allerdings dürfen wir bestimmte Bereiche gar nicht bearbeiten.»

«Trotzdem fände ich es sehr gut, wenn du mal richtige Polizeiluft schnuppern würdest. Ich habe hier das Kursprogramm der Ostschweizer Polizeischule. Da sind mehrere Blockkurse angestrichen, die du besuchen kannst.»

«Wie bitte?» Gaudenz atmet tief durch. Schon mehrfach hatte er Spinöl darum gebeten, Kurse an der Polizeischule besuchen zu dürfen, dieser hatte immer abgelehnt mit der Begründung, die Kurse seien zu teuer für die Gemeinde, und ausserdem dürfe man die Kollegen vom Kanton nicht konkurrieren. «Ich kann dich unmöglich für solche Kurse freistellen, das musst du wirklich verstehen.» Gaudenz verstand und fragte nicht mehr. Und nun kam Spinöl und wollte ihn an die Polizeischule schicken.

«Es wird dir guttun, einmal etwas anderes zu sehen, wir hier in der Gemeinde können sicher von solchen Erfahrungen profitieren.»

«Und wer erledigt die ganze Büroarbeit während meiner Abwesenheit?»

«Unsere Cornelia ist schon ziemlich gut», sagt Spinöl, «und so wichtig ist der Papierkram auch wieder nicht.»

«Da hast du recht.» Gaudenz lächelt. «Findest du es wirklich notwendig, dass ich diese Kurse besuche?»

«Unbedingt.»

«Bevor ich es vergesse, ich wollte mit dir noch über zusätzliche Ferientage sprechen.»

«Wann?» Spinöl ist plötzlich auf der Hut, seine Freundlichkeit von vorhin verschwunden.

«Um Ostern herum. Und in den Schulferien.»

«Unmöglich. Ich kann dir wirklich nicht entgegenkommen.» Spinöl schaut nochmals die Blätter an, die vor ihm liegen, und schüttelt den Kopf. «Wenn du diese Kurse besuchst, wirst du hier zwei Monate fehlen. Da kann ich dir nicht auch noch zusätzliche Freitage gewähren. Und der Urlaub im Mai fällt ebenfalls aus.»

Gaudenz steht auf. Das hatte er befürchtet. Spinöl gibt etwas, dafür nimmt er sich grosszügig die Erholungszeit seines Dorfpolizisten. «Und wenn ich diese Kurse gar nicht mehr besuchen will?»

Spinöl zuckt zusammen. «Das geht nicht, du bist bereits angemeldet.»

Wie benommen nimmt Gaudenz das Mäppchen entgegen und taumelt hinaus.

«Wir sind noch nicht fertig», ruft ihm Spinöl hinterher, da ist er bereits an der Türe zum Waschraum, stösst diese auf und wankt zum Lavabo hinüber. Lange lässt er sich das kalte Wasser über Gesicht und Hände laufen, bis er sich wieder spürt. Dann nimmt er das Mäppchen und geht zurück zum Gemeindepräsidenten, um zu kündigen. Er wird sein Pult räumen und fertig.

Das war einfach zu viel, so darf Spinöl nicht mit ihm umspringen.

***

Es riecht wunderbar nach Tomatensauce, als Gaudenz die Wohnungstüre öffnet.

«Ich bin da.» Er zieht die Jacke und die Schuhe aus, geht hinüber ins Badezimmer, um sich die Hände zu waschen. Gut gelaunt betritt er die Küche, um in die Töpfe zu schauen.

«Spaghetti?»

«Nein, Penne rigate, die passen besser zu dieser Sauce. Wie war dein Vormittag?» Sie dreht sich um und küsst ihn auf den Mund.

«Ziemlich turbulent.» Er nimmt die angebrochene Weissweinflasche aus dem Kühlschrank, schenkt ihnen beiden ein und hebt sein Glas. «Viva, Claudia.»

«Viva, Gaudenz. Alkohol schon am Mittag? Darfst du das bei deiner Arbeit?»

«Ich gehe heute nicht mehr ins Büro.»

«Was soll das heissen?»

«Das soll heissen, dass ich freigestellt wurde. Und zwar fristlos.»

Claudia lässt fast ihr Glas fallen. «Freigestellt? Und was bedeutet das für uns?»

«Es ist alles halb so schlimm.»

«Bist du verrückt geworden?»

«Warum? Spinöl hat mir heute alle Freitage für die nächsten zwei Monate gestrichen.»

Bevor Claudia sagen kann, was sie von einem solchen Vorgesetzten hält, hören sie draussen im Flur die beiden Mädchen, die sich ziemlich laut über irgendwelche Vorfälle in der Schule unterhalten.

«Kein Wort zu den Kindern, verstanden? Wir sprechen nachher darüber.» Sie giesst die Penne ab, gibt Butter und Olivenöl in den Topf und lässt die Teigwaren in der goldgelben Flüssigkeit brutzeln.

«Hände waschen, alle an den Tisch!»

Es gibt flüchtige Küsse für die Eltern, einen verächtlichen Blick für die gut gefüllten Salatschüsseln, einen kurzen Disput über eine Bemerkung von Sandras Lehrerin, die gesagt habe, dass ab morgen Ferien seien, was Verena als Kinderei ihrer Schwester abtut.

«Aber Duonna Erica hat gesagt, dass ich morgen nicht mehr bei der Robinson-Geschichte dabei sein könne. *Damaun hest vacanzas!* Genau so hat sie es gesagt.»

«Du hast das falsch verstanden», erklärt die ältere Verena. «Duonna Erica hat damit gemeint, dass die Schule weitergeht, nur eben woanders.»

«Jetzt wird erst einmal gegessen.» Gaudenz lächelt und hebt die Deckel der beiden Töpfe. «Oder habt ihr etwa keinen Hunger?»

Angesichts der köstlich duftenden Teigwaren vergessen Verena und Sandra ihre Meinungsverschiedenheit. Eine Weile hört man nur das Klappern von Besteck.

«Wer noch eine Portion möchte, sollte zuerst den Salat aufessen.» Claudia geht mit gutem Beispiel voran und lädt sich einige grüne Blätter auf die Gabel. «Und dann erklärt ihr mir, um was es genau geht bei dieser Schulgeschichte.»

«Meine Lehrerin hat gesagt, dass ich in die Ferien fahre», sagt die achtjährige Sandra.

«Meine Lehrerin hat das auch gesagt. Aber gemeint ist etwas anderes.»

«Was denn?»

«Wir gehen heute noch hier in Sils zur Schule. Dann ziehen wir weg und besuchen den Unterricht an einem anderen Ort.» Die zehnjährige Verena schaut ihre Eltern fragend an. «So ist es doch, oder?»

«Genau so ist es.» Gaudenz verteilt die restlichen Penne. «Heute nach der Schule packt ihr eure Siebensachen, danach fahren wir.»

Claudia verdreht die Augen. «Gibt es hier vielleicht etwas, das ich auch wissen sollte?»

«Na ja, ich habe dir doch erzählt, dass ich bei Spinöl war, um zusätzliche Ferientage für uns herauszuholen.»

«Davon hast du mir erzählt, auch die sofortige Freistellung hast du erwähnt, nicht aber, dass wir auch noch umziehen müssen. Das kann er doch nicht mit uns machen.»

«Es ist alles etwas komplizierter.» Gaudenz nimmt ihre Hand und erzählt, wie er ins Büro von Spinöl stürmte, wie er ihm sagte, dass er seinen Job hinschmeisse, dass er augenblicklich gehe. Doch der Gemeindepräsident hatte gar nicht zugehört, er erklärte Gaudenz, dass der Kurs für ihn gleich morgen beginnen würde, dass Gaudenz doch die ganze Familie mit ins Unterland nehmen solle, die Schule sei schon informiert. Ab jetzt laufe seine Anstellung über die Kantonspolizei Thurgau, somit könne er ihm auch keine Freitage gewähren, diese müsse Gaudenz in Frauenfeld bei den verantwortlichen Leuten beantragen.

«Stell dir vor: zwei Monate im Thurgauer Frühling. Da habe ich eingewilligt, es ist doch das Beste, was uns passieren konnte.»

«Wie stellst du dir das vor?»

«Wir wohnen bei deinen Eltern in Seidlingen, die Mädchen gehen dort zur Schule, du hast endlich deinen Frühling, siehst deine Schwester und deine Freundinnen von früher. Was willst du mehr?»

«Dass du solche Dinge mit mir besprichst, Gaudenz, und nicht alles eigenmächtig bestimmst.» Sie steht auf und beginnt die Teller zusammenzustellen.

Als die Mädchen hören, wohin die Reise gehen soll, verschwinden sie jubelnd in ihrem Zimmer. Sicher packen sie schon ihre Lieblingsspielsachen ein, denkt Gaudenz.

Schweigend räumen die Erwachsenen den Tisch ab und erledigen den Abwasch.

Das Telefon klingelt. Claudia nimmt den Hörer ab und sagt: «Ja, Mama – das ist ja schrecklich – wann war das?», und streut noch mehrfach «Das ist doch kaum zu glauben» ein.

Gaudenz kennt das. Seine Schwiegermutter erzählt viel und gerne von den Leuten aus dem Dorf, aus der nahen und weiten Verwandtschaft. Geschichten vom Untersee, die an Dramatik kaum zu überbieten sind. Wenn ihn dann Claudia über die Verstrickungen der einzelnen Familien informiert, verliert er schnell einmal den roten Faden.

«Wir würden gerne für ein paar Wochen nach Seidlingen kommen, Gaudenz muss einige Kurse im Thurgau besuchen. – Geht es, wenn wir heute Abend kommen? – Es kann spät werden. – Das freut mich sehr, Mama.»

«Und jetzt?», fragt er beim Kaffee.

«Mama freut sich. Wir können im Anbau wohnen. Jetzt gibt es noch einiges zu tun für uns.» Sie nimmt einen Schreibblock hervor und beginnt, eine To-do-Liste zu erstellen. «Ich werde für die Mädchen Sommerkleider einpacken, die Sonnenhüte und die Sandalen.»

«So gefällst du mir», sagt Gaudenz zu seiner Frau.

«Bilde dir nur nichts ein, Herr Polizist.»

«Da fällt mir ein, dass ich nochmals wegmuss, nur kurz. Danach können wir fahren.»

«Wir fahren, wenn ich fertig bin», sagt sie und widmet sich ihrer Liste.

***

Eine halbe Stunde später parkiert Gaudenz seinen dunkelblauen Kombi, einen Opel mit älterem Baujahr, aber wenigen Kilometern, vor dem Polizeiposten in Silvaplana. Spinöl hatte gesagt, dass er noch etwas abholen soll, die Kollegen seien informiert.

Carlo Raselli sitzt an seinem Schreibtisch und schaut Gaudenz mit einem spöttischen Grinsen entgegen.

«Da ist ja unser Supercop. Ich habe dich bereits erwartet. Willst du einen Kaffee?»

Gaudenz denkt an die dünne Filterbrühe, die er hier schon bekommen hat, und lehnt dankend ab. «Spinöl sagte, dass ihr noch etwas für mich habt.»

Raselli steht auf und holt eine Kartonschachtel aus dem Schrank.

«Ich weiss nicht, wie du das verdient hast, aber wir sollen einen richtigen Polizisten aus dir machen.»

«Das ist anscheinend der Lohn für meinen mehrjährigen Einsatz im Dienst der Gemeinschaft.»

«Das glaubst du doch selber nicht, Huber.»

«Sag mir einfach, was du für mich hast, in Ordnung?»

Raselli öffnet die Kartonschachtel, legt zwei blaue Uniformhemden und eine Hose auf den Tisch, eine Mütze, dann Achselpatten mit dem Bündner Steinbock und Namensschilder.

«Wenn du das alles anziehst, siehst du von aussen fast aus wie ein echter Polizist.»

«Ich bin ein echter Polizist. Auch die Gemeindepolizei hat ihren Stolz. Hast du noch etwas für mich?»

Raselli räuspert sich. «Mir ist nicht ganz wohl bei der Sache. Ich kann doch nicht einfach …»

«Spar dir die Ausflüchte. Um was geht es?»

«Du bist Gemeindepolizist, kein Kantonspolizist. Das soll keine Beleidigung sein, sondern eine Feststellung. Wir haben eine spezielle Ausbildung, die du nicht hast. Unser Schiesstraining ist umfassend, es geht beim Tragen der Waffe immer auch um Verantwortung, verstehst du?»

«Können wir die Sache bitte abkürzen und uns die Höflichkeiten und Nettigkeiten ersparen?»

«Es soll keiner sagen, ich hätte dich nicht gewarnt.» Raselli greift nochmals in die Kartonschachtel, holt mit spitzen Fingern einen Gurt mit Pistolenholster hervor und drückt ihn dem verdutzten Gaudenz in die Hand.

«Was soll ich damit?»

«Anscheinend musst du ab jetzt eine Waffe tragen. Dort, wo du hingehst, sollst du wie ein echter Polizist der Kantonspolizei Graubünden aussehen.»

Vorsichtig berührt Gaudenz die Pistole. «Ist die denn geladen?»

Raselli schüttelt den Kopf. «Ich habe das Magazin herausgenommen. Und ich würde dir raten, es nur im äussersten Notfall einzusetzen.»

«In Ordnung. Ich brauche eigentlich keine Waffe. Das alles ist Verkleidung, damit ich an den Kursen der Ostschweizer Polizeischule teilnehmen kann.» Gaudenz beginnt, die Teile seiner professionellen Tarnung in die Schachtel zu packen.

«Glaubst du, dass das alles ist, Huber?»

«Wie meinst du das?»

«Dieser ganze Aufwand für einen läppischen Kurs? Willst du mich auf den Arm nehmen?»

Gaudenz zieht es vor, zu schweigen, er hat keine Lust auf Rasellis Sprüche.

«Hast du dich nicht gefragt, was das Ganze soll? Ein kleiner Gemeindepolizist wird plötzlich ganz gross gemacht und von der Kantonspolizei neu eingekleidet. Mein Kompliment zu deiner Beförderung. Ich würde mir in deinem Fall gewisse Gedanken machen.»

«Die habe ich mir bereits gemacht.» Er klemmt sich die Schachtel unter den Arm.

«Und zu welchem Schluss bist du gekommen?»

«Ich glaube nicht, dass ich meine privaten Angelegenheiten vor dir ausbreiten muss.»

An der Türe dreht sich Gaudenz noch einmal um, grüsst

kurz in Richtung des andern und verlässt den Polizeiposten Silvaplana.

***

Als er nach dem Besuch bei Raselli nach Hause kommt, dies nicht, ohne unterwegs getankt, den Ölstand und den Reifendruck kontrolliert zu haben, ist Claudia nicht da. In den Zimmern stehen halb gepackte Koffer, in der Küche eine Kiste, in die seine Frau die verderblichen Lebensmittel gestellt hat, die wohl mit nach Seidlingen sollen.

Auf dem Tisch eine lange Liste mit den noch zu erledigenden Dinge. «Irene anrufen wegen Blumen, Maya anrufen wegen Yoga, Simona wegen Turnstunden. Musikunterricht Verena absagen. Coiffeur-Termin dringend.» Dringend ist zweimal unterstrichen. Wenigstens weiss er jetzt, wo seine Frau steckt.

Er packt die von Raselli erhaltenen Polizeisachen, den Laptop und eine Schreibmappe in eine Reisetasche. Ganz unten versteckt er die Pistole samt Munition, die brauchen die Mädchen und Claudia nicht zu sehen. Ausserdem legt er seine Zivilkleider in den bereitgelegten Koffer. Einige T-Shirts und Kurzarmhemden, leichte Sommerhosen und Shorts, Sandalen. Aber ganz traut er dem Frühling im Unterland nicht. Also packt er Jeans, Pullover, einen Faserpelz, die Regenjacke und auch ordentliche Schuhe ein.

Kurz nach vier kommen die Mädchen nach Hause. Wie zwei Wirbelwinde wuseln sie durch die Wohnung, legen Schulbücher, die unbedingt mitmüssen, ins Wohnzimmer und holen Lieblingskleidungsstücke aus ihrem Schrank, die ihre zerstreute Mama vergessen hat.

Endlich ist Claudia wieder da. Umsichtig bringt sie Ordnung ins Chaos. Gaudenz und die Mädchen erhalten klare Aufträge, bald stapeln sich die fertig gepackten Koffer und Taschen im Flur. Während die Wohnung gesaugt und das Bad geputzt wird und sich die Mädchen ausnahmsweise einen Film anschauen dürfen, verstaut er das Gepäck im Familienkombi. Um halb sechs kommt Irene vorbei und lässt sich alles zeigen, sie verspricht, den Briefkasten zu leeren, die Briefe alle paar Tage nachzusenden und die Blumen zu giessen. Nach einem Kaffee ist alles erledigt, die Fahrt ins Unterland kann endlich losgehen.

Nach den drei ersten Kehren der Passstrasse hinauf zum Julier schauen sie noch einmal zurück in ihr Tal. Sie kommen sich fast wie Auswanderer vor, die ihre Heimat hinter sich lassen. In der Raststätte Heidiland gibt es ein verspätetes Nachtessen, dann überqueren sie den Rhein und verlassen den Kanton Graubünden. Bald hört man von der Rückbank die tiefen Atemzüge von Verena und Sandra, die nach dem aufregenden Nachmittag eingeschlafen sind.

«Seit wir zusammen sind, ist es das erste Mal, dass ich für längere Zeit nach Hause zurückkehre», sagt Claudia, als sie in die zunehmende Dunkelheit des Rheintales hineinfahren.

«Freust du dich?»

«Du etwa nicht?»

«Wenn ich daran denke, was mich morgen erwartet, habe ich doch ein ziemlich mulmiges Gefühl. Um sieben Uhr soll ich mich beim Polizeikommando in Frauenfeld einfinden. In Uniform. Dann begleitet mich jemand nach Amriswil an die Polizeischule.»

«Das schaffst du spielend, mein Held.» Sie legt ihm die Hand auf den Arm.

«Ich weiss nicht so recht.»

«Du wirst sehen, dass die Leute hier offen und zugänglich sind, nicht wie manche Bergler bei uns oben.»

«Und die Sache mit der Uniform? Die merken doch, dass ich kein Kantonspolizist, sondern nur ein verkleideter Bussenverteiler aus dem Dorf bin.»

Claudia lacht leise. «Das wird schon gut gehen. Die Leute haben ihre eigenen Sorgen, denen ist es egal, wie du dir deine Bündner Polizeiuniform verdient hast.»

Er hofft, dass sie recht haben möge. Während sie eine Geschichte erzählt, die ihrem Cousin passiert ist, hängt er seinen Gedanken nach. Meist folgt die Autobahn dem Damm des Rheins. Rechts am Hang die Lichter der Ortschaften im Fürstentum Liechtenstein, links blitzen immer wieder die Scheinwerfer des Gegenverkehrs auf, darüber ragen namenlose Gipfel in den Sternenhimmel, vielleicht der Alpstein, denkt er.

Irgendwann ist ihre Geschichte zu Ende. «Was sagst du dazu, Gaudenz?»

«Na ja, ich finde das ganz schön … merkwürdig.»

«Hast du mir überhaupt zugehört?»

«Irgendwie schon, aber du weisst doch, wie das ist, wenn man fährt.»

Claudia verfällt in missbilligendes Schweigen, nach St. Margrethen döst sie ein. Später erscheint rechts unten der Bodensee, umrahmt von den Lichtern der Rorschacher Bucht. Weiter geht die Fahrt hinauf Richtung St. Gallen. Auf der sonst so belebten Stadtautobahn sind nur noch wenige Autos unterwegs, problemlos kommt er durch die Tunnels, lässt das Fussballstadion hinter sich und fährt hinaus ins dunkle Land. Bei der Ausfahrt Matzingen verlässt er die Autobahn. Immer näher kommt sein neues Leben, das ihm so unerwartete Möglichkeiten eröffnet. Neben seiner Angst vor Neuem spürt er auch die Freude, etwas zu lernen, Erfahrungen zu machen, im Beruf voranzukommen, Menschen zu treffen und sich mit ihnen austauschen zu können.

Leise Radiomusik trägt ihn durch die Nacht. Gaudenz liebt diesen Schwebezustand im Niemandsland zwischen den vielen Verpflichtungen. Alles hinter sich lassen und noch nicht angekommen sein, eine kleine Freiheit, ein zeitleerer Raum, eine stille Freude liegt über der Landschaft. Mit seiner wertvollen Fracht gleitet er hinein in den Kanton Thurgau, in dem er nun zwei Monate wohnen wird. Auf fast leeren Strassen durchquert er Frauenfeld, biegt beim Waffenplatz in die weite Ebene ein, die zur Thurbrücke hinausführt. Gleich nach dem Übergang steigt die Strasse an, Warth, Weiningen, die Arbeitserziehungsanstalt Kalchrain, Herdern mit seinen Türmen, die sich vor dem Nachthimmel abzeichnen, danach dunkler Wald. Ein Fuchs quert die Strasse, seine Augen leuchten in der Dunkelheit. Plötzlich öffnet sich der Horizont, unten breitet sich die dunkle Fläche des Sees aus. Eine Lichterkette markiert das gegenüberliegende deutsche Ufer. In mehreren grossen Kehren fährt er hinunter nach Eschenz.

Gaudenz fasst Claudia am Arm. «Wir sind gleich in Seidlingen, mein Schatz.»

Sie gähnt ausgiebig. «Habe ich lange geschlafen?»

«Vielleicht eine Stunde.»

«Verena, Sandra, wir sind da.»

Auf dem Rücksitz kehrt das Leben zurück.

Claudia dreht das Fenster hinunter. «Riechst du das?»

«Was denn?» Gaudenz lässt die weissen Linien auf der Fahrbahn nicht aus den Augen.

«Das ist unser Frühling. Wie ich diesen Duft vermisst habe.»

Zehn Minuten später halten sie auf dem Hofplatz vor dem Haus der Schwiegereltern. Ein stattliches Riegelhaus, rechts der Anbau, in dem sie wohnen werden, links die Scheune und der offene Unterstand mit den Maschinen. Ein Hund bellt. Das Licht beim Eingang geht an.

«Endlich, wir haben uns schon Sorgen gemacht.» Claudias Mutter Patrizia umarmt erst ihre Tochter, dann die Mädchen und zuletzt Gaudenz.

«Wir haben doch gesagt, dass es spät wird, Mama. Warum seid ihr nicht ins Bett gegangen?»

«Du kennst doch deine Mutter.» Ein Mann mit angegrautem Vollbart tritt aus dem Schatten.

«Hallo, Papa.»

«Da sind ja meine beiden Prinzessinnen.»

«Grospi!» Sandra und Verena begrüssen ihren Grossvater Armin überschwänglich, dann kraulen sie die Labradorhündin Zora hinter den Ohren.

Gemeinsam tragen sie das Gepäck ins Haus, dann setzen sich alle an den grossen Küchentisch. Patrizia hat Brötchen gebacken, daneben steht eine Platte mit Käse, Salami und Schinken.

Armin schenkt den Mädchen Apfelsaft ein und öffnet einen Rotwein aus der Gegend.

«Was gibt es Neues?»

Die Mädchen erzählen vom bevorstehenden Schulwechsel, Gaudenz von seinen Kursen, Claudia vom Frühling im Engadin, die Eltern von ihrer Arbeit. Bald schlafen Sandra und Verena auf der Eckbank ein. Irgendwann kann auch Gaudenz dem mit vielen familiären Codes ausgeschmückten Gespräch nicht mehr folgen, er ist einfach zu müde.

«Ich muss mich hinlegen. Morgen wird ein anstrengender Tag», sagt er in einer Gesprächspause.

Gaudenz und Claudia tragen die Mädchen hinüber in den Anbau und legen sie in ihre frisch bezogenen Betten, dann gehen auch sie schlafen.

«Es ist schön, wieder einmal hier zu sein. Ich bin sehr glücklich», sagt Claudia und kuschelt sich an seine Seite.

Bevor er antworten kann, ist sie auch schon eingeschlafen.

DREI

Erschrocken öffnet Gaudenz die Augen. Es wird bereits hell draussen. Sicher hat er verschlafen. Um sieben müsste er in Frauenfeld sein, eine Katastrophe, wenn er schon am ersten Tag zu spät käme. Ein Blick auf die Uhr. Es ist erst kurz nach halb sechs. Er atmet tief durch. Glück gehabt. Die Zeit wird reichen.

Schnell schiebt er die Decke zurück und steht in einem fremden Zimmer. Da, wo der Schrank sein sollte, befindet sich ein grosses Fenster, dafür steht dort, wo in der Silser Wohnung die Türe ist, eine stattliche Kommode mit Aufsatz und Spiegel. Auf der hellen Marmorplatte stehen eine Waschschüssel aus Porzellan und der dazu passende Wasserkrug mit blauem Muster.

«Müssen wir uns jetzt hier waschen?», fragte er Claudia, als sie gegen Mitternacht endlich im Zimmer waren.

«Ganz hinter dem Mond leben die Leute in Seidlingen auch nicht mehr», erklärte sie lachend und zeigte ihm das Badezimmer gleich gegenüber auf der anderen Seite des Flures neben dem Zimmer der Mädchen.

Sie öffnet die Augen, als er in Uniform vor ihr steht.

«Guten Morgen, Herr Steinbockpolizist.» Schnell ist sie auf den Füssen. «Du siehst gut aus, deine Thurgauer Kollegen werden Augen machen.»

Er steckt das Schreibzeug, die Pistole samt Magazin und Gurt in eine Mappe. «Kann ich einen Kaffee bekommen?»

«Wenn du lieb bist, bekommst du auch einen Tee.» Sie haucht ihm einen Kuss auf die Wange, dann geht sie voraus die Treppe hinunter und durch die Verbindungstüre ins Hauptgebäude hinüber.

Patrizia steht im Morgenmantel in der Küche und spült das Geschirr vom Vorabend. Der Frühstückstisch ist reich gedeckt. «Wollt ihr ein Ei?»

«Das wäre nicht schlecht.» Gaudenz schaut auf die Uhr. «Viel Zeit habe ich aber nicht.»

«Hast du heisses Wasser?» Claudia bereitet eine Tasse Tee zu und stellt diese vor Gaudenz auf den Tisch. Er gibt Honig hinein und widmet sich dann seinem Frühstück.

«Heute steht schon wieder etwas auf der Frontseite.» Armin kommt herein und legt die Thurgauer Zeitung auf den Tisch. «Wie ich diese Mutmassungen hasse.»

Gaudenz köpft sein Ei. «Um was geht es?»

«Um diese Schüsse auf die Polizisten in Konstanz», brummt Armin und setzt sich umständlich an den Tisch.

«Ich habe dir doch davon erzählt», sagt Claudia und drückt auf den Startknopf der Kaffeemaschine. Das Mahlwerk summt, dunkler Kaffee läuft in die Tasse.

Gaudenz wirft einen Blick auf die Zeitungsseite. Ein Bild von einer Strasse, daneben drei kleine verpixelte Fotos von Köpfen. «Konstanzer Schüsse: Zufall oder Absicht?» Darunter steht, dass die deutschen Ermittler im Dunkeln tappen, dass bisher kein Motiv für die Tat ersichtlich sei. «Ist Fremdenhass der Grund?», steht als Überschrift über einem weiteren Abschnitt, in dem auf den zunehmenden Verdruss der Konstanzer über die Invasion der Schweizer Einkaufstouristen hingewiesen wird.

Wütend tippt Armin auf den Text. «Die wollen einfach ihre Seiten füllen, wie, ist ihnen egal.»

«Willst du ein Stück Käse?»

Gaudenz schiebt die Zeitung beiseite. «Nein, danke. Aber zu einem Brötchen mit Butter und Honig sage ich nicht Nein.»

Claudia schneidet das Brötchen entzwei. «Wie geht es Martha und Paul?»

Patrizia öffnet seufzend den Kühlschrank. «Sie sagen nicht viel. Du kennst sie. Aber natürlich machen sie sich ihre Gedanken.»

«Die haben anderes durchgestanden, das geht auch vorbei», sagt Armin.

«Du bist nicht gerade feinfühlig, Papa.» Claudia schaut ihren Vater mit gespielter Strenge an.

«Von der Feinfühligkeit hat man nicht gegessen», sagt Armin kauend.

Gaudenz lässt das Familiengespräch plätschern. Wenn seine Schwiegereltern und Claudia einmal in Fahrt sind, spielen sie sich Namen und Schicksale zu, die er sich weder merken will noch kann. Während weitere Bekannte und Verwandte aus dem Nebel am See aufsteigen und seine Frau zur Höchstform aufläuft, geniesst er sein Brötchen und den malzigen Ostfriesentee.

«Arbeitet er schon wieder?», fragt Claudia ihre Mutter.

«Ich glaube kaum», sagt Patrizia und schaut auf den leeren Teller von Gaudenz. «Möchtest du noch etwas?»

«Nein, danke. Ich muss jetzt wirklich los. Sonst bin ich an meinem ersten Tag bereits zu spät.»

«Wann kommst du zurück?»

«Ich weiss es nicht. Wenn es nicht zum Abendessen reicht, rufe ich an.»

«Untersteh dich, zu spät zu kommen. Mama kocht.»

Gaudenz umarmt Patrizia, fasst Armin kurz an der Schulter und bekommt einen dicken Kuss von Claudia. Er verlässt das Haus, überquert den Vorplatz, stellt die Mappe auf den Rücksitz von seinem dunkelblauen Opel, steigt ein und fährt los.

Gleich hinter Seidlingen taucht der See auf. Die Wasserfläche glitzert in der Morgensonne. Weit draussen das Boot eines Fischers. Gaudenz beschleunigt. Auf beiden Seiten der Strasse erstrecken sich Obstplantagen. Es scheint, als hätte es in der Nacht geschneit. Wie ein weisser Hauch liegen die weissen Blüten auf den Niederstammanlagen. Aus dem Dunst steigt der Kirchturm von Mammern auf. Gegenüber der Klinik zweigt die Strasse rechts ab, steil geht es über Wiesen und durch den Wald aufwärts. Hohe Tannen engen den Blick ein, dann eine lang gestreckte Kurve, die das Schloss Liebenfels umrundet. Auf der Ebene des Seerückens weitet sich der Blick. Im Süden tauchen aus dem Dunst die Gipfelketten der Voralpen auf, an denen sich wie Wellen an den Uferfelsen die Hügelketten des Mittellandes brechen.

Gemächlich durchquert Gaudenz die Weiler und Dörfer in der Höhe und folgt der Strasse hinunter ins breite Thurtal. Erstaunt stellt er fest, dass das Gras auf den Wiesen schon ziemlich hoch steht, dass auch der Raps gelblich in der Morgensonne schimmert. In Pfyn lässt er den Kirchhügel mit dem römischen Kastell links liegen, reiht sich ein in den Morgenverkehr, der die Felder zerschneidet, überquert mit vielen anderen auf hohen Stelzen die zwischen schnurgeraden Dämmen eingezwängte Thur. In seinem Bauch kribbelt es, die Finger trommeln einen Rhythmus aufs Steuerrad, der Kiefer verkrampft sich. Zwanzig vor sieben. Flache Industriebauten kündigen Frauenfeld an. Am Hang Reihenhäuser, darunter grössere Wohnüberbauungen. Die Stadt frisst sich ins Land hinein.

Weit vorne am Ende der schnurgeraden Strasse markiert ein glitzernder Turm aus Glas und Stahl den Eingang zur Thurgauer Hauptstadt. Rechts die weisse Hinweistafel mit der Aufschrift «Polizei». Gaudenz hat nicht aufgepasst und fährt an der Abzweigung vorbei, schaut sich dabei das lang gestreckte Gebäude aus Backstein an, das im Morgenlicht gelblich leuchtet. Gemächlich umrundet er den Kreisel, sieht weiter hinten einen McDonald's, Tankstellen und Autogaragen.

Links neben dem Kreisel der runde Büroturm, dann die Ausfahrt. Gaudenz fährt zurück, sieht die Einfahrt, betätigt den Blinker, wartet auf eine Lücke im Gegenverkehr, biegt ab, rollt auf den spärlich besetzten Parkplatz vor dem Polizeigebäude, stellt den Wagen auf ein Parkfeld und zieht den Zündschlüssel ab. Die eintretende Stille erschreckt ihn. Er nimmt die Mappe vom Rücksitz und versucht, zur Ruhe zu kommen.

Er steigt die breite Treppe hinauf zum Hauptgebäude, eine weitere Treppe führt hinüber zum links angebauten Kantonalgefängnis. Die Eingangstüre ist geschlossen, ein Schild weist darauf hin, dass er hier bis um acht Uhr nicht reinkommt.

Unschlüssig steht Gaudenz da und wartet. Acht vor sieben. Um sieben Uhr sollte er sich beim Empfang melden. Er stellt seine Tasche auf die oberste Treppenstufe, zieht aus einem Mäppchen ein Blatt heraus, liest: «Freitag, 17. April, sieben Uhr, Uniform, Polizeigebäude, Haupteingang.»

Darunter eine unleserliche Unterschrift.

***

Um zwei vor sieben hört Gaudenz, wie irgendwo ein Schlüssel gedreht wird. Zwanzig Meter weiter rechts befindet sich ein flacher Anbau, dort geht eine Türe auf, ein Mann erscheint. Gross, kräftig, dunkle Haare, ein waches Gesicht. Gaudenz bemerkt ganz nebenbei, dass der winkende Mann in Zivil ist, er nimmt seine Tasche auf und geht auf ihn zu.

«Gaudenz Huber? Ich bin Stefan Gisler. Stefan, das ist einfacher.» Ein harter, trockener Händedruck.

«Gaudenz. Freut mich, Stefan.» Gaudenz will noch etwas sagen, etwas Belangloses, doch Gisler dreht sich bereits um und geht voran, einen schmalen Flur entlang, der vom Anbau hinüber ins Hauptgebäude führt.

«Hier ist das Sekretariat, da vorne sind die Büros der Kripo.»

«Wie ist das mit meinen Kursen?»

«Darüber sprechen wir später.»

Sie steigen eine Treppe hinauf, gehen an verschlossenen Türen vorbei, bleiben dann vor einer Türe stehen. «Jakob Keller», steht da, «Kommandant Kantonspolizei Thurgau».

«Der Kommandant möchte dich kennenlernen», sagt Gisler und klopft.

Gaudenz schluckt leer. Damit hat er nicht gerechnet. Er ist hier, um Kurse zu besuchen, um etwas zu lernen, nicht um den hiesigen Polizeikommandanten zu treffen. Am liebsten würde er davonlaufen und zurückfahren nach Sils, zurück in sein Büro mit den Aktenstössen und seinem brummligen Chef Spinöl. Das Fluchtverhalten des Wildtieres aus den Bergen angesichts des Unbekannten, des Neuen. Weg von der unerwarteten Herausforderung, der er sich nicht gewachsen fühlt, zurück in ein sicheres Reservat.

«Stefan, schön dass ihr da seid.» Keller drückt ihnen die Hand, führt sie zum Besprechungstisch.

«Sie kommen also aus dem Engadin. Sils kenne ich gut, da war ich mehrmals mit meinen Eltern zum Wandern und auch zum Skifahren.»

Gaudenz zieht es vor, zu schweigen. Das Engadin, an das sich die Feriengäste erinnern, ähnelt nicht immer dem Tal, das die Einheimischen bewohnen.

«Das hier ist ein befristeter Arbeitsvertrag. Sie wurden von den Bündnern an uns ausgeliehen und unterstehen ab sofort unserem Polizeikommando. Zugeteilt sind Sie unserer Medienstelle. Verantwortlich ist Stefan Gisler. Er koordiniert Ihren Einsatz.»

Keller legt ein Blatt mit den beiden Löwen neben dem Briefkopf vor Gaudenz auf den Tisch. Zwei Monate wird er nun zum Korps der Kapo Thurgau gehören. Der Lohn ist um einiges höher als sein Gehalt in Sils, dazu kommt ein stattlicher Beitrag als Spesenentschädigung und für auswärtiges Wohnen. Von Weiterbildung steht nichts auf dem Formular.

«Stefan ist der Ansicht, dass Sie der beste Mann sind für dieses Vorhaben. Darum haben wir Sie ausgewählt.»

«Welches Vorhaben? Mit meinem Vorgesetzten war abgesprochen, dass ich einige Kurse an der Polizeischule in Amriswil besuchen kann.»

«Dem steht nichts im Weg. Später jedenfalls nicht. Wenn alles vorbei ist.» Keller räuspert sich mehrmals. «Offiziell sind Sie zu diesem Zweck bei uns.»

«Und inoffiziell?»

Keller atmet tief durch. «Inoffiziell geht es um den Ruf unserer Kantonspolizei. Ihre Tätigkeit bei uns ist heikel, die gesetzlichen Grundlagen sind dürftig. Stefan wird Sie mit den Details vertraut machen.»

«Was bedeutet heikel?»

«Ganz einfach, es darf nichts passieren. Wenn etwas schiefgeht, haben Sie zwei ein Problem, weil ich nichts davon gewusst habe. Alles klar? Sie können hier unten unterschreiben.»

«Und wenn nicht?»

«Dann werden Sie nie erfahren, was für einen interessanten Job wir für Sie haben, und Sie fahren wieder nach Hause ins Engadin. Sie sollten aber nicht vergessen, dass dies Ihre einzige Chance sein wird, in Amriswil Kurse besuchen zu können.»

Gaudenz denkt an Claudia und die Mädchen. Was würden sie sagen, wenn sie bereits morgen wieder heimfahren müssten aus dem blühenden Frühling in die Trostlosigkeit des Silser Nachwinters? Er nimmt einen Stift und unterschreibt.

«Haben Sie eine Waffe?»

«Ja.»

«Diese dürfen Sie hier bei uns nicht sichtbar tragen. Alles andere ist Ihre Sache.»

Keller steht auf. Die Unterredung ist vorbei. Gaudenz und Stefan Gisler drücken ihm die Hand.

«Um was geht es eigentlich? Warum bin ich hier?», fragt Gaudenz, als sie draussen sind.

Gisler hält den Finger an die Lippen, schüttelt den Kopf. «Das erkläre ich dir gleich. Komm.»

Das Polizeigebäude wirkt auf einen Fremden wie ein Labyrinth. Mehrere Gebäude scheinen hier zusammengebaut worden zu sein. Auf diversen Stockwerken reihen sich die Büros aneinander, Türen stehen offen, Beamte in Uniform und in Zivil sitzen an ihren Schreibtischen oder stehen zusammen, eine Kaffeetasse in der Hand. Gisler grüsst nach links und rechts, Gaudenz nickt den Leuten zu, wenn er als «der Bündner» vorgestellt wird.

Über ein verstecktes Treppenhaus, das Gaudenz auf Anhieb niemals gefunden hätte, erreichen sie das oberste Stockwerk. Vom breiten verglasten Flur sieht man bis hinunter auf den Innenhof. Tische und Stühle stehen dort unten, daneben einige kleine Büsche. Die Büros sind rund um den Flur an der Aussenseite des Gebäudes angeordnet.

«Hier sind wir zu Hause.»

Zwei Büros, Schreibtische, Computer, Schränke voller Ordner. An den Wänden Bilder von Unfällen, Rettungsaktionen und Polizeifahrzeugen.

«Arbeitest du alleine hier?»

«Wir sind zu viert, die anderen drei sind drüben in Konstanz. Zusammen mit den deutschen Kollegen bereiten sie eine Medienkonferenz vor.»

«Ohne dich?»

Gisler lächelt. «Ich bin anderweitig beschäftigt. Kaffee?»

Gaudenz nickt erst, sieht dann den Wasserkocher.

«Könnte ich auch einen Tee haben?», fragt er, stellt seine Tasche ab und hängt die Jacke auf.

«Aber sicher.» Gisler öffnet einen Schrank. Grosse Tassen, Blechbüchsen, eine Dose mit Kandiszucker. «Was möchtest du? Einen Darjeeling oder einen Assam?»

«Führst du auch Lapsang Souchong?»

«Warum?»

«Der passt zur Situation, findest du nicht?»

Gisler kocht Wasser, öffnet eine Büchse, verteilt dunkle Teeblätter in zwei Siebe, giesst das dampfende Wasser in die Tassen. Sofort verbreitet sich das unverwechselbare Raucharoma im Büro. Gisler stellt eine kleine Sanduhr auf den Tisch, die Tassen und einen Teller für die Siebe. Dann sitzen sie sich gegenüber, schauen, wie die Zeit durch die Sanduhr rinnt. Gisler holt eine Aktenmappe aus der Schublade und legt sie vor sich auf die Arbeitsfläche, nimmt einen Kugelschreiber in die Hand. Sein Blick wandert unruhig hin und her.

«Was ist das für ein Vorhaben, für das ich so besonders gut geeignet sein soll?»

«Die Sache ist ziemlich kompliziert.» Gisler steht auf und schliesst die Türe des Büros. «Es gibt da einen Verdacht.»

«Einen Verdacht?» Gaudenz wartet.

«Seit einigen Monaten häufen sich die Anzeichen, dass Beamte der Kriminalpolizei nebenher eigenen Geschäften nachgehen.»

«Welcher Art sind diese Geschäfte?» Der Tee ist ausgezeichnet, leicht bitter.

«Das wissen wir leider nicht, Gaudenz. Die Hinweise sind sehr vage, sie reichen jedoch aus, um dem Kommandanten den Schlaf zu rauben. Verdächtigt werden drei hervorragende Polizisten, eventuell auch eine Frau. Ich würde meine Hand für sie ins Feuer legen, wenn da nicht dieser Verdacht wäre.»

«Und weiter?»

Gisler steht auf und beginnt hin- und herzugehen.

«Möglicherweise haben unsere Beamten etwas mit Schiebereien an der Grenze zu tun.»

«Waffen? Drogen? Menschenschmuggel?»

«Vielleicht. Möglich ist auch Geldwäsche, die Unterstützung einer kriminellen Organisation. Wir wissen es nicht. Wir können es uns nicht leisten, die Sache an die grosse Glocke zu hängen. Du hast den Kommandanten ja gehört.»

«Habe ich. Es geht um die Ehre der Kantonspolizei Thurgau.» Gisler geht nicht auf meinen Spott ein. «Warum nehmt ihr die Verdächtigen nicht hoch?»

«Das geht nicht mehr. Am Mittwoch sind die drei Kollegen auf offener Strasse drüben in Konstanz angegriffen worden. Einer von ihnen wurde angeschossen, er liegt schwer verletzt in der Uniklinik in Konstanz. Die deutsche Staatsanwaltschaft ermittelt gegen unbekannt. Wir können eigentlich nur warten. Aber das ist mir zu wenig. Wenn die Sache auffliegt, möchte ich wissen, was da los ist. Sonst fliegt uns die ganze Scheisse unkontrolliert um die Ohren.»

«Was hat diese Geschichte mit mir zu tun?» Gaudenz schüttelt verwirrt den Kopf. Er kann sich nicht vorstellen, weshalb die Thurgauer gerade ihn geholt haben. «Habt ihr mich ausgewählt, weil ich ein besonders guter Polizist bin?»

«Vielleicht.» Gisler schaut hinunter auf den Parkplatz. Eben nähern sich zwei Streifenwagen dem Tor, die Fahrer warten, bis die Schranke sich hebt und sie hinausfahren können.

«Der Ruf des Gemeindepolizisten Gaudenz Huber ist bis hierher in den Kanton Thurgau gedrungen?»

«Es hat eben alles gepasst bei dir. Du bist der ideale Partner für mich. Gemeinsam können wir es schaffen.»

«Du willst zusammen mit mir den Saustall bei der Polizei ausmisten?»

«Ich hoffe immer noch, dass ich mich irre und alles ein Missverständnis ist.»

«Ich meine das andere, dass nur wir zwei gegen den Rest der Welt kämpfen.»

«Alleine kann ich es nicht. Der Kommandant gibt uns Rückendeckung, solange es keine Pannen gibt. Falls etwas schiefgeht, sind wir auf uns alleine gestellt, verstehst du?»

«Heisst das, dass nur du und ich an dem Fall arbeiten?»

Gisler zieht ein Dokument aus der Aktenmappe.

«Es ist wohl das Beste, wenn du dich möglichst schnell mit dem Fall vertraut machst. Lies dieses Protokoll bitte durch. Ich muss noch kurz hinunter zum Kriminaltechnischen Dienst.»

***

Nachdem Gisler das Büro verlassen hat, macht sich Gaudenz eine neue Tasse Tee und beginnt zu lesen.

Medienstelle der Kapo TG, Gespräch mit Rossi Franco
Donnerstag, 16.04., 07.00 Uhr, Polizeikommando Frauenfeld
Anwesend: Rossi Franco und Gisler Stefan. Dieses Gesprächsprotokoll ist nur für den internen Gebrauch der Medienstelle.

«Setz dich, Rossi. Dieses Gespräch wird protokolliert. Das Protokoll ist ein internes Papier, es geht nicht an die deutschen Untersuchungsbehörden. Hast du das verstanden?»
«Ja.»
«Ich habe gerade mit den deutschen Kollegen gesprochen. Metzger geht es den Umständen entsprechend gut, sein Zustand ist stabil, er wird durchkommen.»
«Zum Glück.»
«Für uns ist die Sache noch lange nicht gegessen, Rossi. Ein

niedergeschossener Schweizer Polizist drüben in Konstanz, das wirft einige Fragen auf. Die Medien drehen fast durch, der Kommandant hat einen Krisenstab eingerichtet. Er wünscht grösstmögliche Offenheit, allerdings darf dem Ruf des Korps keinerlei Schaden zugefügt werden.»
«Wir haben drüben schon alles gesagt. Habt ihr das Protokoll bekommen?»
«Sicher. Trotzdem müssen wir den Mittwoch nochmals durchgehen.»
«Gut. Stell deine Fragen.»
«Ist es richtig, dass ihr am Morgen diesen Schlepper verhört habt.»
«Ja.»
«Ihr wart zu dritt?»
«Warum fragst du, wenn du es genau weisst?»
«Fürs Protokoll. Bei der Vernehmung waren also Bruno Kohler, Sven Metzger und du, Franco Rossi, anwesend?»
«Wir arbeiten gemeinsam an diesem Fall. Die Akten dazu sind in meinem Büro. Für jedermann einsehbar. Auch für dich. Untersuchungsrichter Steiner ist über jeden Schritt informiert.»
«Seit wann arbeitet ihr an diesem Fall?»
«Seit etwa einem halben Jahr. Die Flüchtlinge kommen auf verschiedenen Routen nach Kreuzlingen, bisher konnten wir vier Schlepper verhaften, alles kleine Fische. Wir vermuten, dass sie mit einem Speditionsunternehmen aus Frauenfeld zusammenarbeiten, konnten dem Inhaber bisher aber noch nichts nachweisen.»
«Die Details kennen wir. Ist es richtig, dass ihr drei die Vernehmungen immer gemeinsam durchgeführt habt?»
«Das ist richtig. Ab und zu war auch Untersuchungsrichter Steiner mit dabei.»
«Und diese Vernehmungen fanden immer in Kreuzlingen statt?»
«Die Verdächtigen sitzen da in Untersuchungshaft. Die Infrastruktur ist dort sehr gut, ausserdem ist das Unter-

suchungsgefängnis hier in Frauenfeld meist voll, das solltest du eigentlich wissen.»

«Ich weiss es auch. Trotzdem.»

«Trotzdem was?»

«Gibt es einen Grund, dass ihr immer zu dritt nach Kreuzlingen zu den Vernehmungen gefahren seid?»

«Es ist wie gesagt ein komplexer Fall, wir wollten nicht, dass uns etwas entgeht. Sechs Ohren hören aufmerksamer zu als zwei oder vier.»

«Kommen wir zurück zum Mittwoch. War etwas anders als sonst?»

«Wir machten Fortschritte bei der Befragung von Konrad Höckler. Gut möglich, dass wir am Nachmittag einen Durchbruch erzielt hätten.»

«So weit kam es aber nicht.»

«Nein, Höckler brauchte eine Pause, wir hatten ebenfalls Hunger und unterbrachen die Vernehmung für zwei Stunden.»

«Wer kam auf die Idee, hinüber nach Konstanz zum Mittagessen zu gehen?»

«Warum fragst du?»

«War das eine spontane Entscheidung oder geplant?»

«Ich weiss nicht, was diese Frage soll.»

«Andersherum. Wenn ihr jeweils in Kreuzlingen arbeitet, wo verbringt ihr die Mittagspause.»

«In irgendeinem Restaurant.»

«Und wo steht dieses Restaurant?»

«Mal in Kreuzlingen am Hafen, mal in Konstanz.»

«Wir sind dem nachgegangen, Rossi. An den letzten zehn Vernehmungstagen wart ihr ein einziges Mal in der ‹Alti Badi› am Kreuzlinger Hafen und neun Mal drüben in Konstanz.»

«Warum fragst du, wenn du es so gut weisst?»

«Weil es wichtig ist. Da schiesst einer auf Sven, verletzt ihn schwer und verschwindet unerkannt. Da müssten bei dir doch alle Alarmglocken klingeln.»

«Die deutschen Kollegen sind der Ansicht, dass da möglicherweise ein irregeleiteter Fremdenhasser am Werk sein könnte.»
«Und was denkst du?»
«Nichts.»
«Der Mann, der auf Sven schoss, kam er dir bekannt vor?»
«Es ging alles ziemlich schnell. Die Bedienung stellte die Teller auf den Tisch und wünschte einen guten Appetit. Wir begannen zu essen, plötzlich stand er in der Nähe unseres Tisches und starrte uns an.»
«Habt ihr bemerkt, dass da etwas nicht in Ordnung ist?»
«‹Wir haben Besuch›, sagte Bruno zu Sven. Dieser schaute den Mann an, lachte und sagte etwas wie: ‹Auf Sie haben wir gerade noch gewartet.›»
«Bist du sicher? Davon steht nichts im Protokoll der deutschen Kollegen.»
«Die könnten das missverstehen, es war ja eher ein Scherz, weil wir niemanden erwarteten.»
«Und dann?»
«Plötzlich zog der Mann eine Pistole aus seiner gestreiften Umhängetasche und schoss zwei Mal auf Sven. Dann lief er davon. Das Ganze dauerte nur wenige Sekunden.»
«Hast du das Gefühl, dass er es auf euch abgesehen hatte? Oder sah es eher wie eine zufällige Begegnung aus?»
«Ich weiss es nicht, wirklich nicht. Ich stelle mir nur immer vor, dass er gerade so gut auf Bruno oder mich hätte schiessen können und dass er einen oder mehrere von uns hätte töten können.»
«Ein Profi? Handelte der Mann wie ein Killer, einer, der routinemässig tötet.»
«Warum fragst du das?»
«Es könnte ja sein, dass ihr in ein Wespennest gestochen habt und man euch einen Denkzettel verpassen will.»
«Er war kein Profi.»
«Sondern?»
«Können wir aufhören? Ich bin ganz durcheinander.»

«Wir sprechen uns noch, Rossi. Wir müssen das hier zu einem guten Ende bringen. Vor allem für euch drei.»

Gaudenz geht hinüber zum Fenster, öffnet es und lässt die kühle Morgenluft ins Büro. Es gibt nichts zu tun, ausser auf die Rückkehr von Gisler zu warten. Unten hält ein VW-Transporter neben der Tanksäule auf dem umzäunten Platz. Ein Mann in einem blauen Kittel steigt aus und füllt den Tank des Fahrzeuges. Dann stellt er den Wagen auf die andere Seite des Platzes und verschwindet in einer Garage.

«Hast du das Protokoll gelesen?»

Gaudenz dreht sich um. Er hat nicht gehört, wie Gisler zurückgekommen ist.

«Was hältst du davon?» Gisler setzt sich an seinen Platz.

«Viel hat dieser Franco Rossi nicht gesagt. Aber wenigstens weiss ich jetzt, warum ich hier bin.» Etwas zu laut, etwas zu heftig.

«Wirklich?» Gisler spielt wieder mit seinem Kugelschreiber.

«Wirklich?», äfft Gaudenz sein Gegenüber nach. «Wenn du willst, dass ich nichts merke, dann musst du die Namen im Protokoll schwärzen.»

«Sei nicht so empfindlich.»

«Ich soll nicht empfindlich sein? Na hör mal.» Gaudenz redet sich in Rage. «Da sitze ich in meinem Büro in Sils, mein Chef lässt mich zu sich kommen, verspricht mir die Teilnahme an Weiterbildungskursen in der Amriswiler Polizeischule, etwas, das ich schon immer wollte. Von den Kollegen der Kantonspolizei bekomme ich eine Uniform und sogar eine Pistole, damit ich im Unterland einen guten Eindruck mache.»

«Ich weiss nicht, was du hast. Du siehst wirklich wie ein echter Steinbockcop aus.» Gisler lächelt, doch Gaudenz lässt sich nicht beschwichtigen.

«Wie habt ihr das bloss gemacht?»

«Was?»

«Mich so schnell hierhergelockt.»

«Kommandant Keller rief am Mittwochabend seinen Kollegen in Chur an und bat ihn, das Nötige zu veranlassen. Chur informierte Sils, ein Amtshilfegesuch unter Freunden, schon wurdest du freigestellt und unserem Korps zugeteilt.»

«Darum lenkte Gemeindepräsident Spinöl so schnell ein. Und ich glaubte, das Ganze beruhe auf Einsicht. Meiner Frau erklärte ich, dass wir zwei Monate im Thurgau verbringen können, weil meine Gesuche um Weiterbildung endlich bewilligt worden waren. Ich konnte ihr ganz nebenbei einen normalen Frühling bieten.»

«Den kriegt sie ja, oder?»

Gaudenz lässt sich von dieser Bemerkung nicht beirren. «Und nun merke ich, dass das Ganze ein schlechter Scherz ist. Ihr braucht nicht den Supercop aus dem Engadin mit dem ausgezeichneten Ruf, sondern den Mann von Claudia Huber, geborene Kohler aus Seidlingen am Untersee, der zufälligerweise Gemeindepolizist ist.»

«Was sollte ich machen? Ich selber komme nicht an die drei Kollegen heran.»

«Und wer hatte die Idee, gerade mich zu holen?»

«Das war ich. Wir wollten uns aber Zeit lassen mit deiner Rekrutierung. Doch am Mittwoch nach dem Angriff auf Sven Metzger mussten wir einfach handeln.»

«Wie bist du auf mich gekommen, besser gesagt auf Claudia?»

«Wir kennen uns von früher aus der Schulzeit.»

«Seidlingen?»

Gisler nickt.

«Warum machst du den Job nicht selber?»

«Ich kenne Bruno schon zu lange. Er mag mich nicht besonders.»

«Und darum willst du ihm etwas anhängen? Nicht mit mir, Stefan.»

«Ich will doch nur wissen, um was es geht. Du bist meine einzige Chance, um an die drei Kollegen ranzukommen.»

«Bruno ist Claudias Cousin.»

«Darum wird es auch funktionieren.»

«Wenn das rauskommt, kann ich gleich einpacken bei meiner Familie.»

«Die werden nichts mitbekommen, verlass dich darauf. Vielleicht haben wir Glück, dann können wir die drei Jungs aus dem Gröbsten heraushalten. Keine schmutzige Wäsche, die in der Öffentlichkeit gewaschen werden muss, keine Entlassungen. Wenn es nicht allzu schlimm ist, gibt es einen internen Verweis und ein halbes Jahr Bürodienst.»

Gaudenz lehnt sich zurück, schliesst die Augen. Er hat zwei Möglichkeiten. Entweder schmeisst er den Job hin, fährt nach Seidlingen und kehrt mit seiner Familie ins Engadin zurück. Dann müsste er sich von seiner Frau einiges anhören. Oder er bleibt hier, horcht Bruno Kohler aus und riskiert, dass die Geschichte auffliegt. Was dann passieren würde, kann er sich ausmalen.

«Ich mache es. Aber nur bis zu einem gewissen Punkt. Meine Familie ziehe ich nicht in die Geschichte mit rein. Und die versprochene Weiterbildung findet statt. Einverstanden?»

Gisler streckt ihm die Hand entgegen. «Das werde ich dir nie vergessen, Gaudenz.»

In den nächsten zwei Stunden arbeitet sich Gaudenz durch die Protokolle der Befragungen des mutmasslichen Schleppers Konrad Höckler.

Höckler, schweizerisch-österreichischer Doppelbürger, zweiundvierzig Jahre alt, ledig. Angemeldet ist er in Tägerwilen, Kanton Thurgau. Er bewohnt eine baufällige Liegenschaft im Industriegebiet Tägermoos und betreibt dort seit etwa elf Monaten eine kleine Firma für Farben, Lacke und Malerutensilien. Sein Umsatz ist nicht besonders gross, Höckler scheint auch nicht viel vom Geschäft zu verstehen. Vom Tägerwiler Industriegebiet ist man mit dem Auto in vier Minuten an der Grenze zu Konstanz, die schlecht zu kontrollieren und ziemlich löchrig ist.

Höckler wurde am 4. April um drei Uhr dreissig von schweizerischen Zollbeamten am unbesetzten Grenzübergang Gottlieben angehalten. Als sich die Beamten dem Fahrzeug von

Höckler näherten, einem beigen Ford Transit mit Firmenlogo «H-Colors», stiegen mehrere Leute aus, rannten davon und verschwanden in den Vorgärten auf der Konstanzer Seite der Grenze. Bei den Flüchtigen könnte es sich um Kriegsflüchtlinge aus Ostafrika handeln, die unter Umgehung der bayrischen Grenzübergänge auf der Route über Vorarlberg, die Schweiz und Konstanz weitergereicht wurden.

Höckler wurde von den Zollbeamten verhaftet, an die Kantonspolizei in Kreuzlingen überstellt und sitzt dort seither in Untersuchungshaft. Bei mehreren Befragungen durch die Kriminalbeamten Metzger, Rossi und Kohler sagte er aus, nur dieses eine Mal Flüchtlinge an die Grenze gebracht zu haben.

Gaudenz vertieft sich in die letzten Seiten des Protokolls:

«Ich wollte einem guten Freund aus Österreich einen Gefallen tun. Sein bisheriger Schweizer Transporteur war kurzfristig ausgefallen, da sprang ich ein und übernahm die Fuhre.»
«Wussten Sie, was Sie da transportieren?»
«Das sagte mir mein Spezl erst in Hohenems, als ich die Ladung übernehmen wollte.»
«Wussten Sie, dass diese ‹Ladung›, wie Sie es nennen, ohne Zollformalitäten in die Schweiz gebracht werden sollte?»
«Ja, allerdings war die Schweiz ja nur Transitland, die Ware ging wieder zurück in die EU, war also für die Schweiz absolut unproblematisch.»
«Wie ging die Übergabe vonstatten?»
«Ich traf gegen Mitternacht auf einem Parkplatz in Hohenems ein. Eine halbe Stunde später kam Frido. Er fuhr einen Kleinbus wie ich auch. Er parkierte gleich neben mir, wir öffneten die Heckklappen, da huschten die Leute zu mir herüber.»
«Und erst zu diesem Zeitpunkt haben Sie gemerkt, dass Sie Flüchtlinge transportieren?»
«Genau so war es, das müssen Sie mir glauben.»
«Müssen wir das? Erzählen Sie weiter.»
«Wie gesagt, es handelte sich um einen Freundschaftsdienst.

Was sollte ich machen? Die Araber sassen bereits hinten im Bus, Frido war wieder weg, was sollte ich machen?»
«Sie hätten sich bei der Polizei melden können.»
«Und dann? Wer würde mir glauben? Das tun Sie ja auch nicht, oder?»
«Das lassen Sie mal unsere Sorge sein. Dieser Frido kann den Sachverhalt sicher bezeugen, oder?»
«Könnte er natürlich, leider weiss ich nicht, wo und wie ich ihn erreichen kann.»
«Sie haben nicht zufällig eine Telefonnummer von ihm?»
«Frido rief jeweils mich an. Eine Nummer habe ich nicht, eine Adresse auch nicht.»
«Heisst das, dass Sie schon mehrfach für Frido gefahren sind?»
«Nein, sonst haben wir nur gequatscht, von früher und so.»
«Und dieser Frido wollte nur dieses eine Mal etwas von Ihnen?»
«Nur dieses eine Mal. Wie gesagt, es war ein Freundschaftsdienst. Bekommen habe ich nichts dafür.»

Gaudenz legt die Papiere nachdenklich vor sich hin. Von einem Durchbruch, den Rossi bei seinem Gespräch mit Stefan Gisler erwähnte, konnte keine Rede sein, eher von einem Geplänkel. Höckler schien sicher zu sein, dass man ihm nicht viel beweisen konnte, dass er nur für dieses eine Mal den Kopf hinhalten musste. Weder eine Bezahlung für seine Fahrt noch wiederholte Schlepperdienste konnten Höckler bisher nachgewiesen werden.

Kurz vor zwölf beendet Gisler einen Telefonanruf und dreht sich zu Gaudenz.

«Es klappt, du kannst heute Nachmittag an einem Erste-Hilfe-Kurs teilnehmen. Die Kursleiterin ist informiert.»

«Das ging aber schnell.»

«Ich habe dir doch versprochen, dass du deine Weiterbildung absolvieren kannst.»

«Erste Hilfe ist ein guter Anfang. Wo ist der Kurs?»

«Hier in Frauenfeld. Um vierzehn Uhr. Zuerst gehen wir essen, ich habe Hunger.»

Gisler nimmt zwei verschiedenfarbige Kunststoffbehälter und einen Beutel Reibkäse aus seiner Tasche.

«Spaghetti mit Gemüsesauce. Eine Portion ist für dich. Wir essen zusammen mit den Kollegen. Du wirst sehen, das ist äusserst unterhaltsam und auch informativ.»

Sie gehen durch den lichtdurchfluteten Flur rund um den Innenhof herum. Der Aufenthaltsraum liegt auf der anderen Seite in der äussersten Ecke des Gebäudes. Zwei grosse Fensterfronten gegen Westen und Norden eröffnen den Blick auf die Stadt Frauenfeld sowie die neuen Einkaufstempel auf der anderen Seite der Eisenbahnlinie. Dahinter die Autobahn, das Grün der Allmend und die bewaldeten Hänge des Seerückens. Zusammen mit zwei Verkehrspolizisten stehen sie vor den beiden Mikrowellen und warten, bis sie an die Reihe kommen.

«Das ist Gaudenz, ein Bündner Kollege, der bei uns lernen will, wie ordentliche Polizeiarbeit gemacht wird», stellt ihn Gisler vor und erntet ein amüsiertes Schmunzeln. Auf dem internen Newsletter von heute Morgen war er bereits angekündigt worden. Neben den Uniformierten der Verkehrspolizei sind auch einige Beamte in Zivil anwesend, die bei der Kripo oder dem Kriminaltechnischen Dienst arbeiten. Mit einem Gruss gehen die neu Angekommenen um die Ecke zur Mikrowelle, wenige Minuten später stellen sie ihre dampfenden Gefässe auf den Tisch und beginnen zu essen.

«Hat dich Stefan zu seinen Spaghetti verdura verdonnert?»

«Du bist nur eifersüchtig, weil du schon wieder auf Diät bist.» Gisler zeigt auf den Salatteller seines Nachbarn. «Gaudenz ist ganz froh, dass es etwas Warmes gibt und nicht nur Ballaststoffe.»

Bevor Gaudenz bestätigen kann, dass die Spaghetti ausgezeichnet schmecken, gehen die Neckereien weiter. Eine Frau gegenüber, die ein Kartoffelgericht mit Fleisch vor sich hat, macht sich über die bleichen Vegetarier lustig. Ein drahtiger Kriminaltechniker, der sicher viel mit dem Velo unterwegs ist oder joggt, vergleicht die Kalorien der verschiedenen Mittagsmenus. So geht die Diskussion eine Weile hin und her. Gaudenz beachtet niemand mehr, er wird zu einem Teil dieser kauenden und plaudernden Gemeinschaft.

«Wie findet ihr das?», fragt ein grauhaariger Kripomann und zeigt auf die Schlagzeile der Thurgauer Zeitung, die in der Mitte des Tisches liegt.

«Das ist eine Sauerei. Die sollen unsere Leute in Ruhe lassen. Könnt ihr von der Medienstelle da nicht eingreifen?»

«Heute Nachmittag ist eine Pressekonferenz in Konstanz. Da werden wir versuchen, die Berichterstattung zu versachlichen», erklärt Gisler. «Im Moment sind einfach zu viele Emotionen mit im Spiel. Aus Mangel an Fakten versuchen die Zeitungen und Privatradios, sich gegenseitig mit ihren Mutmassungen zu übertreffen. In ein bis zwei Tagen wird sich die Lage wieder beruhigen.»

«Hoffentlich können die Deutschen bald einmal den Täter präsentieren, dann haben wir Ruhe, sonst geistert dieses Phantom noch eine Weile durch den Blätterwald», sagt die Frau mit dem Kartoffelgericht.

«Und wenn es ein Serientäter ist?» Ein Mann mit Stoppelbart und speckiger Lederweste, der vielleicht als verdeckter Fahnder arbeitet, schiebt seinen Teller von sich weg. «Jemand, der es auf Polizisten abgesehen hat?»

«Fredy, der Schwarzmaler. Unsere Kollegen waren in Zivil und nicht als Polizisten erkennbar.»

«Trotzdem», erwidert Fredy. «Wir müssen mit allem rechnen.»

«Arbeiten Rossi und Kohler wieder?», fragt Gaudenz.

«Sie sind vorerst beurlaubt, am Dienstag wollen sie aber wieder zum Dienst kommen», sagt der ältere Kripomann.

Gaudenz isst, hört zu, hängt seinen Gedanken nach. Fragt sich, welchen Geschäften Kohler, Metzger und Rossi wohl nachgegangen sind, ob sie dabei einen Fehler gemacht und sich so den Unmut ihrer Partner oder der Konkurrenz zugezogen hatten.

«Fertig?» Gisler stösst ihn an und holt ihn zurück in die Realität des Aufenthaltsraums.

«Es hat super geschmeckt, besten Dank.»

Anstehen beim Abwaschen, dann gehen sie zurück ins Büro. Gaudenz hat das Bedürfnis nach einem Spaziergang, nach frischer Luft. Gisler bringt ihn mit dem Lift hinunter in die Tiefgarage, führt ihn an den Polizeifahrzeugen vorbei zum Hinterausgang, gibt ihm seinen Schlüssel, damit er wieder reinkommt.

Auf der Rückseite des Polizeigebäudes führt eine Strasse der Bahnlinie entlang. Ein milder Wind treibt den Geruch von frischem Gras vor sich her und lässt die grün schimmernden Weidenäste tanzen. An der Böschung blühen Primeln. Claudias Frühling, denkt Gaudenz und zieht sein Handy aus der Tasche.

«Bei Kohler», hört er die helle Stimme von Verena.

«Hallo, mein Schatz, hier ist der Papa. Wie geht es dir?»

«Gut. Am Nachmittag bringt uns die Mama in die Schule, damit wir die anderen Kinder kennenlernen können.»

«Das tönt spannend. Was habt ihr heute Morgen gemacht?»

«Sandra war mit dem Grospi unterwegs. Ich habe Grosmi in der Küche geholfen. Danach bin ich ins Zimmer und habe gelesen. Auf dem Estrich habe ich eine spannende Geschichte gefunden, sie handelt von einem Jungen, der von seinen Freunden …»

«Verena, ich habe leider nicht so viel Zeit, du kannst mir am Abend davon erzählen. Abgemacht? Gib mir bitte die Mama.»

«Hallo, Gaudenz. Wie läuft es bei dir? Bist du schon in Amriswil an der Polizeischule?», fragt Claudia.

«Nein, noch nicht. Heute besuche ich einen Erste-Hilfe-Kurs in Frauenfeld.»

«Das kann dir auch nicht schaden.» Claudia lacht. «Wann kommst du?»

«Ich denke, dass ich zum Abendessen bei euch bin.»

«Treib dich nicht zu lange herum, wir gehen noch aus.»

«Wohin?» Doch da hat Claudia bereits aufgelegt.

Gaudenz schlendert hinüber zu einem Imbissstand, lässt sich einen Kaffee geben und geniesst die Ruhe, das Alleinsein. Dazu freut er sich ganz still, dass es seiner Familie hier so gut geht. Und dass er nicht ganz unbeteiligt daran ist. Gaudenz nimmt sich vor, am Abend mit Verena über die Geschichte zu reden und den Mädchen beim Einschlafen daraus vorzulesen.

VIER

Um zwanzig nach eins ist Gaudenz wieder zurück im Büro.

«Das musst du dir anschauen, bevor du zum Kurs gehst.» Gisler klopft auf eine Akte und schiebt sie über den Tisch.

Mit einer Büroklammer ist die Aufnahme einer etwa dreissigjährigen Frau mit dunkelbraunen Haaren und wachen Augen an einem Personalblatt befestigt. Sie heisst laut den Angaben Sabrina Leisinger, wurde in Österreich geboren, ist die Tochter einer Schweizerin und eines Österreichers und hat eine ältere Schwester.

Nach der Scheidung kam die Mutter mit den beiden damals noch schulpflichtigen Kindern zurück in die Schweiz.

Gaudenz blättert.

Abgebrochene Berufslehre als Heizungsinstallateurin, danach Aushilfsjobs in einigen Küchen der Region, vom Schnitzellokal bis hin zur Sterneküche. Danach folgte die Ausbildung zur Krankenschwester, diverse Weiterbildungen, die sie befähigen, Kurse zu leiten.

Seit zwei Jahren ist Frau Leisinger beim Roten Kreuz Thurgau angestellt. Ein Teil ihrer Aufgabe besteht darin, die medizinische Weiterbildung für die Thurgauer Polizeibeamten zu organisieren und durchzuführen. Ausserdem ist sie im Flüchtlingswesen aktiv.

In einem roten Mäppchen findet Gaudenz ein Gesprächsprotokoll.

Medienstelle der Kapo TG, Gespräch mit Leisinger Sabrina
Donnerstag, 16.04., 09.30 Uhr, Restaurant Terrasse, Frauenfeld
Anwesend: Leisinger Sabrina und Gisler Stefan. Dieses Gesprächsprotokoll ist nur für den internen Gebrauch der Medienstelle.

«Setz dich bitte, Sabrina. Zu deiner Information möchte ich vorausschicken, dass dieses Gespräch aufgezeichnet und von mir protokolliert wird. Das Protokoll ist ein internes Papier, das niemanden etwas angeht. Hast du das verstanden?»
«Ja. Dazu möchte ich sagen, dass ich freiwillig hier bin, dass ich zu diesem Gespräch eingewilligt habe, obwohl ich keinen Grund dafür sehe. Ich nehme an, dass ich jederzeit gehen kann.»
«Das ist richtig. Ich möchte mit dir über den Mittwoch sprechen.»
«Welchen Mittwoch?»
«Ich meine gestern.»
«Was möchtest du wissen?»
«Hast du vom Überfall auf Sven Metzger gehört?»
«Schrecklich. Wie geht es ihm?»
«Die Ärzte sagen, dass er Glück gehabt hat.»
«Und der Täter?»
«Läuft irgendwo frei herum. Die Deutschen haben ihn jedenfalls noch nicht verhaftet.»
«Ein Irrer!»
«Vielleicht. Möglicherweise wollte er ein Zeichen setzen, eine Warnung aussprechen.»
«Wieso sollte er das tun?»
«Darüber wollte ich mit dir sprechen, Sabrina.»
«Mit mir? Was habe ich damit zu tun?»
«Du bist doch mit Metzger, Rossi und Kohler befreundet, oder?»
«Befreundet ist etwas übertrieben. Wir kennen uns von meinen Kursen her. Und bei der Arbeit hatten wir mehrfach miteinander zu tun.»
«Das heisst?»
«Das Rote Kreuz Thurgau ist im Empfangszentrum für Asylbewerber für die Gesundheit der Insassen zuständig. Die drei Kriminalpolizisten waren mehrfach vor Ort.»
«Meines Wissens verfügt das Empfangszentrum über eigene Sicherheitsleute.»

«Das ist richtig. Die Leute arbeiten für eine private Sicherheitsfirma. Sie sind dafür verantwortlich, dass im Zentrum Ruhe und Ordnung herrscht. Ausserdem sind sie für geordnete Abläufe zuständig.»
«Dann braucht es keine externen Polizeibeamten, oder?»
«Was willst du damit sagen?»
«Nichts, ich habe nur gefragt.»
«Teilweise kommen die Uniformierten vom Posten Kreuzlingen und markieren Präsenz.»
«Wozu?»
«Wozu? Wozu wohl? Die Bewohner des Empfangszentrums haben kaum Geld. Wenn sie ins Einkaufszentrum Karussell gehen, kann es schon sein, dass die Versuchung dieser Glitzerwelt etwas zu gross ist für sie.»
«Abschreckung also?»
«Abschreckung, genau.»
«Wozu waren Metzger, Rossi und Kohler da?»
«Zur Abschreckung.»
«Wohl kaum. Was haben sie bei euch gemacht?»
«Sie kamen, um mit einzelnen Asylbewerbern zu sprechen.»
«Worüber?»
«Keine Ahnung.»
«Du weisst es, Sabrina. Soviel ich von der Zentrumsleitung erfahren habe, warst du öfters bei diesen Gesprächen dabei.»
«Ich war da, weil es um die Gesundheit der Leute ging.»
«Soviel ich gehört habe, waren diese Leute aus Eritrea kerngesund.»
«Wieso kommst du jetzt mit Eritrea?»
«Weil ihr meistens mit Leuten aus Eritrea zusammengekommen seid.»
«Zufall.»
«Eine solche Häufung ist kein Zufall.»
«Es handelte sich um Ermittlungen gegen eine organisierte Bande von Schleppern.»
«Die vor allem Eritreer in die Schweiz bringen?»
«Scheint so.»

«Und bei solchen Gesprächen muss eine Schwester vom Roten Kreuz dabei sein?»
«Auch wir sind froh, wenn den Schleppern das Handwerk gelegt wird.»
«In den letzten zwei Wochen warst du nicht mehr bei den Gesprächen dabei. Was ist passiert?»
«Nichts. Die drei Helden können das gut auch alleine.»
«Das tönt etwas ernüchtert. Hattet ihr Streit?»
«Was willst du eigentlich von mir, Stefan? Könnt ihr mich nicht einfach alle in Ruhe lassen.»
«Wer ist ihr?»
«Du weisst genau, wovon ich spreche. Das Leben ist schwer genug, jetzt musst du nicht auch noch mit solchen Geschichten kommen.»
«Entschuldige, ich wollte dir nicht zu nahe treten. Aber wir müssen verstehen, was gestern passiert ist. Nicht dass wir da plötzlich in den Schlagzeilen der nationalen Medien auftauchen. Das kann sich unsere Polizei nicht leisten.»
«Du bist immer noch der Gleiche. Ein Saubermann, der Angst um den guten Ruf hat. Als ob die Kapo einen Aufpasser wie dich brauchte. Wenn du keine weiteren Fragen mehr hast, würde ich gerne gehen.»
«Keine weiteren Fragen, aber …»
«Such dir andere Leute für deine Geschichten, Stefan.»

Gaudenz legt die Blätter wieder zurück ins rote Mäppchen.
«Und jetzt?»
Gisler schaut auf die Uhr. «Es ist Zeit für die Erste Hilfe.»
«Darf ich raten? Mein Kurs heute Nachmittag wird von Sabrina Leisinger geleitet.»
«Es hat sich so ergeben.» Gisler sammelt seine Papiere zusammen, ohne aufzuschauen.
«Darf ich weiterraten? Frau Leisinger zog damals von Österreich in den Kanton Thurgau, genauer gesagt nach Seidlingen. Bist du auch mit ihr zur Schule gegangen?»
Gisler nickt und versorgt die Papiere in seinem Pult.

«Du musst ein unmögliches Kind gewesen sein», sagt Gaudenz und steht auf.

«So wie Kinder eben sind.»

«Denkst du, dass sie mehr über die Geschäfte von Bruno und seinen Kollegen weiss?»

«Möglich wäre es.»

«Hast du die Leute um dich herum schon immer so extrem manipuliert?»

Gisler nimmt seine Jacke aus dem Schrank. «Ich manipuliere nicht, ich versuche nur, ein Problem zu lösen.»

«Eigentlich erstaunlich, dass Claudia nie von dir erzählt hat.»

«Vielleicht ist es ja besser so.»

«Wo findet der Kurs statt?»

«Ich bring dich hin.»

Schweigend gehen sie durch das Polizeigebäude. Draussen scheint die Sonne, ein angenehm warmer Nachmittag, eigentlich viel zu schade, um sich mit Verletzungen und lebensrettenden Sofortmassnahmen zu befassen. Gaudenz fährt, Gisler leitet ihn durch das Zentrum von Frauenfeld, empfiehlt Restaurants, weist auf die Kathedrale, das Regierungsgebäude und die Kantonsbibliothek hin.

«Was erwartest du von mir?»

«Nichts. Sprich mit Sabrina. Dir erzählt sie vielleicht etwas. Du kommst von aussen, bist nicht verwickelt in unsere alten Dorfstreitereien. Weil du wieder weggehen wirst, kann sie dir ihre Geschichte mit auf den Weg geben. Das wäre nicht schlecht.»

«Mochte sie Claudia?»

«Wer? Sabrina? Mögen ist vielleicht etwas viel gesagt. Sabrina war mehr mit sich selber beschäftigt.»

«Mochtest du sie?»

Gisler atmet hörbar aus. «Du willst ja wieder Sachen wissen.»

«Vielleicht hilft es mir, eure Streitereien zu verstehen.»

«Das war kein Streit. Kindereien eben.»

«Und Claudia?»

«Sie gehörte zu den Guten.»

«Im Gegensatz zu dir?»

«Im Gegensatz zu mir. Richtig.»

Die Strasse hinauf zum Kantonsspital führt vorbei an niedrigen Gebäuden, die in grosszügigen Gärten stehen, an sauberen Offroadern vor mächtigen Garagentoren, mit denen unterbeschäftigte Mütter ihre Kinder von der Schule zum Sport, vom Sport zur Musikstunde und von dort ins Ballett oder ins Frühenglisch fahren.

«Am meisten freue ich mich jetzt auf ein freies Wochenende.»

«Wegen morgen müssen wir noch schauen.»

«Morgen ist Samstag.»

«Bei der Polizei arbeiten wir unregelmässig. Die Zeit drängt, und wir brauchen Ergebnisse, vergiss das nicht.»

«Sklaventreiber.»

«Du wolltest doch hierher in den Thurgau kommen.»

«Um Kurse zu besuchen und mit meiner Frau zu bummeln, nicht um mich herumjagen zu lassen.»

«Da vorne im Kreisel musst du die zweite Ausfahrt nehmen. Bei diesem Fall lernst du vom Aktenstudium bis zur Ermittlungsarbeit alles. Learning by doing.»

«Und wenn nichts ist?»

«Ist eben nichts. Dann haben wir Glück gehabt. Und du hast gelernt, dass Polizeiarbeit nicht immer zu einem Ziel führt. Jetzt musst du links einbiegen. Da ist die Parkgarage, du kannst mich gleich hier absetzen.»

Gaudenz hält neben der Garage für die Ambulanzen.

Gisler gibt ihm seine Visitenkarte mit der Aufforderung, Gaudenz solle ihn anrufen, wenn er hier fertig sei. Dann würde man weitersehen. Rollende Planung sozusagen.

Gaudenz fährt in die Garage ein, zieht sich ein Ticket und stellt den Wagen auf der ersten Ebene ab. Er geht hinüber zu einem eckigen Betonbau, wo ihn sein erster Kurs im Thurgau erwartet.

***

«Du bist etwas spät dran.» Die Frau, die Gaudenz vom Foto kennt, schaut gespielt vorwurfsvoll auf die Uhr. Sie streckt ihm die Hand entgegen, und ein breites Lächeln überzieht ihr Gesicht. «Kein Problem, du kommst ja auch von weit her. Ich bin Sabrina.»

Sabrina Leisinger hat ein breites, warmes Lachen und einen festen Händedruck. Dazu ein offenes Gesicht und lebhafte, dunkle Augen.

«Wir haben nicht oft Besuch von so weit oben.» Mit einer grossen Handbewegung zeichnet sie weit entfernte Bergspitzen in die Luft. «Hoffentlich hältst du es aus bei uns Flachländern. Willst du dich kurz vorstellen?»

«Ich bin Gaudenz Huber, komme aus dem Engadin, genauer gesagt aus Sils. Dort arbeite ich als …» Fast hätte er Gemeindepolizist gesagt, erklärt dann aber, dass er auf dem Posten in Silvaplana stationiert und im ganzen Oberengadin und dem Bergell unterwegs sei.

Gaudenz setzt sich zwischen zwei Thurgauer Kantonspolizisten, bekommt die Kursunterlagen und es geht los. Im Raum sitzen neben ihm zwölf Männer und fünf Frauen.

Folie um Folie legt Sabrina vorne im Schulungsraum auf den Hellraumprojektor, erklärt die Zusammenhänge, weist mit einem langen Zeigestab auf wichtige Details hin, wirft Fragen in die Runde und verschont dabei keinen mit ihrem forschenden Blick. Sie erklärt die Organisation eines Schadenplatzes und erläutert die Abläufe bei der Alarmierung des Rettungsdienstes, dann erörtert sie die lebensrettenden Sofortmassnahmen nach allen möglichen Ereignissen.

In Kleingruppen besprechen die Polizeibeamten Diagramme und Verlaufsschemen, dann geht es im Plenum weiter.

«Warum ist es wichtig, dass wir Verletzte immer ansprechen?»

Konzentriert führt Sabrina durch die teilweise sehr komplexe Materie. Fast mehr noch als der Kursinhalt interessiert Gaudenz die Art und Weise, wie diese Frau die Polizisten zu fesseln vermag und auch Bekanntes neu aufbereiten und packend vermitteln kann. Nach den Ausführungen von Stefan Gisler und der Lektüre der Akten hatte er eine frustrierte und etwas aggressive Person erwartet. Stattdessen steht vor ihm eine lebenslustige, äusserst charmante und sehr präsente Frau.

«So, Kollegen, es ist Zeit für einen Kaffee und eine Zigarette», sagt Sabrina, nachdem sie neunzig Minuten lang mit Vollgas unterrichtet hat.

«Draussen im Vorraum steht ein Getränkeautomat», erklärt der Nachbar von Gaudenz, der sich als Philipp aus Kreuzlingen vorstellt. «In der Cafeteria drüben im Spital ist der Kaffee aber um einiges besser.»

Zusammen gehen sie ins Freie, vor ihnen Sabrina und ein klein gewachsener Polizist, der sich vorhin nach vorne gedrängt hat und der unbedingt mit der Kursleiterin sprechen will, weil, so sagt er aufgeregt, etwas passiert sei.

«Es ist schiefgegangen.»

«Beruhige dich erst mal», sagt sie leise.

«Es ist einfach unglaublich, ich weiss nicht, wie das geschehen konnte, es war doch alles in bester Ordnung, das hast du doch auch gesehen.»

«Nicht so laut, Frank, das geht niemand etwas an.»

Philipp zündet sich eine Zigarette an. «Bei uns auf dem Posten in Kreuzlingen haben wir auch guten Kaffee, du musst unbedingt zu einer Tasse vorbeikommen.»

«Gerne», antwortet Gaudenz und versucht, möglichst viel vom Gespräch vor ihnen mitzubekommen.

«Weisst du, man kann natürlich nie wissen, ob es klappt.»

«Warst du dir denn so sicher, dass es diesmal funktioniert?»

«Ganz sicher. In einer vergleichbaren Situation haben andere gegen zehntausend Franken rausgeholt.»

Gaudenz denkt an die Schüsse auf die drei Polizisten in Konstanz und fragt sich, welche Geschäfte im Polizeikorps nebenher laufen und ob alle Beamten versuchten, ihr Gehalt ganz nebenbei aufzubessern. Frank scheint aber nicht raffiniert genug vorgegangen zu sein und ist wohl gescheitert, vorerst jedenfalls.

«Die Idee mit der Grenze war einfach genial, da kann niemand etwas dagegen sagen, Sabrina.»

«Ich weiss nicht so recht.»

«Aber ich. Mein Gott, diese Schiebereien von hier nach drüben sind eine Tatsache. Und wenn einer daran mitverdienen will, ist doch nichts dabei, oder?»

«Nach der Geschichte mit Sven hat sich die Situation eben verändert», sagt Sabrina. «Da reagiert man empfindlicher.»

«Für mich bleibt alles beim Alten.» Die Stimme des Mannes ist gereizt. «Wenn die glauben, dass man mit mir so umspringen kann, täuschen die sich.»

«Willst du ihnen etwa drohen, Frank?»

«Dazu ist die Lage unseres Polizeipostens einmalig», erklärt Philipp. Mit einem zustimmenden Gemurmel macht Gaudenz ihm Mut, weiterzufahren, und konzentriert sich wieder auf das Gespräch vor ihnen.

«Ich bin überzeugt, dass die nicht jeden so abblitzen lassen», sagt Frank zu Sabrina.

«Vielleicht hast du dich doch etwas ungeschickt angestellt.»

«Das glaube ich nicht. Doch seit der Sache mit Metzger, Rossi und Kohler habe ich keine Chance mehr, damit zu Geld zu kommen.»

«Was haben Sven und die anderen mit deiner Geschichte zu tun?» Der Ton von Sabrina wird spürbar schärfer.

«Am Mittwoch fielen die Schüsse. Und heute Morgen lassen die mich abblitzen. Wenn da kein Zusammenhang besteht.»

«Und wie ist es bei euch?», fragt Philipp.

«Was meinst du?» Gaudenz fühlt sich ertappt und schaut Philipp erstaunt an, der auf die Antwort zu seiner Frage wartet.

«Na ja, ich kann mir gut vorstellen, dass die Polizeiarbeit in einer Tourismusregion sehr interessant sein kann.»

Sie sind im Hauptgebäude des Spitals angelangt, durchqueren die Halle, bleiben kurz bei der Tafel stehen, auf der die Namen der Neugeborenen vermerkt sind, und gehen hinüber in die Cafeteria.

«Der Verkehr gibt viel zu tun, vor allem, wenn das Wetter

umschlägt und Leute mit mangelhaft ausgerüsteten Fahrzeugen unterwegs sind», sagt Gaudenz. «Dazu kommen die üblichen Drogen- und Gewaltdelikte, das ist nicht viel anders als bei euch.»

«Ach komm schon, zwischendurch macht ihr sicher mal eine Razzia in einer Villa und lasst eine Koksparty der Reichen und Schönen hochgehen.» Philipp bezahlt den Kaffee für beide, sie gehen hinüber zu den Tischen.

«Setzt euch doch zu uns», sagt Sabrina.

Frank schweigt, er scheint über die Gesellschaft nicht sonderlich begeistert zu sein.

«Wie läuft es bei euch, Philipp?», fragt Sabrina. «Hat die Sache mit Sven einen Einfluss auf eure Arbeit?»

«Nicht direkt, es gibt natürlich immer Leute, die etwas gesehen haben wollen, einen Verdächtigen, der irgendwo herumlungerte, einige Asylbewerber, die man mit den drei Polizisten zusammen gesehen haben will. Das gibt für uns dann wieder einiges zu schreiben.»

«Und die Zusammenarbeit mit den deutschen Kollegen?», fragt Gaudenz.

«Die arbeiten direkt mit unserer Staatsanwaltschaft zusammen. Wir haben nichts mit den Ermittlungen drüben in Konstanz zu tun. Bei uns auf dem Posten landen nur die Mutmassungen. Wie ist das bei euch im Kanton Graubünden mit der Grenze? Habt ihr Kontakt zu den italienischen Kollegen?»

«Manchmal ja, manchmal nein. Es kommt auf die persönliche Beziehung an. Oft sind die Carabinieri, Zöllner und die Beamten der Polizia dello Stato aus anderen Regionen nach Chiavenna abkommandiert und haben kein grosses Interesse am Dienst an der Grenze. Die sitzen bei uns ihre Zeit ab, bis sie wieder in den Süden können.» Dankbar denkt Gaudenz an Raselli, der ihm einige Interna der Kantonspolizei erzählte, damit er im Unterland ein paar Geschichten auf Lager hat und nicht gleich enttarnt wird.

«Soll ich dir mal erzählen, wie unser kleiner Grenzverkehr aussieht?», fragt Frank.

«Nicht jetzt.» Die Kursleiterin legt dem Polizisten kurz ihre Hand auf den Arm.

«Aber …»

«Es ist Zeit für die Erste Hilfe, nicht für Räubergeschichten.» Sie steht auf, die anderen folgen ihr gehorsam. Auch die Polizisten an den Nebentischen erheben sich und bringen die Tabletts mit den Tassen zurück. Dann durchqueren die Uniformierten, neugierig beobachtet von den Patienten und ihren Angehörigen, die Eingangshalle und gelangen zum Ausgang. Ein leichter Wind weht über den Platz, die Tulpen in den Rabatten wiegen ihre Köpfe hin und her.

«Hast du dich auch schon gefragt, wie die Grenze die Menschen verändert», fragt Frank beiläufig.

«Nicht direkt.» Gaudenz wartet gespannt.

«Eine Grenze eröffnet ganz neue Möglichkeiten», sagt Frank leise. «Sie macht uns gierig und erfinderisch, denn jedes Hindernis wartet darauf, überwunden zu werden. Was hier erlaubt ist, ist drüben verboten. Oder umgekehrt. Und was hier billig ist, kostet drüben viel zu viel. Umgekehrt ist es genauso.»

«Welches Geschäft würdest du einem wie mir empfehlen?»

«Du bist Beamter», sagt Frank und kichert. «In deinem Dienst kannst du die Augen offen halten oder schliessen. Das kann ganz schön lukrativ sein, mit Wegschauen kannst du deinen Lohn ordentlich aufbessern.»

«Und wenn ich aktiv etwas dazuverdienen wollte?», fragt Gaudenz möglichst beiläufig. «Welche Möglichkeiten habe ich da? Rein hypothetisch natürlich.»

«Es gibt viel, das man hinüberbringen kann. Drogen, gestohlene Autos, Frauen. Oder herholen. Die Grenze ist total löchrig. Es ist eine Frage der Organisation und des Timings.»

«Was war das Problem bei den Polizisten, auf die in Konstanz geschossen wurde? Falsche Organisation oder falsches Timing?»

Frank reibt sich das Kinn. «Für mein Vorhaben war es das absolut falsche Timing.»

«Das musst du mir genauer erklären.»

«Stell dir das mal vor: Da arbeitest du fast ein Jahr, sammelst Fakten und planst alles bis ins kleinste Detail. Du weisst, dass du es schaffen kannst, dass das Ding auch funktionieren wird, und da passiert so etwas. Kurz vor meinem Durchbruch.»

«Lass Gaudenz in Ruhe mit deinen Geschichten.» Sabrina hat sich zwischen Gaudenz und Frank gedrängt und schaut Frank beschwörend an. «Er ist nicht extra aus Graubünden hergekommen, um sich dein Gejammer anzuhören.»

«Schon gut», murmelt Frank.

«Mich hat es interessiert», sagt Gaudenz in der Hoffnung, es gebe noch etwas Spannendes zu hören.

«Vielleicht ein andermal», sagt der kleine Polizist.

Im Kurslokal scheucht Sabrina die Polizisten an ihre Plätze und fasst den ersten Teil des Kurses kurz zusammen. Dann zeigt sie Bilder von Unfallplätzen und lässt die Kursteilnehmer die Situation analysieren.

«Was muss sofort gemacht werden, auf was sollten wir besonders achten, welche Gefahren bestehen in dieser konkreten Situation?»

Die Beamten schöpfen aus dem Vollen, sie alle wurden schon oft zu Unfällen gerufen, die gut und unkompliziert abgewickelt wurden. Die Idealfälle sozusagen. Andererseits gab es Wetterpech, fehlerhaftes Verhalten von einzelnen Beteiligten.

«Manchmal ist es auch eine Verkettung von unglücklichen Zufällen», wendet eine Polizistin ein.

«Es gibt keine Zufälle», sagt Sabrina bestimmt. «Ihr könnt dem Glück meistens auf die Sprünge helfen.»

«Wir in Kreuzlingen haben oft mit einem hohen Verkehrsaufkommen zu kämpfen», sagt Philipp. «Neulich gab es einen schweren Unfall beim Kreisel zwischen Zollamt und Autobahnende. Sofort staute sich der Verkehr, sodass die Rettungskräfte …»

Nachdenklich sitzt Gaudenz an seinem Platz. Er kann sich nicht auf das Geschehen vor ihm konzentrieren. Immer wieder muss er an die Worte von Frank denken. Was weiss der Polizist über die Schiebereien an der Grenze? Ist dieser kleine

Grenzverkehr den drei Polizisten zum Verhängnis geworden? Oder war doch alles ganz anders, und er lässt sich von seiner Phantasie an der Nase herumführen?

Die letzte Stunde des Kurses üben sie an Puppen künstliche Beatmung, Herzmassage und den richtigen Einsatz des Defibrillators. Weil auch in Sils so ein Apparat hängt, ist Gaudenz froh über diese Auffrischung seiner Kenntnisse.

Abwechslungsweise bedienen die Retter das Gerät.

«Sobald ihr bei der verletzten Person seid, müsst ihr sie ansprechen. Wenn ihr einen Atemstillstand feststellt, dürft ihr keine Zeit verlieren.»

Gaudenz zieht der Puppe die Jacke aus und nimmt den Defibrillator. Eine künstliche Stimme erklärt, was zu tun ist. Er klebt die beiden mit Kabeln versehenen Pflaster auf die Kunststoffbrust. Dann folgt er den weiteren Anweisungen.

Beatmung, Herzmassage und wieder Beatmung, dies immer im Wechsel.

«Achtung», befiehlt die Stimme, «berühren Sie den Patienten nicht mehr.»

Zuerst messen Sensoren die Tätigkeit des Herzens. Es folgt ein Stromstoss, der die Zirkulation wieder in Schwung bringen sollte. Danach wieder Beatmung, Herzmassage, Beatmung, Herzmassage.

«Kräftiger», befiehlt Sabrina. «Bei einer ordentlichen Herzmassage sind gequetschte oder angebrochene Rippen keine Seltenheit.»

Nach einer weiteren Übungssequenz besprechen sie die Erfahrungen.

«Wie ist das mit den Kleidern? Muss alles weg», will ein Polizist wissen.

«Auch bei Frauen?», fragt ein anderer.

«Keine falsche Scheu, Männer.» Sabrina lächelt. «Hier geht es um lebensrettende Sofortmassnahmen, mit einem beschädigten BH-Stäbchen verletzt ihr die Patientin höchstens.»

«Dann gibt es aber etwas zu sehen für die Leute», tönt es aus der letzten Reihe.

Gelächter. Jemand sagt noch etwas, das wie «Showtime» tönt.

«Schluss jetzt.» Sabrina verharrt in der Bewegung und starrt den Sprecher an. «Ich hoffe, ich habe mich verhört.»

Die leichte Stimmung ist verflogen, in abgehackten Sätzen beendet Sabrina den Kursnachmittag, überwacht das Aufräumen, verteilt noch eine Informationsbroschüre und verabschiedet sich von den Teilnehmern.

«Entschuldige», sagt ein Polizist zum Abschied. «Das war nicht so gemeint.»

«Schon gut.»

Gaudenz schüttelt eine schlaffe Hand, nickt einem müden Gesicht zu. Die unbändige Energie, die er bisher bei dieser Frau gespürt hat, ist verflogen. Er will noch etwas sagen, überlegt es sich doch anders und folgt Frank hinaus ins Freie.

***

Die Sonne ist noch da, stellt er erstaunt fest. Da sind keine Berge, hinter denen die wärmende Scheibe verschwindet, keine kalten Winde, die den Hauch des Schnees bis ins Tal hinuntertragen. Nur unglaubliche Frühlingsmilde, die ihn umfängt.

«Warte», ruft er Frank zu, der auf die Tiefgarage zusteuert. «Hast du einen Moment Zeit für mich?»

«Ein paar Minuten, ja.»

«Wie war das gleich mit dieser Grenzgeschichte?»

«Willst du das wirklich wissen?»

Gaudenz nickt und deutet auf eine Bank bei der Bushaltestelle.

«Es ist eine geniale Story, die perfekte Masche», sprudelt es aus Frank heraus, kaum haben sie sich gesetzt. «Stell dir vor, Thurgauer Polizeibeamte, die unsere Grenzregion kennen und gute Beziehungen zum Zoll unterhalten, machen sich daran, ihren eigenen Handel über die Grenze aufzuziehen. Sie beginnen ganz klein, organisieren erste Transporte und stellen erstaunt fest, dass alles problemlos funktioniert. Das Geld fliesst, sie erhöhen die Menge und die Preise, verkürzen die zeitlichen Intervalle zwischen den Transporten.»

«Handel womit?»

«Mit allem Möglichen. Edelmetall, Schmuck, Devisen. Es gibt auch lebende Ware.»

«Lebende Ware?»

«Der Frauenhandel blüht, das solltest du doch wissen.»

«Schon, aber Polizisten, die mit der Mafia zusammenarbeiten?»

«Da gibt es viel Geld zu verdienen.» Frank reibt Daumen und Zeigfinger aneinander und schnalzt mit der Zunge. «Auch Flüchtlinge sind froh, wenn sie sicher über die Grenze kommen. Das läppert sich, mein Freund.»

Gaudenz denkt an den Schlepper, der in Kreuzlingen in Untersuchungshaft sitzt und der von den drei Kriminalbeamten mehrfach verhört worden war. Auch am Mittwoch, als Sven Metzger angeschossen wurde.

«Und du glaubst, dass in Kreuzlingen Menschenhandel von Polizisten organisiert wird?»

«Glauben? Bei mir ist das so. Der Handel wird im Auftragsverhältnis abgewickelt. Meine Leute betreiben je ein Lagerhaus auf beiden Seiten der Grenze, ein Zwischenhändler hier, einer dort, schon läuft das Geschäft.»

«Das sind zu viele Beteiligte, das kann nicht gut gehen.»

«Da hast du recht», sagt Frank. «Du bist ein Profi, du siehst das sofort. Aber diese Deppen haben das nicht gesehen, auch das Geniale des ganzen Plots nicht.»

Gaudenz will fragen, wer diese anderen sind, schweigt aber, weil er sieht, wie Sabrina Leisinger mit zwei Taschen aus dem Kurslokal kommt, abschliesst und in den Weg hinüber zur Parkgarage einbiegt.

«Warum hat sie vorhin so reagiert?», fragt er stattdessen.

«Die Sabrina ist schon in Ordnung, sie hat nur drei Schwachstellen.» Frank holt eine zerknitterte Packung Fisherman's Friend hervor und hält sie Gaudenz hin.

Dieser schüttelt den Kopf. «Und die wären?»

«Frauenfeindliche Sprüche kann sie nicht ausstehen. Da liegt ihre Schmerzgrenze sehr tief, das hast du ja vorhin gesehen. Ausserdem mag sie es nicht, wenn man sich abschätzig über Ausländer oder Flüchtlinge äussert.»

Gaudenz denkt an das Vernehmungsprotokoll, das ihm Stefan Gisler zeigte. «Woher kommt das?»

«Sie arbeitet ja Teilzeit im Empfangszentrum in Kreuzlingen, da sind ihr schon die verschiedensten Schicksale begegnet.»

«Weisst du mehr darüber?», fragt er gespannt.

«Wie du vielleicht schon gehört hast, kommen immer mehr Flüchtlinge, vor allem über die Grenze aus Österreich. Die werden in Altstätten und Kreuzlingen untergebracht, bis sie ausgewiesen oder an die Kantone verteilt werden. Für Sabrina sind diese Leute mehr als nur Nummern.»

«Und die dritte Macke?»

«Sie hat keine Ahnung von Kriminalliteratur, obwohl sie behauptet, viel zu lesen. Man könnte meinen, dass sie in der Kommission mitarbeitet. Diese Leute sind doch total unfähig. Die müssten sich die neusten Thriller besorgen, sonst haben sie keine Ahnung, was sich auf dem Markt so tut. Leider kümmern sie sich lieber um Gedichte, die keiner liest, und um Musik, die niemand hören will.»

«Wovon sprichst du eigentlich?»

«Von meiner Story, die …»

«Du wolltest mir doch den Grenzverkehr erklären.»

«Das habe ich auch, Gaudenz.» Er steckt sich ein Bonbon in den Mund und versorgt die Packung in der Hosentasche. «Und du hast gesagt, dass die Geschichte der Polizisten realistisch ist, du hast gesagt, dass beim Handel zu viele Leute involviert sind, dass es da Probleme geben muss, oder?»

«Sicher habe ich das gesagt. Was ist denn nun passiert?»

«Abgelehnt.»

«Was abgelehnt?» Langsam verliert Gaudenz die Geduld mit Frank.

«Meinen Text. Dabei habe ich so lange daran gearbeitet.»

«Grenzverkehr ...»

«Wäre der Titel gewesen für meinen Kriminalroman. Aber wann hat unsereiner schon Zeit zum Schreiben? Da bekommt jeder Dahergelaufene Fördergelder vom Lotteriefonds, von der Kulturstiftung oder von der Migros. Wenn aber ein Mann von der Front, der weiss, wovon er schreibt, mal bei den Kulturfuzzis anklopft ...»

Wie eine Lawine bricht der Frust aus Frank hervor. Er wollte einen Kriminalroman zum kleinen Grenzverkehr verfassen. In seinem Text wird ein korrupter Polizist erschossen. Seine Kollegen wollen ihn rächen. Doch lange finden sie nicht heraus, wo die Täter zu suchen sind. Die zuständige Kommission lehnte es ab, Frank einen Werkbeitrag von einigen Tausendern zu bewilligen, dies mit der Begründung, dass der Text weder formal noch inhaltlich überzeugen würde.

«Woher nehmen sie diese Arroganz? Was wissen diese Leute über Kriminalromane, wenn sie nur Betroffenheitsliteratur fördern?»

Gaudenz steht auf. In seinem Kopf drehen sich die verschiedensten Empfindungen. Frust, weil er sich so hatte täuschen und hinhalten lassen, dazu kommt ein ungläubiges Staunen über diesen Polizisten, der seine ganze Energie darauf verwendet, mit einem Kriminalroman durchzustarten und vielleicht berühmt zu werden.

Er hat hier nichts mehr verloren. Falsche Spur. Eigentlich hätte er sich an Sabrina Leisinger halten sollen, wie ihm Gisler geraten hatte.

«Ich muss», sagt er und steht auf.

«Weisst du, was ich glaube? Das Nein kommt von ganz oben. Vielleicht sogar von der Regierung. Nach den Schüssen auf Sven Metzger sind alle verrückt geworden. Einen internen Nestbeschmutzer kann man sich im Moment nicht leisten.»

«Da könntest du recht haben», sagt Gaudenz zum Abschied, drückt Frank die Hand und geht hinüber zur Parkgarage. Vielleicht, denkt er, ist Sabrina noch da, vielleicht kann ich noch mit ihr sprechen.

Im Parterre, wo sein Wagen steht, ist niemand zu sehen. Eine seltsame Unruhe hat ihn gepackt. Gaudenz nimmt mehrere Stufen auf einmal, als er die Treppe hinunterhastet. Erst geht er nach rechts. Zwei Reihen Blechkarossen stehen im Licht der Neonbeleuchtung. Weiter nach links. Auf dieser Seite gibt es vier Wagenreihen. Je eine an der Wand und eine Doppelreihe in der Mitte.

Von irgendwoher hört er Stimmen. Ein Mann und eine Frau. Aufgeregte Stimmen, keine friedliche Unterredung. Leicht geduckt folgt er der mittleren Wagenreihe.

«Und ich sage dir, dass ich nichts mehr mit der Sache zu tun haben will», hört er die Frauenstimme beim Näherkommen. «Ich bin raus, endgültig.»

«Das geht doch nicht, Sabrina. Darüber müssen wir noch sprechen.»

«Es gibt nichts mehr zu reden. Ich muss auf mich hören, mir wird alles zu viel.»

«Aber du bist mit ihnen befreundet, du kennst die Beteiligten und die Abläufe.»

«Freundschaft ist eine Sache, nicht kalkulierbares Risiko eine andere.»

«Wir brauchen dich, Sabrina. Denk an die Leute. Du musst dich nicht heute entscheiden. Weisst du, was da in Konstanz genau passiert ist?»

«Keine Ahnung, im Moment herrscht Funkstille.»

«Haben sie nichts erzählt? Das sind doch deine Freunde.»

«Freunde?»

«Wir gehören zusammen, Sabrina. Nun sitzen wir alle auf einer tickenden Zeitbombe, die jederzeit hochgehen kann.»

«Ich nicht, Ritter. Ich habe mich zurückgezogen.»

«Das ist doch denen egal. Ausserdem stehst du immer noch in Kontakt mit Hayat. Da könnte man sich auch vorstellen, dass du die Informationen weitergibst.»

«Mache ich aber nicht. Ich arbeite einfach nur im Empfangszentrum. Da komme ich nicht um Hayat herum.»

«Für die bist du ein Teil des Ganzen.»

«Jetzt übertreib mal nicht.» Ein unsicheres Lachen ertönt. Dann das Klicken eines Feuerzeugs.

«Haben sie wirklich nichts gesagt?»

«Mir sagt keiner mehr etwas. Ich bin ein Unsicherheitsfaktor. Mehr nicht.»

«Sabrina. Was wird hier gespielt.»

Ein Stöhnen ertönt. «Aua, du tust mir weh.»

«Sag endlich, was du weisst.»

Ein Motor ist zu hören, langsam fährt ein Wagen vorbei auf der Suche nach einem freien Platz. Gaudenz kniet sich hin, als würde er die Schuhe binden. Endlich verstummt das Motorengeräusch. Eine Autotür wird geöffnet.

«Und du hast mit niemandem über uns gesprochen?»

«Sicher nicht. Wir sind doch eine kleine Nummer.» Wieder ein Stöhnen.

«Ich warne dich, Sabrina. Wenn du uns reinlegst, nur um deine Haut zu retten ...»

«Aua, mein Arm, lass mich los, Ritter.»

Gaudenz kann sich nicht mehr zurückhalten. Er steht auf und geht auf die Stimmen zu.

«Hallo, Sabrina. Bist du das? Hast du ein Problem?»

Er sieht, wie der Mann, der eben noch neben Sabrina stand, mit schnellen Schritten hinüber zu einem dunklen Volvo geht, einsteigt und den Motor anlässt.

«Wer war das?»

«Ein entfernter Bekannter.» Sie reibt sich das Handgelenk.

«Geht es?»

«Aber sicher.»

«Ein unangenehmer Bursche.»

Der Volvo des Mannes setzt rückwärts aus der Parklücke und fährt ziemlich schnell davon.

Gaudenz merkt sich das Konstanzer Kennzeichen. Er wird später Gisler danach fragen.

«Ich muss jetzt gehen.» Sie deutet auf den roten Seat, bei dem die Hecktür offen steht.

«Bist du sicher, dass alles in Ordnung ist?»

Sie nickt und verstaut ihre Taschen im Wagen. «Danke nochmals.»

«Was wollte der Mann von dir?»

«Ist das ein Verhör?» Die Stimme von Sabrina wird eisig.

«Ich wollte dir nur helfen.»

«Ich brauche keine Hilfe, Gaudenz.»

«Das sah aber ganz anders aus.»

«Läufst du mir etwa hinterher?»

«Sicher nicht», antwortet Gaudenz hastig. «Ich bin nur zufällig hier vorbeigekommen.»

«Wo steht dein Wagen?»

Plötzlich ist er in der Defensive und muss sich rechtfertigen. Er macht ein vages Zeichen, das vieles bedeuten kann.

«Vorhin sah ich oben einen Wagen mit Bündner Kennzeichen. Ist das deiner?»

«Schon möglich», murmelt er kaum hörbar.

«Glaub mir, das hier fällt nicht in die Zuständigkeit der Kantonspolizei Graubünden.» Sie winkt ihm zu und steigt ein.

Gaudenz wartet, bis der Seat auf der Rampe ist, dann geht er zurück zur Treppe und steigt hinauf zur oberen Etage, wo sein Wagen steht. Der Seat von Sabrina Leisinger und der dunkle Volvo sind nicht mehr zu sehen.

FÜNF

Ich muss zur Ruhe kommen, denkt Gaudenz, als er Frauenfeld durchquert. Er ist nicht hier, um alle Probleme der Kantonspolizei Thurgau zu lösen, auch Sabrina ist alt genug, um ihr Leben selber in den Griff zu bekommen. Das ist nicht seine Geschichte, redet er sich ein, damit habe er nichts zu tun. Er würde sich von Gisler nicht einspannen lassen. Und wenn der Fremde im Parkhaus, den Sabrina Ritter nannte, von einer tickenden Zeitbombe sprach, so verspürt er keinerlei Lust, bei der Explosion mit dabei zu sein.

Er denkt an Claudia und ihren Cousin Bruno Kohler. Nach Ansicht von Gisler könnten Bruno und seine beiden Kollegen in irgendwelche dunklen Geschäfte verwickelt sein. Darum wurde Metzger angeschossen. Auch der Polizeikommandant sieht dies als Möglichkeit. Allerdings will er nichts mit der Sache zu tun haben, sie ist zu heikel und könnte, falls sie an die Öffentlichkeit getragen wird, sehr viel Schaden anrichten. Das Ansehen der Polizei geht vor, das hatte er heute Morgen deutlich gesagt.

Auf konkrete Spuren ist er noch nicht gestossen. Für die Verdächtigen gilt die Unschuldsvermutung, wie es so schön heisst. Ermitteln kann man aber nur, wenn man an der Unschuld der verdächtigen Personen zweifelt. So ist das bei der Polizei. Für ihn ist das eine Gratwanderung. Jederzeit kann er abstürzen und als Sündenbock abgestempelt und weggeschickt werden.

Die Gedanken von Gaudenz kreisen um seine Claudia. Was sagt er ihr, wenn sie ihn über den heutigen Tag ausfragt? Die Wahrheit? Sobald er ihr von seiner Aufgabe im Herzen der Polizei erzählen würde, wäre die Hölle los. Was? Er ermittelt gegen Bruno, gegen die eigene Familie? Im Moment braucht sie das nicht zu wissen. Er muss versuchen, die Anschuldigungen möglichst schnell zu entkräften. Dann würde Ruhe einkehren, und er könnte an der Polizeischule in Amriswil Kurse besuchen. Ganz ohne Streit mit Claudia.

Er würde seiner Frau von einem harmlosen Schnuppertag beim Polizeikommando in Frauenfeld erzählen. Von einem Engadiner, der ein wenig über seine Berge erzählte, über die Arbeit auf den Passstrassen, über die Unfälle im Schneegestöber und über schwer beladene Lastwagen, die ins Rutschen gerieten. Er würde erzählen, dass man ihm den Umgang mit den Computern der Polizei zeigte und dass er am Nachmittag einen Erste-Hilfe-Kurs besuchte. Das wäre auch schon alles Erwähnenswerte von seinem ersten Tag bei der Kantonspolizei Thurgau.

Als er in Weiningen vorbeifährt, klingelt sein Telefon. Er parkiert neben einer Tankstelle und meldet sich.

«Wie war's?», fragt Gisler.

«Ich habe viel gelernt», antwortet Gaudenz ausweichend.

«Von wem?»

«Kennst du Frank?» Gaudenz denkt an die falsche Spur, der er hinterhergelaufen ist.

«Meinst du unseren Krimischriftsteller? War der auch da?»

«Er hat mir den illegalen Grenzverkehr erklärt. Und dazu über die Thurgauer Kulturförderung gewettert.»

Gisler lacht. «Der Frank. Ich weiss nicht, wie gut er schreibt. Das kann ich nicht beurteilen. Aber eines muss man ihm lassen. Seine Geschichten sind nahe an der Realität angesiedelt.»

«Du denkst, dass dieser Grenzverkehr möglich ist? Und dass unsere drei Kriminalpolizisten eben doch kriminell sind?»

«Ich hoffe es nicht, aber es ist durchaus möglich.» Gisler seufzt. «Und die anderen Kursteilnehmer?»

«Philipp aus Kreuzlingen hat mich zu sich auf den Posten eingeladen. Zum Kaffee.»

«Was ist mit der Leisinger?»

«Eine super Kursleiterin. Nach deinen Schilderungen hatte ich sie mir anders vorgestellt.»

«Wie anders?»

«Irgendwie härter.» Auf der anderen Strassenseite schiebt eine junge Mutter einen Kinderwagen vorbei. Sie hält kurz an und riecht an einem blühenden Zweig.

«Sie kann ganz schön hart sein, wenn sie jemanden nicht mag, glaub mir. Und ich gehöre nicht zu ihren Freunden. Ich habe mehr ihre andere Seite zu spüren bekommen.»

«Ich hatte keine Probleme mit ihr.»

«Sehr gut. Gab es besondere Vorkommnisse?»

«Keine.»

«Wirklich nicht?» Gisler scheint enttäuscht zu sein.

Gaudenz zögert. Wenn er jetzt etwas erzählt, dann ist es aus mit dem Frieden. Die Mutter auf der anderen Strassenseite ist wieder stehen geblieben und beschäftigt sich mit ihrem Handy.

«Bist du noch da?»

«Da war ein Mann in der Tiefgarage.»

«Erzähl schon.» Gisler, der Jäger.

«Es schien, als würde er Sabrina kennen. Er sprach von Problemen und davon, dass sie alle auf einer tickenden Zeitbombe sitzen würden. Er erwähnte auch noch einen Mann im Empfangszentrum in Kreuzlingen.»

«Wunderbar. Das ist doch eine Spur, Gaudenz. Gut gemacht.»

«Danke. Dann bis am Montag.»

«Wie jetzt? Nichts da mit Montag. Jetzt geht es richtig los.»

Gaudenz gähnt. «Lass uns darüber schlafen, morgen ist auch noch ein Tag.»

«Warte mal, ich habe da eine Idee», sagt Gisler, und man hört, dass er etwas in seinen Computer eingibt. «Wir haben Glück. Philipp arbeitet morgen. Ich werde dich anmelden. Zum Kaffee. Am Nachmittag hast du frei. Ist das ein Angebot?»

«Sklaventreiber», murrt Gaudenz.

«Du musst dich nicht beeilen, neun Uhr reicht.»

«Meine Weiterbildung habe ich mir anders vorgestellt.» Gaudenz drückt seinen neuen Vorgesetzten weg und startet den Motor. Der ist auch nicht besser als Spinöl, denkt er gereizt.

***

Mit offenem Fenster überquert Gaudenz den Seerücken. Die tief stehende Sonne blendet ihn, er holt die Sonnenbrille aus dem Handschuhfach und setzt sie auf. Er sucht nach Sätzen, mit denen er Claudia erklären könnte, dass sie morgen ohne ihn auskommen muss. Er probiert verschiedene Varianten aus. Er möchte ihr erklären, dass er gebraucht wird, dass es anscheinend nicht ohne ihn geht. Ihr sagen, dass er stolz ist, weil man so grosses Vertrauen hat in seine Fähigkeiten. Aber dann müsste er beichten und ihr seine Aufgabe erklären, und das kann er nicht, ohne dass er Bruno und seine beiden Kollegen erwähnt.

Viel zu schnell ist er unten am See, durchquert auf der Hauptstrasse Seidlingen und biegt in die Strasse ein, die zum Hof seiner Schwiegereltern führt. Zora begrüsst ihn mit lautem Bellen.

«Papa ist da.» Sandra kommt um die Hausecke gewetzt. Sie trägt kurze Hosen und ein T-Shirt.

«Hast du nicht kalt?» Gaudenz zeigt auf die langen Schatten.

«Aber Papa, wir sind doch hier im Frühling.»

«Das habe ich nicht gewusst.»

«Lernt man das nicht bei der Polizei?», fragt sie und tanzt um ihn herum.

«Nein, dazu habe ich eben dich.» Er hebt Sandra hoch und drückt ihr einen Kuss auf die Wange, den sie schnell abwischt.

«Ich geh wieder mit Zora spielen.»

«Warte. Wie war dein Tag?»

«Super. Am Morgen habe ich gespielt. Am Nachmittag war Mama mit Verena und mir in der Schule. Wir durften gleich bleiben.»

«Was hast du gemacht in der Schule?»

«Geturnt, gesungen und gerechnet. Dann habe ich den anderen Kindern romanische Wörter vorgesagt, und sie mussten erraten, was diese bedeuten. Ich bin so froh, dass wir hier sind. Das ist wie Ferien.»

«Auch wenn du in die Schule musst?»

«Sicher, hier ist die Schule ganz anders. Und bei Grospi und Grosmi gefällt es mir auch gut.»

«Dann sind wir ja genau am richtigen Ort.» Er kneift seine kleine Tochter in die Wange. «Wo sind die anderen?»

«Hinter dem Haus. Tante Martha und Onkel Paul sind auch hier», ruft sie und läuft mit Zora hinüber in den Obstgarten.

«Da ist ja unser Polizist.» Armin winkt ihn heran.

An einem Tisch an der Hauswand sitzen Claudia, ihre Eltern und die Eltern von Bruno. Claudia kommt auf ihn zu, zieht ihn an der Krawatte zu sich heran und küsst ihn. Sie riecht nach dem vergorenen Saft, den ihre Eltern aus den Äpfeln der eigenen Hochstammbäume pressen.

«Gibt es etwas zu feiern?»

«Wenn ihr hier seid, ist immer ein Festtag», sagt Armin. «Nimmst du auch ein Glas?»

Armin schenkt den goldgelben Saft ein, wie in der Ostschweiz der Apfelwein genannt wird. Gaudenz setzt sich neben Claudia, sie stossen an.

«Wie war es in Frauenfeld?»

«Interessant. Zuerst wurde ich von Kommandant Keller begrüsst, dann zeigte mir ein Beamter der Medienstelle die Büros. Am Nachmittag hatte ich einen Erste-Hilfe-Kurs.»

«Machst du die Kurse in Amriswil?», fragt Claudia.

«Im Moment bleibe ich noch in Frauenfeld. Damit ich den ganzen Laden besser kennenlerne.»

«Bei welcher Abteilung bist du jetzt?» Paul Kohler lehnt sich zurück. «Bei der Kripo? Wie Bruno?»

«Nein, ich beginne bei der Medienstelle.»

«Da ist doch dieser Gisler», sagt Martha Kohler leise.

«Stefan, genau. Mit ihm habe ich auch zu tun. Ist er nicht auch hier aufgewachsen?»

Als er sieht, wie sich die Gesichter verhärten, bereut er seine Frage. Gisler scheint keinen guten Ruf in Seidlingen zu haben.

Dorfgeschichten, denkt er. Für ihn war es auch schwierig gewesen, nach langer Abwesenheit ins Dorf seiner Kindheit zurückzukehren. Viel alter Ballast war noch vorhanden, viele offene Rechnungen warteten darauf, irgendwann beglichen oder unerledigt abgeheftet zu werden.

«Heute Abend ist das Grillfest des Musikvereins bei der Turnhalle.» Patrizia wechselt das Thema. «Kommt ihr auch?»

«Eigentlich wollten wir uns einen gemütlichen Abend machen», sagt Martha.

«Wir machen uns alle zusammen einen gemütlichen Abend.» Armin schaut in die Runde. «Und zwar am Grillfest.»

«Bruno soll auch kommen», bittet Claudia ihre Tante. «Ich habe ihn schon eine ganze Weile nicht mehr gesehen.»

«Ich weiss nicht, ob er unter die Leute will. Nach all dem, was passiert ist.»

«Sag ihm, dass ich mich freuen würde.» Claudia nimmt die Hand der Tante. «Es ist doch vorbei. Wir können feiern, wo und wie wir wollen.»

«Vielleicht», sagt Martha leise.

«Wir fragen ihn. Es tut uns allen gut, wieder mal unter die Leute zu gehen», sagt Paul.

«Ich würde mich auch sehr freuen, Paul», hört sich Gaudenz sagen. Je schneller er mit Bruno sprechen kann, desto besser.

«Sag ihm, dass sein Bündner Kollege gern mit ihm über die Polizeiarbeit sprechen möchte.» Claudia schiebt sich lachend eine Strähne aus dem Gesicht.

Patrizia erzählt von einer Nachbarin, die beim Fensterputzen unglücklich gestürzt ist. Die Frauen beginnen das Thema von allen möglichen Seiten zu durchleuchten. Armin und Paul widmen sich einem aktuellen Kapitel der Dorfpolitik, erwähnen Namen, die Gaudenz nicht kennt, und streiten sich über Zahlen, mit denen ein Auswärtiger nichts anfangen kann.

«Ich gehe unter die Dusche und ziehe mir etwas anderes an», sagt Gaudenz.

«Mach dich hübsch. Damit ich dich im Dorf auch zeigen kann», ruft ihm Claudia nach.

«Ist dir die Meinung unseres Dorfes plötzlich wichtig?» Armin lächelt.

«Wenn ich so einen stattlichen Mann habe, dann schon.»

«Da muss ich mir wirklich Mühe geben.» Gaudenz seufzt übertrieben laut. «Sonst bin ich in eurem Kaff unten durch.»

«Schaust du oben nach Verena?», bittet ihn Claudia. «Sie ist bereits eine ganze Weile in ihrem Zimmer und liest.»

«Wie du früher», sagt Patrizia zu ihrer Tochter.

«Das waren kleine Fluchten aus dem nicht immer einfachen Alltag, Mama.»

«So schlecht war deine Kindheit doch auch nicht, oder?», wendet sie ein.

Gaudenz hat keine Lust auf Geschichten von früher, die Gegenwart ist kompliziert genug. So murmelt er einen Gruss, geht durch die Küche ins alte Bauernhaus hinein, nimmt den Flur hinüber zum Anbau und steigt die Treppe hinauf.

«Hallo, meine Grosse. Bist du da?»

Aus dem Zimmer der Mädchen hört er das Knarren eines Bettes.

«Du bist spät dran, Papa.»

«Es war ein langer Tag.»

«Kommst du jetzt?»

Gaudenz hängt seine Uniformjacke auf den Bügel und stellt die Tasche mit der Pistole in den Schrank. Er geht hinüber ins Mädchenzimmer.

Verena kniet auf dem Bett, neben ihr ausgebreitet liegen viele Textseiten, die mit Schreibmaschine getippt sind. Auf einigen sieht er Korrekturen, die mit verschiedenfarbigem Kugelschreiber ausgeführt sind. Daneben liegt eine Kartonmappe, auf der mit Grossbuchstaben «MEIN FREUND EISENHERZ» steht.

«Was ist das?»

«Die Geschichte, von der ich dir erzählt habe. Sie handelt von einem Jungen und seiner Familie. Die leben in einem kleinen Dorf und haben manchmal Probleme.»

Gaudenz nimmt das erste Blatt auf. ‹I. Das Ritterfest›, liest er die Überschrift laut vor.

«Die ersten drei Kapitel habe ich schon gelesen», erklärt Verena und nimmt ihm das Blatt aus der Hand.

«Und warum liegen die Seiten alle auf dem Bett?»

«Weil diese noch geordnet werden müssen. Da war ein grosses Durcheinander, Papa. Das musste ich erst aufräumen.»

«Sonst bist du doch nicht so gut im Ordnungmachen», wundert sich Gaudenz.

«Hier schon. Sonst passt die Geschichte ja nicht zusammen, oder? Du hast versprochen, dass du mir vorliest.»

«Habe ich das? Stimmt. Aber erst muss ich unter die Dusche, dann schaue ich mir den Anfang der Geschichte mal an. Wie ist sie?»

«Spannend. Und ein wenig traurig, weil doch der Felix gar nichts dafür kann.»

«Wer ist Felix?»

«Der Junge in der Geschichte. Lies mal den Anfang, wenn du geduscht hast.»

Gaudenz nimmt die ersten drei Kapitel mit hinüber ins Schlafzimmer. Die Überschrift lautet: «Mein Freund Eisenherz – fast eine Rittergeschichte». Neugierig beginnt er zu lesen.

I. Das Ritterfest

Heute ist der 4. Juni. Dies ist für mich der wichtigste Tag im Jahr. Gut, es gibt noch Weihnachten, Ostern und den ersten Tag der Sommerferien. Doch diese Tage gehören allen, der 4. Juni gehört mir alleine. Es ist mein Geburtstag. Ich, Felix Berger, wohne am Burgrain 6 in Graemingen. Am Nachmittag haben wir schulfrei und darum …

«Felix, kommst du, gleich ist es zwei Uhr!»

Das ist Mama. Sicher macht sie den Tisch bereit, Teller und farbige Servietten, die Getränke, und mitten auf den Tisch stellt sie den Kuchen mit den zehn Kerzen. Solche Dinge macht Mama gerne, viel lieber als putzen, aufräumen oder waschen. Mama zeigt ihre Gefühle sofort: Sie lacht viel, weint, wenn sie traurig ist, und wenn es nötig ist, wird sie auch laut.

«Mama, ich suche meinen Gurt.»

«Hast du unter dem Bett nachgeschaut?»

Es klingelt. Pepe, unser pyrenäischer Hirtenhund, bellt an der Tür, während ich meinen Gurt unter dem Bett hervorangle.

«Warum öffnet denn niemand?», ruft Katrin und versucht, den bellenden Hund zu übertönen. Katrin ist meine grosse Schwester. Sie ist zwei Jahre älter als ich, spielt sich aber immer so auf, als wäre sie bereits sechzehn. Meist liegt sie nach dem Mittagessen auf ihrem Bett und liest. Sie kann nicht aufstehen, weil sie immer dann an einer höchst spannenden Stelle im Buch ist und den Anschluss nicht verpassen darf.

«Öffnet endlich, Pepe macht mich noch wahnsinnig!», ruft sie.

Sorgfältig schliesse ich den Gurt und stecke mein Holzschwert hinein. Jemand öffnet die Türe, Pepe hört auf zu bellen.

«Es ist für dich, Felix.» Meine kleine Schwester Sofie wetzt in mein Zimmer. «Du siehst super aus.»

«Geh, mach dich fertig, wir beginnen gleich.»

Sofie verschwindet in ihrem Zimmer, das sie mit meinem jüngsten Bruder Jonas teilt. Wir sind vier: Katrin ist zwölf, Sofie acht und Jonas sieben Jahre alt. Und ich bin dazwischen, und heute ist mein Geburtstag. Lorenz kauert bei der Tür und streichelt Pepe. Er trägt ein Wams aus Kartonteilen, auf seinem Pappschild prangt ein goldener Löwe.

«Willkommen, edler Ritter», sage ich.

Er verbeugt sich leicht und streckt mir ein kleines Geschenk entgegen.

Papa kommt mit einem grossen Plastiksack aus der Küche. «Hallo, Lorenz, alter Kämpfer, alles in Ordnung? Ich muss gleich weg.»

«Sicher, Nico.»

Lorenz rückt sein Schwert zurecht und lächelt stolz. Lorenz kenne ich, seit wir hier wohnen. Da war ich etwa fünf Jahre alt. Mit meinem Plastiktraktor fuhr ich unsere Strasse entlang. Beim Haus von Opa Wechsler kam ein Junge um die Kurve, ebenfalls auf einem Plastiktraktor. Er hat scharf gebremst und mich neugierig angeschaut.

«Darf ich mal?» Ich habe auf das Güllenfass gezeigt, das an seinem Traktor angekoppelt war.

«Es ist leer …» Er hat bedauernd die Schultern hochgezogen.

«Wir wohnen dort drüben. Hinter dem Haus hat es einen Wasserhahn», sagte ich.

Seither sind wir fast Freunde. Gerne hätte ich Lorenz zum ganzen Freund gehabt, doch das geht nicht. Das hat mit seinem Vater zu tun. Papa und Adam, das ist Lorenz' Vater, mögen sich nicht besonders und sind auch sehr verschieden. Papa geht leicht gebückt, Adam aber steht, als hätte er einen Massstab verschluckt, und seine Augen blitzen über dem dunklen Schnauz.

Papa lacht viel mit uns Kindern und spielt auch mal mit, Adam ist immer mit irgendeiner Arbeit am Haus oder im Garten beschäftigt und jagt uns weg, wenn wir ihn stören. Papa sagt immer, Adam führe sich auf wie der erste Mensch. Wie wenn er alles selber erfunden hätte. Als Papa bei uns im Garten einen Hang aufschüttete, kam Adam vorbei, stützte die Hände in die Hüften und schaute sich die ganze Sache genau an.

«Das wird nie halten, Nico, der ganze Hang wird abrutschen», sagte er.

So ist Adam Lauer, und die Tatsache, dass unser Hang nicht abgerutscht ist, hat ihn nicht verändert.

Lorenz bleibt für mich der Fastfreund. Immer wenn ich glaube, dass es nun endlich klappt zwischen uns, will Lorenz eine Weile nichts mehr von mir wissen. Dann ist Fredi jeden Tag bei ihm zum Spielen, oder Lorenz ist bei ihm auf dem Bauernhof.

In Graemingen gibt es ein Unten und ein Oben. Das Dorf liegt am Hang des Lichtenbergs. Lorenz und ich wohnen oberhalb der Bahnlinie, meine Freunde Fredi und Marc weiter unten, da, wo der Schafsbach bei der Kirche vorbeizieht.

Es klingelt. Pepe bellt und Katrin ruft wieder etwas in ihrem Zimmer.

«Viel Glück zum Geburtstag», rufen die beiden Ritter Fredi und Marc und strecken mir ihre Geschenke entgegen.

Es ist nicht ganz klar, wer die Idee mit den Themengeburtstagen hatte. Vorher machten wir Feste mit Spielen, mit einem Kasperlitheater im Wohnzimmer – das Papa immer im letzten Moment aus zwei Tischen und irgendwelchen Tüchern aufbaute –, mit Kuchen, Spielen und Herumtollerei im ganzen Haus. Irgendwann einmal wollte Sofie unbedingt einen Hexengeburtstag haben. All ihre Freundinnen erschienen auf Besen reitend. Da wollte Jonas ein Piratenfest, und aus unserem Leiterwagen wurde ein Segelschiff, mit dem wir durch die Gegend fuhren auf der Suche nach dem sagenhaften Schatz von Kapitän Rotbart.

Wenn ich nicht sicher gewesen wäre, dass Fredi, Marc und Lorenz mitmachen würden, hätte ich wohl kaum gewagt, an meinem Geburtstag die Ritter von König Artus' Tafelrunde zum Fest zu laden. Doch mit Fredi, Marc und Lorenz spiele ich seit dem Kindergarten. Wir haben uns immer zu unseren Spielen verkleidet, mal als Rennfahrer für eine rasende Fahrt mit der Seifenkiste und natürlich immer wieder als Cowboys und Indianer.

Nun sind wir bereit, vier unerschrockene Ritter und ein halber dazu. Jonas ist auch fertig. Er trägt einen langen Umhang und einen Piratensäbel, den Papa ihm gebastelt hat. Sofie kommt als Hexe: schwarzer Hut, Besen, es nützt nichts, ihr zu erklären, dass dies ein Ritterfest ist.

«Hexen», erklärt sie, «hat es immer gegeben und wird es auch immer geben.» Und Mama nickt dazu.

Katrin bleibt in ihrem Zimmer, vielleicht taucht sie auf, wenn es Kuchen gibt, für die Ritterspiele fühlt sie sich zu alt. Dafür passt sie auf Pepe auf. Er würde dauernd in die Schwerter und Lanzen beissen und meinen, dass alle nur dazu da wären, um mit ihm zu spielen.

«Wir beginnen mit dem Turnier, kommt!», rufe ich.

An einem Ast des Apfelbaumes baumeln Luftballons in verschiedenen Farben. Unser Trottinett steht bereit, ebenfalls eine Lanze mit einem Nagel vorne dran. Nun heisst es, beim Haus von Opa Wechsler Anlauf nehmen, die Lanze unter den Arm klemmen und beim Apfelbaum nah am Strassenrand fahren. Der erste Ritter trifft seinen Gegner. Es knallt laut, der Nächste nimmt das Turnierpferd am Zügel und macht sich bereit.

«Hilfe! Ein Raub! So helft mir doch!» Viereinhalb Ritter und eine kleine Hexe rennen hinüber zur Burg. Das Burgfräulein steht in der Türe und schaut uns verzweifelt an. «Da, lest mal!»

Ein vergilbtes Papier, die Ränder angesengt. «Danke für den guten Kuchen, den werde ich samt Kerzen vertilgen. Oder wagt ihr den Kampf gegen mich, den Drachen vom Lichtenberg, aufzunehmen? Dann folgt meiner Spur!»

«Ein Drache?» Jonas schaut Mama unsicher an.

«Kein Problem!» Marc zückt sein Schwert.

«Den schaffen wir mit links.» Fredi rückt seine Mütze zurecht.

«Ich werde ihn verzaubern», freut sich die Hexe.

«Wirst du nicht, Sofie! Das ist mein Fest! Wir werden den Drachen mit ritterlichen Mitteln besiegen, mit Mut und Kraft im direkten Kampf.»

Die Drachenspur ist einfach zu finden. Es liegt immer mal wieder ein Stück angesengtes Papier mit einem Richtungspfeil am Boden, an einem Baum hängen Süssigkeiten, oder dann weist uns ein geschriebenes Rätsel den Weg. So kommen wir immer weiter in den Wald hinein, wo es etwas unheimlicher wird.

«Nun seid ihr angekommen. Ich bin nicht weit, wagt ihr es immer noch?», steht auf einer letzten Mitteilung in altertümlicher Schrift.

Wir ziehen unsere Waffen und schauen uns um. Hier irgendwo muss das Biest sein. Ein hohles Brüllen tönt durch den Wald und lässt uns erschauern.

«Felix, bleib bei mir.» Jonas hält sich an meinem Rittermantel fest. Wieder das dumpfe Brüllen.

«Mir nach, den schnappen wir uns.»

Und schon laufen wir durchs Unterholz auf das schauerliche Brüllen zu. Bald sehen wir den Drachen, ein grüner Kopf zwischen den Büschen. Es riecht nach Rauch und Feuer, irgendwie auch nach Würstchen.

Wir stürmen auf den Kopf los, schlagen zu und hauen das Biest kurz und klein. Katrin wird keine Freude an uns haben, der Kopf gehörte zu ihrer Verkleidung bei der vorletzten Fasnacht und lag seither bei uns auf dem Estrich. Im Kopf drin ist mein kleines Tonbandgerät, das auch noch weiterbrüllt, als wir dem Drachen schon alle Zähne ausgeschlagen haben. Neben dem Drachen steht unversehrt der gestohlene Kuchen mit den zehn Kerzen. Lorenz wäre beim Kampf fast draufgetreten.

Drüben auf der Lichtung brennt ein Feuer. Ein Topf mit Würstchen steht darauf. Papa macht Pappteller bereit, öffnet das Senfglas und verteilt Becher.

«Wer will Süssmost? Und wer Cassissaft?»

«Ich will beides.» Jonas schaut zu, wie der goldgelbe Most dunkel wird.

«Jetzt hast du Schwarzmost», sage ich.

«Wir wollen auch Schwarzmost», rufen meine Freunde.

Heisshungrig machen wir uns über die Würstchen her, wärmen uns am Feuer und trinken Schwarzmost.

Später packen wir alles zusammen und marschieren heimwärts. Drachenkopf und Kuchen tragen wir als Trophäe voraus. So ziehen wir in den Burgrain ein. Viereinhalb siegreiche Ritter und eine kleine Hexe nach einem harten, blutigen Kampf.

II. Die Sache mit Kirchmann

Wenig später beginnt die Geschichte mit Kirchmann. Papa mag Leo Kirchmann noch weniger als Adam Lauer. Adam Lauer hat vielleicht alles erfunden, Leo Kirchmann hingegen hat alles schon gemacht, und zwar besser als alle andern.

Seit einem Jahr ist Leo Kirchmann Lehrer bei uns im Dorf. Er unterrichtet die fünfte und sechste Klasse. Katrin geht bei ihm zur Schule, zusammen mit Kirchmanns Tochter Rahel. Rahel ist die absolut beste Schülerin, natürlich vor allem in den Augen von Lehrer Kirchmann. Es liegt mir fern, Katrin zu loben, so gut finde ich sie wirklich nicht, aber etwas kann Katrin: Sie schreibt wunderbare Aufsätze und Geschichten. Aber das scheint Kirchmann nicht zu ertragen, und er lässt dies Katrin auch spüren.

Herr Kirchmann redet unheimlich gerne, ob man ihm zuhört oder nicht. Als er erfuhr, dass Papa bei der Zeitung arbeitet, musste er all seine Artikel erwähnen, die er irgendwann einmal in einem Käseblatt platziert hatte.

Ein andermal blieb er stehen und schaute zu, wie ich die Bremse an meiner Seifenkiste neu richtete. Zuerst lobte er mich, wie ich die Arbeit anpacke, dann erzählte er, wie er die superbeste Seifenkiste für seinen Uli gebaut hatte, wie der Rennen damit gewonnen hatte. Irgendwann ging er und verschwand im Lehrerhaus.

Das Lehrerhaus ist das Haus, in dem die Lehrer wohnen, es gehört der Gemeinde. Auf der rechten Seite wohnt meine Lehrerin, Frau Irma Loser, auf der anderen die Familie Kirchmann. Zuallererst der vorzügliche Lehrer Leo Kirchmann – von dem man wegen seinem

Wuschelbart nicht allzu viel sieht – mit seiner Frau, die immer nickt, wenn er erzählt, dann die Wunderschülerin Rahel und der grosse Bruder Uli, der uns oft bei unserem Spiel stört, weil er keine gleichaltrigen Freunde im Dorf hat. Das Lehrerhaus liegt ebenfalls am Burgrain, dummerweise genau gegenüber von unserem Haus.

Mich hat es früher kaum gestört, dass ich in der Nähe von meiner Lehrerin wohne. Wir haben genau gleich gespielt, gestritten und Streiche ausgeführt. Frau Loser hat die Freizeit nie mit der Schule verwechselt. Seit Kirchmanns hier wohnen, wünschte ich, das Lehrerhaus wäre unten am Bach oder irgendwo mitten im Wald.

«Weisst du, was mir Rahel heute erzählt hat?», fragt Katrin.

Wenn ich nicht einschlafen kann, gehe ich noch für einen Moment zu Katrin ins Zimmer. Ich setze mich dann in den blauen Sessel, und wir plaudern eine Weile.

«Rahel hat gesagt, dass sie ihren Vater wieder für sich haben möchte, für sich ganz alleine. Wieso müsse diese Nora immer bei ihr zu Hause hocken?, hat sie mich gefragt.» Katrin gähnt. «Manchmal geht mir Rahel unheimlich auf den Geist mit ihrem gescheiten Getue, manchmal tut sie mir echt leid. Es ist sicher nicht einfach, das Lehrerkind zu sein.»

Nora ist älter als Katrin und Rahel, besucht aber wie sie die sechste Klasse. Wahrscheinlich ist sie sitzen geblieben. Sie wohnt erst seit drei Monaten im Dorf und lebt mit ihrer Mutter und ihrer älteren Schwester in der Nähe der Kirche. Mit uns Kleinen spricht sie kaum, sie ist wohl was Besonderes.

Aber die Geschichte mit Noras BH kennen alle. Es war eine typische Ralf-Fausch-Wette. Er wollte herausfinden, ob Nora einen BH trägt. Die Mädchen wollten nicht herausrücken mit Informationen, so stieg Fausch auf den Vogelbeerbaum neben dem Garderobenfenster der Mädchen und schaute hinein. Wir standen alle unten mit gespitzten Ohren und warteten auf die Sensation. Lorenz, Marc und Fredi, die Zwillinge Thomas und Martin, Samuel und noch einige andere.

«Sag schon, welche Farbe hat er?», fragte Thomas.

«Ist er vielleicht durchsichtig?», flüsterte Fredi nach oben.

«Oder ist sie oben ohne?», wollte Lorenz wissen.

Endlich kam Fausch wieder runter. Wir umkreisten ihn, und er erzählte in verschwörerischem Ton: «Die meisten Mädchen waren schon gegangen oder zogen gerade die Jacke an. Nur Nora sass auf der Bank, immer noch im Trainingsanzug. Ich dachte, dass sie sich geniert und darum wartet, bis die andern weg sind. Aber es kam ganz anders.» Fausch machte eine kleine Pause, um zu prüfen, ob wir ihm noch zuhörten. «Als das letzte Mädchen weg war, da kam Kirchmann rein. Nora stand auf, Kirchmann ging auf sie zu, sie standen ganz nah zusammen und Kirchmann umarmte sie.»

Die Frage nach Noras BH war damit erledigt, und keiner sprach mehr darüber, auch Fausch nicht.

«Was ist sonst noch mit Nora?», frage ich Katrin in dieser Nacht auf ihrem blauen Sessel.

«Nora bleibt nach der Schule oft im Schulhaus. Rahel sagte, dass sie einfach im Schulzimmer bei ihrem Vater bleibe, sonst sei niemand mehr da, und sie komme auch immer öfters zu ihnen nach Hause. Gestern haben wir in der Klasse einen Brief geschrieben wegen dem Hallenbad.»

«Erzähl schon, ich bin noch nicht müde!»

«Also, wir waren doch letzte Woche im Hallenbad. Da trocknete der Kirchmann die Nora ab, ganz fein und zart, und küsste sie auf den Rücken. Vielleicht dachte er, dass das niemand sieht, aber die halbe Klasse schaute zu. Das geht doch nicht. Alle Sechstklässler haben zusammen einen Brief an den Schulpräsidenten geschrieben. Wir wollen, dass der Kirchmann sich wieder um uns alle kümmert. Wir wollen gute Chancen für den Übertritt in die Oberstufe.»

«Wem habt ihr den Brief geschrieben?»

«Dem Lauer. Der ist jetzt Schulpräsident.»

Katrin gähnt zweimal ziemlich heftig, ich stehe auf und gehe schlafen.

Die Geschichte von Ralf mit Noras BH kommt mir in den Sinn, zusammen mit dem Hallenbadbesuch von Katrins Klasse und unserem Familienausflug in die Stadt. Das gibt ein merkwürdiges Bild.

Am Samstagnachmittag gingen wir zusammen in die Stadt. Ich hatte noch Geld vom Geburtstag und wollte mir Ritterbücher kaufen. Am

Bahnhof stand Kirchmann zusammen mit Nora, irgendwie schien es beiden peinlich zu sein, uns zu treffen. Sofie hüpfte aufgeregt herum und rief: «Die sind verliebt, die sind verliebt.» Und Mamas gute Laune war wie weggeblasen, und sie sagte zu Papa: «Jetzt reicht es mir. Da muss etwas geschehen.» Papa meinte, dass sie sich da nicht einmischen sollten, aber Mama liess nicht locker und sagte noch: «Und wenn es deine Tochter wäre.» Da kam auch schon der Zug.

In der Münstergasse sahen wir sie später nochmals, Hand in Hand spazierten sie von Schaufenster zu Schaufenster. Kirchmann liess sofort Noras Hand los, grüsste kurz und murmelte etwas von einem Bastelladen und dass er da etwas für die Schule kaufen müsse. Nora schaute uns erschrocken an.

Mama machte nochmals einen Anlauf und befahl Papa, am Abend Adam anzurufen, die Schulbehörde solle sich darum kümmern. Das nervte aber Katrin, sie sagte, sie wolle keinen Ärger in der Schule.

Im Keller der Buchhandlung an der Kirchgasse gab es für alle etwas. Katrin schmökerte bei den Mädchenbüchern, Sofie suchte etwas Neues über Hexen, und Jonas und ich schauten uns die Ritterbücher an. Ganz unten im Regal standen einige Bücher, als hätten sie auf mich gewartet. «Prinz Eisenherz», alle Geschichten in zehn Bänden. Ich begann zu blättern, die Seiten waren mit schwarz-weissen Zeichnungen ausgeschmückt. Es zog mich in die Bücher hinein, in die Schlachtszenen. Ich bin der Ritter in der glänzenden Rüstung, ich trage die Lanze zum Turnier und stürze mich mutig in die Schlacht.

Nun liege ich da, neben mir die Ritterbücher auf dem Nachttisch. Ich mache nochmals Licht, nehme den ersten Band zur Hand, hier wird Eisenherz zum Ritter geschlagen. Ich tauche ein in die Welt des Mittelalters, fühle mich stark und brauche wohl keinen Feind zu fürchten. Mit dem Buch in der Hand fallen mir die Augen zu.

III. Berger-verseucht

Marc und Fredi haben damit begonnen. Warum, weiss ich nicht. Wir kennen uns doch seit dem Kindergarten. Mit Fredi baute ich damals in unserem Garten mit Stöcken und Schnüren eine Art Eisenbahn mit Oberleitung. Beide trugen wir alte Eisenbahnerjacken, die wir an einem Flohmarkt gekauft hatten. Sofie, Jonas und ihre Freunde gingen hinter uns her, sie waren unser Personenzug. Mit Marc fuhr ich auf meiner Seifenkiste in wilder Jagd unsere Strasse entlang, mit niemandem sonst konnte man so hart durch die Kurve brettern wie mit ihm. Statt zu bremsen drehten wir mit quietschenden Reifen eine Schleife auf dem Parkplatz des Lehrerhauses. Mehr als einmal musste Mama unsere aufgeschrammten Arme verarzten.

«Ab sofort nehmt ihr nicht mehr von ganz oben Anlauf», befahl sie.

«Sicher, machen wir.»

Und dann schoben wir die Seifenkiste wieder bis ganz hinauf und brausten ein weiteres Mal los.

Bei Marc hatte es ein ziemlich grosses Planschbecken im Garten. Zusammen mit Fredi machten wir die grössten Wasserschlachten. Oder wir betätigten uns als Forscher und kletterten stundenlang am Ufer des Schafsbaches entlang.

Warum also machen sie das mit mir? Warum haben sie mich für dieses Spiel ausgewählt? Nichts kann ich in der Schule mehr anfassen, schon beginnen sie mit ihren Sprüchen. Die ersten paar Tage war es vielleicht lustig, ein Scherz, dachte ich. Doch dieser Scherz schien System zu haben. Dauernd zermarterte ich mir den Kopf, um den Grund für ihren Spott herauszufinden.

«Marc, kommst du heute Nachmittag zu mir, wir könnten …», frage ich.

«Hör zu, Felix, mit dir will ich nichts mehr zu tun haben.»

Und schon lässt er mich stehen. Wenn ich mich in der Pause den andern Knaben nähere, dann tuscheln sie und drehen mir feindselig den Rücken zu. Manchmal darf ich in der Pause noch Fussball spielen, dann wieder will keiner etwas von mir wissen. Was soll das?

So stehe ich beim Sandkasten und schaue den Erstklässlern zu, wie sie Strassen für ihre Modellautos bauen.

«Spielst du mit uns?» Yves, der Freund von Jonas, zeigt auf seine Strasse, die sich einen Hügel hinaufschlängelt.

«Ich mag jetzt nicht spielen.»

Yves stellt seine Autos in einer Reihe auf. «Was machst du, Felix?»

«Nichts.»

Drüben rennen Marc, Fredi, Fausch und die Zwillinge den Mädchen nach.

«Dann kannst du doch mit mir spielen. Grab mir bitte einen Tunnel.» Yves zeigt mir den Hügel, den ich für ihn durchbohren soll.

«Aber nur schnell, ich muss nachdenken.» Der Sand ist feucht, und man kann wunderbar graben. Bald bin ich durch, baue auch noch zwei Zufahrtsstrassen, einen Parkplatz und lege eine Passstrasse über den Hügel an. Von den andern will ich nichts mehr wissen. Habe sie vergessen, habe auch vergessen, dass wir nach der Pause Handarbeit haben und dass es dort weitergehen wird, wenn nicht irgendein Wunder passiert.

Die Pausenglocke läutet. Ohne aufzuschauen, baue ich weiter.

«Komm, Felix, es hat geläutet.»

«Ich bin gleich fertig, nur einen Moment noch.» Yves klopft sich den Sand von den Hosen, packt seine Autos ein und geht zum Schulhaus hinüber. Langsam verklingen die Stimmen der andern Kinder.

Als es ganz ruhig ist, stehe auch ich auf, überquere den asphaltierten Platz und öffne die Türe. Ein paar Kinder sitzen noch auf den Bänken und ziehen die Schuhe aus. Neben meinem Platz sitzt Samuel und stellt seine Schuhe weg. Ohne etwas zu sagen, setze ich mich und warte. Vielleicht, denke ich, sagt Samuel, dass nun alles vorbei sei, dass alles nur ein Missverständnis war. Wenigstens hoffe ich es, doch im gleichen Moment weiss ich, dass es nicht so ist, Samuels Haltung hat etwas Bedrohliches.

Ich will etwas sagen, etwas Nebensächliches, überlege mir einen Scherz, da trifft mich seine Faust am Oberarm, da, wo es besonders schmerzt.

«Das ist mein Platz hier, Berger. Du störst.»

«Aber …» Ich will meinen schmerzenden Arm halten, da trifft mich der zweite Schlag. «Ich will dich hier nicht mehr sehen, Berger, klar?» Weg ist er.

Am liebsten würde ich heulen. Nicht vor Schmerz, den halte ich aus. Es ist die Enttäuschung. Natürlich komme ich zu spät ins Handarbeitszimmer.

«Wenn der Felix da ist, dann können wir ja beginnen», sagt Frau Jossi, die Handarbeitslehrerin.

Gelächter in der Klasse. «Ruhe!» Frau Jossi rückt ihre Brille zurecht. «Wir wollen heute an den Marionetten weiterarbeiten.»

Mit ein paar Strichen an der Tafel erklärt sie, wie man das Oberteil zusammennäht. «Den Stoff könnt ihr selber aussuchen. In den Schachteln da drüben hat es mehr als genug.» Natürlich ist Anna die Erste bei den Schachteln, zieht ein goldglänzendes Stück heraus, das sie für ihre Prinzessin benötigt. Diesen Stoff hätte ich auch gerne gehabt für einen Mantel. Meine Marionette soll ein Ritter werden, nicht irgendein Ritter, sondern Prinz Eisenherz. Zu Hause habe ich aus einem Stück Kupfer ein Messer gemacht, dazu eine Hülle aus Leder. Nun will ich aus einem blauen Stoff das Oberteil nähen.

«Geh zur andern Schachtel, hier störst du», zischt Fredi leise, damit es Frau Jossi nicht hört, und schubst mich in die Seite. Doch ich lasse mich nicht wegschieben. In der Schachtel sehe ich ein Stück eines blauen Stoffes, das metallisch glänzt, und greife danach.

«Bäh!» Fredi dreht sich angewidert ab. «Nun ist die ganze Schachtel Berger-verseucht.»

«Du Trottel», mischt sich nun auch Marc ein, «ich hätte gerne diesen roten Stoff da gehabt, nun kann man hier nichts mehr gebrauchen. Es ist wirklich alles vergiftet.»

Mona und Ruth, die ebenfalls in der gleichen Schachtel wühlen, schauen interessiert zu.

«Lasst die Schachtel sein», flüstert Fredi, «die ist verseucht, der Felix hat den Stoff berührt.»

Die Mädchen kichern und gehen zur nächsten Schachtel weiter.

«Gut so!» Marc lächelt böse. In meiner Kehle bildet sich ein dicker Kloss, am liebsten würde ich laut schreien und um mich schlagen, doch diesen Triumph will ich ihnen nicht gönnen. Ich drehe mich um, setze mich in die Ecke und zeichne das Oberteil von Prinz Eisenherz auf meinen Stoff. Ich will nichts mehr hören, nichts mehr sehen, einfach nur arbeiten und meine Ruhe haben. Warum lassen sie mich nicht?

Ich halte es nicht mehr aus, denke ich beim Nähen und steche mir mit der Nadel in den Finger. Auch das noch!

SECHS

Gaudenz schiebt die Blätter zusammen. Dann geht er unter die Dusche. Es ist wohl besser, denkt er, als er das Wasser über sich herunterlaufen lässt, wenn er seiner Tochter die nächsten Kapitel vorliest.

Kurz darauf steht er sauber angezogen im Zimmer von Verena.

«Hast du weitergelesen?»

«Ein Stück.» Verena schiebt ihm einige Blätter zu.

«IV. Eine neue Burg. Es hat aufgehört. Von einem Tag zum andern», liest Gaudenz laut vor. «Nichts ist mehr Bergerverseucht. Ich kann wieder alles anfassen, Stoff, Hefte, die Zeichnungsblätter. Fredi und Marc schweigen. Das habe ich Papa zu verdanken, Papa und meiner Lehrerin Frau Loser. Papa erfuhr es per Zufall, er muss es wohl gehört haben, als ich am Abend mit Katrin darüber sprach.»

«Katrin hat Felix ausgequetscht», erklärt Verena Gaudenz. «So erfuhr Katrin, dass Fredi und Marc mit dem Bergerverseucht begannen. Für sie ist die Sache klar: Ihre Eltern hatten sich wegen der Sache mit Kirchmann und Nora aufgeregt. Sie sprachen mit Lauer und der ganzen Schulbehörde. Doch niemand wollte etwas unternehmen. Die Leute von Graemingen fanden anscheinend, dass Kirchmann weiterhin unterrichten solle. Die Väter von Fredi und Marc, die ebenfalls in der Schulbehörde waren, hatten vielleicht zu Hause etwas gegen die Eltern von Felix gesagt, und so hatte alles begonnen.»

«Und wie hörte es wieder auf?», fragt Gaudenz.

«Felix erzählte die Sache im Klassenrat. Und sein Vater sprach mit den Eltern von Fredi und Marc.»

«Und dann ist alles wieder gut?», fragt Gaudenz.

«Lies vor.» Verena hält den Finger auf eine Textstelle.

Es hat wirklich aufgehört, so, wie es begann, von einem Tag zum andern. Papa und Frau Loser haben es geschafft! Samuel knallt mir zwar noch ab und zu eine rein, doch damit kann ich leben. Samuel schlägt auch Lorenz und ein paar andere, das hat nichts mit mir persönlich zu tun. Fussball spielen darf ich wieder, so viel ich will. Doch ich will gar nicht immer, weil ich beim Wählen ein paarmal zurückgeblieben bin und erst ganz zuletzt einer Mannschaft zugeteilt wurde.

Da spiele ich doch lieber mit Jonas und Yves im Sand oder klettere auf Bäumen herum und stelle mir vor, ich sei Eisenherz auf einer einsamen Burg.

Als ich gestern mit Pepe im Wald am Lichtenberg war, da habe ich eine kleine Schlucht entdeckt. Überall umgestürzte Bäume. Da werde ich mir eine Hütte bauen, gleich heute Nachmittag, schliesslich habe ich schulfrei.

«Fredi, kommst du mit mir in den Wald, ich habe einen Ort für eine Hütte entdeckt. Wir waren doch Freunde …»

«Einer, der mich bei seinem Vater verpfeift, ist nicht mein Freund.»

«Aber ich habe doch nicht angefangen damit.»

«Trotzdem. Ein echter Kerl löst seine Probleme selber.»

Auch Marc will keine Hütte mit mir bauen. Die brauchen etwas Zeit, denke ich, das wird sich wieder einrenken. So frage ich Franz aus der dritten Klasse, ob er mitkommen wolle. Er hat mich nie ausgelacht, vielleicht, weil unsere Eltern so gut befreundet sind. Mama und seine Mutter gehen zusammen am Mittwochabend ins Yoga, Papa und sein Vater fahren abends öfters zusammen Rad und trinken dann in einem Gartenrestaurant ein Bier.

Franz ist sofort begeistert von meinen Plänen, er will noch seinen Bruder Anton mitbringen.

Am Nachmittag sind wir zu fünft. Franz und Anton, Yves, Jonas und ich. Wir nehmen eine Säge mit, einen Spaten mit abgebrochenem Griff, den ich bei der Altmetallsammelstelle gefunden habe, Schnur und natürlich etwas zu essen. Bald sind wir oberhalb der Reben am Waldrand.

«Wo ist es?» Jonas schaut sich um.

«Wir müssen dort durch das Gebüsch und dann den Hang hinauf, kommt.»

Zusammen mit Franz suche ich einen geeigneten Platz.

«Hier, der Boden ist gut zum Graben, und die Stämmchen dort drüben können wir gleich benutzen.»

«Ich habe Durst.» Jonas setzt sich auf einen Stamm.

«Wisst ihr, was noch besser als eine Hütte wäre?» Ich mache eine Pause, damit mein Vorschlag besser wirkt. «Wir bauen eine Burg!»

Jonas vergisst seinen Durst, und die andern wollen auch sofort beginnen. Also markieren wir am Boden die Eckpunkte unserer Burg. Yves, Anton und Jonas schleppen alles verfügbare Holz zum Bauplatz. Franz nimmt die Säge und macht sich daran, das Baumaterial auf die richtige Länge zu kürzen. Ich grabe mit dem Spaten Löcher, damit wir die Stämme im Boden versenken können.

Natürlich sind wir anfangs mit Feuereifer dabei, aber bald merke ich, dass das gute Bauholz für die drei Kleinen zu schwer ist. Also schleifen wir es gemeinsam zu den vorbereiteten Löchern, stellen es langsam auf und verbinden die Teile mit Schnur. Es geht mir viel zu langsam. Ich habe mir einen Palisadenzaun vorgestellt mit Türmen in der Ecke und einem stabilen Tor. Als sich Franz mit der Säge an der Hand verletzt, sind wir noch nicht sehr weit.

«Wie ist das passiert?», frage ich ihn.

«Bin irgendwie ausgerutscht, ich weiss auch nicht, wie … Das tut weh, aua!» Franz drückt sich ein Taschentuch auf die Wunde, es färbt sich langsam rot.

Wir packen das Werkzeug zusammen, schauen uns nochmals nach den wenigen stehenden Stämmen um und machen uns auf den Heimweg.

«Was habt ihr schon wieder angestellt?» Mama holt die Apotheke hervor und versorgt die Wunde. «Geht's, Franz?»

Franz schluckt nur und nickt.

«Na, ihr Hüttenbauer, Pech gehabt?» Papa gibt Mama und mir einen Kuss und stellt seine Mappe weg. «Soll ich dich nach Hause fahren, Franz?»

Eine halbe Stunde später sitzen wir alle bei Franz im Garten. Sein Vater ist eben von der Arbeit nach Hause gekommen und hat im Keller eine Flasche Wein geholt. Für uns Kinder gibt es Cola und ein Stück Kuchen. Franz zeigt mir und Jonas sein Aquarium.

«Seht ihr dort unter der Wurzel? Das ist ein Wels. Der versteckt sich gerne, am Abend schwimmt er dem Boden oder den Glaswänden entlang und frisst Algen.»

«Hast du eigentlich auch Piranhas?» Jonas schaut angestrengt ins Wasser.

«Dann hätte ich keine anderen Fische.» Franz holt ein Buch hervor und zeigt Jonas alle Fische aus seinem Aquarium, ich gehe zum Fenster hinüber und schaue in den Garten.

«Eigentlich ist der Kirchmann an allem schuld», höre ich Mamas Stimme aus dem Garten.

«Jedenfalls hat die Mutter von Nora reagiert», brummt Franz' Vater und kratzt sich seinen mit kurzen Stoppeln bedeckten Schädel.

«Seit gestern ist Nora nicht mehr hier im Dorf, ihre Mutter hat sie auf eine Privatschule geschickt.»

«Dann werden wir wohl endlich Ruhe haben.» Papa hebt sein Glas.

«Ruhe geben wird es erst, wenn Kirchmann weg ist», ereifert sich Mama. «Solange ihm Adam Lauer und die anderen Schulbehördenmitglieder aus der Hand fressen, wird er sich aufführen wie ein kleiner König. Wir hätten ihn anzeigen sollen. Dann wäre das mit Felix nicht geschehen.»

«Glaubst du denn», Franz' Mutter zündet sich eine Zigarette an, «glaubst du, dass es noch schlimmer wird?»

«Schlimmer kann es gar nicht mehr kommen.» Papa trinkt sein Glas in einem Zug leer. «Wir haben erwogen, eine Anzeige zu erstatten, aber Schulinspektor Suter hatte uns sogar mit einer Klage wegen übler Nachrede gedroht.»

Da halte ich mir die Ohren zu. Immer diese Erwachsenen, die sprechen und sprechen und gar nicht wissen, wie es eigentlich bei uns zugeht, was verstehen sie schon davon?

Wo sind sie, wenn es auf dem Pausenplatz oder in der Garderobe hoch hergeht? Da sprechen sie, was man tun könnte und müsste. Ich aber bin alleine da draussen, und wie schlimm es wirklich ist, davon kann nur ich erzählen.

V. Kampf

Vorgestern bauten wir die Burg fertig. Papa war mit uns im Wald, er sägte, schleppte und grub wie ein Wilder. Gemeinsam stellten wir die Stämme auf und richteten sie aus. Ganz so, wie ich sie mir vorgestellt hatte, ist sie nicht, unsere Burg. Zuerst wollte ich sie Camelot taufen, nach der Burg von König Artus. Doch Camelot ist viel prächtiger, unvergleichlich schöner und uneinnehmbar.

«Camelot ist eine Idee», sagte Papa und hängte einen Topf voll Wasser über das Feuer. «Eine Idee kann man nicht nachbauen. Eine Idee gehört in den Kopf.»

«Wie findest du ‹Burg Falkenstein›?»

«Falkenstein? Das ist genau richtig.» Papa stocherte im Feuer herum, dass die Funken nur so stoben. «Wie geht's dir denn so in der Schule, Felix?»

«Gut, ausgezeichnet. Im Diktat habe ich wenig Fehler gehabt, und meine Rechnungen sind meistens richtig.»

«Hör auf, Felix. Du weisst, was ich wissen will.»

Angestrengt schaute ich in die Flammen. Sicher wusste ich, wovon Papa sprach. Doch musste ich ihm erzählen, dass Fredi und Marc nicht mehr mit mir spielen, dass eigentlich alle Grossen einen Bogen um mich machen? Sagt er dann vielleicht, ich solle mich anstrengen, ich solle auf die andern zugehen, dann würde schon alles wieder gut? Auf solche Ratschläge kann ich verzichten. So versuchte ich zu lächeln.

«Gut geht's, sehr gut.»

«Warum kommen Fredi und Marc nicht mehr zu dir zum Spielen?»

«Sie sind im Moment nicht meine Freunde.»

«Der Lorenz war auch nie mehr bei dir.»

«Den Lorenz treffe ich auf dem Schulweg.» Wir reden aber nicht mehr so richtig zusammen. Ich wage gar nicht zu fragen, ob er zu mir kommt.

«Ist es schlimm?»

«Das Wasser kocht, wo ist die Suppe?»

Und dann beschäftigten wir uns nur noch mit dem Essen und den praktischen Dingen des Burgenbaus. Manchmal schaute mich Papa so komisch an, als wollte er etwas sagen, doch da schaute ich jedes Mal schnell weg.

Nun habe ich also eine Burg. Dahin würde ich mich zurückziehen, wenn mir jemand zu nahe käme. Ich würde das Tor mit Stämmen verrammeln und drinbleiben, bis die Luft wieder rein ist. Doch natürlich ist die Burg nie dort, wo man sie am meisten braucht.

«Das war gar kein Tor, Felix, du schummelst beim Fussball mit den Kleinen.» Wieso nur muss diese Zicke Rahel sich einmischen, wenn ich mit Jonas und seinen kleinen Freunden spiele?

Erst sage ich gar nichts, bin nur rüber zu unserem Apfelbaum und hole den Ball. «Wie viel steht es, Yves?»

«Vier zu drei für uns.»

Ich lege mir den Ball zurecht, dribble an Lennart vorbei, dann an Jonas und knalle den Ball Yves zwischen den Beinen hindurch.

«Vier zu vier.»

«Du schiesst viel zu stark, verstehst du? Du spielst nicht mit Gleichaltrigen, du spielst mit den Kleinen.»

«Unser Spiel geht dich einen Dreck an, Rahel.»

«Doch, es geht mich etwas an», zetert sie mit ihrer hohen Stimme. «Die Kleinen müssen dauernd machen, was du willst. Kannst du nicht mit Gleichaltrigen spielen?»

Das hätte sie nicht sagen dürfen. Kann ich etwas dafür, dass niemand mehr mit mir spielt? Neben dem Apfelbaum liegt unser Diabolo-Spiel, ich hole mir die beiden Stöcke und gehe auf Rahel zu.

«Komm, schlag doch zu, wenn du dich traust.» Dabei hält sie mir die Hände entgegen.

Ich bin so wütend, dass ich diese Aufforderung nicht gebraucht hätte, und schlage zu.

«Spinnst du, bist du noch normal?» Rahel reisst mir die Diabolostöcke aus der Hand, und bevor ich sie zurückholen kann, zerbricht sie diese.

«Du wirst mir neue geben, das schwöre ich.»

«Hol sie doch, wenn du kannst, Kindergartentrottel!» Rahel dreht sich um und stolziert zum Lehrerhaus hinüber.

«Wer war das?» Katrin schaut sich die zerbrochenen Diabolostöcke an.

«Rahel, dieses Biest!»

«Aber die Stöcke gehören mir, ich habe sie zu Weihnachten bekommen, die soll mir neue kaufen.»

Und so gehen wir gemeinsam zu Kirchmanns hinüber. In der offenen Türe steht Frau Kirchmann, dahinter halb verdeckt Rahel. «Da!» Katrin streckt ihnen die Diabolostöcke entgegen. «Das war Rahel!»

«Wenn man meine Rahel ärgert, kommt es so heraus. Felix hat es nicht anders gewollt.»

«Geschlagen hat er mich damit», zetert Rahel, «geschlagen wie ein Irrer.»

«Dass Felix in seiner Wut nicht mehr genau weiss, was er tut, das ist ja bekannt.» Frau Kirchmann schaut mich herablassend an. «Ich denke, dass ihr euch andere Dumme suchen müsst, um diese Stöcke zu ersetzen.»

Und schon ist die Türe zu.

Papa wird furchtbar wütend, als wir ihm die Sache erzählen. Er zieht uns vors Haus, zeigt zu Kirchmanns Garten hinüber und legt los von wegen, dass es ja klar sei, dass gewisse Leute nie zu ihren Fehlern stehen würden, dass er auch nichts anderes erwartet habe und dass es wohl etwas Mut brauche, einen Schaden wiedergutzumachen.

Ich weiss nicht, wie lange dieser Spuk dauert. Mama ruft ein paarmal zum Küchenfenster hinaus, er solle doch aufhören, das würde nichts nützen, doch da sehen wir Kirchmann aus dem Garten kommen. Er marschiert geradewegs auf uns zu.

«Meinen Sie mich damit?» Er bleibt vor Papa stehen.

«Sie und noch einige andere hier.» Die Stimme von Papa zittert leicht.

«Denken Sie nicht, dass ich für meine Fehler genug gebüsst habe?»

Papa schüttelt den Kopf. «Nein, das glaube ich nicht.»

«Dann sind Sie es also», Kirchmanns Stimme klingt wie ein wütendes Brummen tief unter seinem Bart hervor, «Sie wollen mich hier weghaben, habe ich recht?»

Papa zuckt mit den Schultern. «Das habe ich mir noch gar nicht überlegt.»

«Gerade Ihnen will ich nichts schuldig bleiben. Haben wir uns verstanden?» Kirchmann zieht zwei neue Diabolostöcke hinter seinem Rücken hervor. «Diese Geschichte ist damit erledigt.»

«Herzlichen Dank. Sonst noch was?», fragt Papa.

«Die Dinge, die Sie über mich herumerzählen, passen mir nicht.»

Er dreht sich und marschiert wieder hinüber zum Lehrerhaus.

«Du warst einfach grossartig, Papa.» Ich umarme ihn vor Freude.

«Musste das sein?» Mama schaut uns missbilligend an, und auch Katrin scheint nicht zufrieden.

«Was denkt ihr, wer im Unterricht unter Kirchmann zu leiden hat? Ihr sicher nicht. Ich muss das alles ausfressen.»

Doch da hat Katrin unrecht. Das sehen wir schon am nächsten Tag.

In der Pause rennen die Zwillinge Thomas und Martin hinter Katrin her und wollen sie packen. Thomas geht seit ein paar Wochen mit Rahel Kirchmann, und gerade vorhin hat sie ihm etwas ins Ohr geflüstert. Alle schauen zu und feuern die Zwillinge an, niemand hilft Katrin. Immer enger werden die Kreise der beiden Blondschöpfe, dann haben sie meine Schwester erwischt. Als Thomas sie an den Haaren packt, laufe ich los, schiebe ein paar Gaffer zur Seite und stürze mich auf Thomas.

«Lass Katrin los, hast du gehört?», rufe ich.

Thomas ist so erstaunt, dass er loslässt, Katrin zieht die Nase hoch und geht zu ihren Freundinnen hinüber.

«Was soll das, Felix? Willst du die Abreibung für deine Schwester?»

Auf einmal ist der Kloss wieder da. Kein Wort bringe ich mehr heraus, es scheint, dass das Gleichgewicht, das in den letzten Wochen in der Schule herrschte, mit einem Mal nicht mehr da ist.

Stumm stehen sie um mich herum und warten darauf, dass etwas geschieht.

«Kannst du nicht sprechen, oder willst du nicht?» Martin schubst mich unsanft in die Seite.

Mein Blick wandert hilfesuchend über die Gesichter der Knaben um mich herum, doch sie sind feindselig und leer. Samuel schlägt als Erster zu, hart, zielgerichtet, natürlich wieder in den Oberarm. Von der anderen Seite gibt mir Fredi einen schmerzhaften Rippenstoss. In mir drin ist alles ausgelöscht. Ich stürze mich auf Fredi und reisse ihn zu Boden. Als ich die Hand hebe, werde ich zurückgerissen.

«Was ist denn hier los?»

Einige Kinder treten zur Seite. Kirchmann steht über mir, Kirchmann, der Retter.

«Sie wollten mich …»

«Jetzt lügt er schon wieder, der Felix.» Samuel schaut angewidert zu mir herunter.

«Herr Kirchmann, Felix beginnt die ganze Zeit, er ärgert uns, stört uns beim Spielen, und vorhin hat er Fredi angegriffen.»

«Er lügt!», schreie ich. «Samuel lügt!»

«So, so.» Kirchmann krault sich seinen Bart. «Felix hat also Fredi angegriffen. Stimmt das, Fredi?»

Fredi nickt und versucht, wie ein geprügelter Hund auszusehen.

«Hör zu, Felix, ich will nicht, dass du andauernd mit Streiten beginnst, hast du mich verstanden? Mir reicht schon das Theater, dass du oben am Burgrain aufführst. Und nun ins Schulhaus mit euch, es hat bereits geläutet.

«Tut's weh?» Sofie steht neben mir und schaut mich aus grossen Augen an.

«Es ist gut, keine Sorge.» Ich ziehe mir den Pullover gerade und gehe zum Schulhaus hinüber.

«Soll ich sie verhexen?»

«Geh, Sofie, sonst kommst du noch zu spät.» Das hat mir noch gefehlt, dass sich meine kleine Schwester Sorgen um mich macht. Wenn jetzt, denke ich, Eisenherz auf den Schulhof reiten würde, in voller Rüstung und mit einem Pferd für mich an der Hand, würde ich aufsteigen, ein Schwert ziehen und die erschrockenen Kinder ganz lange anschauen. Einige würden auf die Knie gehen und mich um Verzeihung bitten. Ich würde ausspucken, dem Pferd die Sporen geben und wegreiten, und dann würden sie merken, dass es zu spät ist.

SIEBEN

Eine Weile bleiben Gaudenz und Verena schweigend sitzen. Drüben im Bad hören sie Claudia summen. Sie ist vor zwanzig Minuten hochgekommen und hat gesagt, dass sie bald ans Grillfest gehen würden. Dann ist sie unter die Dusche gegangen, weil auch sie schön sein wolle mit einer so tollen Familie.

«Warum passiert das, Papa?»

«Wer weiss? Ein paar Dinge, die schieflaufen, die falschen Leute, die zusammenkommen.»

«Gib es zu, du weisst es auch nicht.»

«Ich gebe es zu, Verena. Eigentlich ist das, was dem Felix und seiner Familie zustösst, doch unglaublich, oder?»

«Glaubst du, dass so etwas bei uns passieren könnte?»

«Nein, ich denke nicht. Schliesslich bin ich doch Polizist. Wenn jemand so mit euch umgeht, werde ich die Schuldigen verhaften und einsperren.»

«Versprochen?»

«Versprochen.»

Verena versorgt die Blätter im Kartonmäppchen. Dann versteckt sie die Rittergeschichte unter ihren Kleidern im Schrank.

«Warum machst du das?»

«Ich möchte nicht, dass Sandra das liest. Das ist keine Kindergeschichte. Sie kann sonst nicht schlafen.»

«Und du?»

«Ich habe einen Polizisten zu Hause. Der passt auf mich auf. Und jetzt musst du rausgehen, denn auch ich gehöre zur tollen Familie und ziehe mir eine schöne Hose an.»

Gaudenz geht hinüber ins Elternschlafzimmer. Claudia steht da, sie trägt schwarze Unterwäsche, sonst nichts.

«Wunderbar», flüstert er.

«Ein bisschen viel hier», sagt sie und deutet auf ihre Hüfte.

«Findest du? Dreh dich mal nach rechts, nach links.» Er geniesst es, seine Frau zu betrachten, freut sich an ihrem wunderschönen Körper, der im Abendlicht einen goldenen Schimmer hat.

«So, genug geschaut», sagt sie energisch und öffnet den Kleiderschrank. «Am Abend ist es noch etwas kühl, da brauche ich etwas Passendes, warte mal, da habe ich doch noch dieses Kleid.»

Gaudenz liegt auf dem Bett und schaut ihren Rücken an, der sich vor dem Schrank wiegt und biegt, geniesst die Rundungen ihres Pos, den er bald schon zu halten hofft, wenn sie absichtlich nah bei ihm vorbeistreicht. Er schaut zu, wie sie sich ankleidet, wie sie in die Strumpfhose schlüpft und diese hochzieht, geschmeidig wie eine Katze.

Wir sind wirklich eine ganz tolle Familie, denkt er.

«Mach schon, Faulpelz», ruft sie ihm zu.

Er schliesst die Knöpfe seines Hemdes, schiebt es in die Jeans und zieht einen schwarzen Gurt durch die Schlaufen.

«Ich bin fertig. Gehen wir?»

«Sind die Mädchen bereit?»

Sandra ist noch unten und muss zuerst gerufen werden. Mit vereinten Kräften gelingt es ihnen, Sandra aus den Frühlingskleidern zu schälen, den Staub, der nach Abenteuern riecht, wegzuwischen und sie abendfrisch herzurichten.

Unterdessen ist Verena mit ihrem Aussehen zufrieden und geht hinunter, um zusammen mit den Grosseltern zu warten.

«Es ging leider nicht schneller», entschuldigt sich Claudia bei den Eltern.

«Wir haben Zeit.» Armin steht langsam auf. «Morgen müssen wir nicht so früh raus. Als du klein warst, war es noch anders, da hattest du noch Schule am Samstag.»

«Stimmt. So schlimm war das aber auch nicht. Auf das Ausschlafen morgen freue ich mich aber. Es waren anstrengende Tage.» Claudia schlüpft in die Schuhe.

«Dem Ausschlafen kann ich mich leider nicht anschliessen.» Gaudenz macht ein geknicktes Gesicht. «Morgen muss ich um neun in Kreuzlingen sein.»

«Schade», sagt Patrizia. «Wir wollten doch zusammen in die Stadt und einen Einkaufsbummel machen.»

«Wir können auch ohne dich Geld ausgeben. Wir machen uns einen gemütlichen Frauenmorgen ohne gelangweilte Männer», erklärt Claudia beim Hinausgehen.

Glück gehabt, denkt Gaudenz, der Schuh- und Kleidergeschäfte nicht sonderlich spannend findet. Lieber schaut er sich Velos und Zubehör an, streift durch Sportgeschäfte, verliert sich in Buchhandlungen. Er kann sich jeweils kaum sattsehen an den neusten Romanen, liest hier eine Seite und fährt dort mit dem Finger über einen besonders schön gestalteten Einband. Gerne blättert er in Reiseliteratur, faltet Karten auseinander und ist in Gedanken bereits unterwegs zu neuen Zielen.

***

Nach einem kurzen Spaziergang durchs Dorf kommen sie zur Turnhalle. Es riecht nach Rauch und gebratenem Fleisch. Vor dem hässlichen Zweckbau mit der braunen Wellblechfassade sitzen die Leute an langen Tischen, essen und trinken. Ein Summen aus unzähligen Gesprächen hängt über den Anwesenden. Dahinter wird grilliert. Männer mit grünen Schürzen und langen Grillzangen beaufsichtigen Würste und Steaks beim Garwerden, andere laden Salate auf Pappteller oder machen Getränke bereit. Bei der Eingangstüre gibt es eine behelfsmässige Bar. Hier stehen die jungen Erwachsenen mit einer Flasche Bier in der Hand, geben sich locker und beobachten das andere Geschlecht.

Armin und Patrizia werden gegrüsst, Patrizia drückt Hände, Armin klopft auf Schultern, und Claudia umarmt Schulfreundinnen, die sie lange nicht mehr gesehen hat. Gaudenz steht dabei und kommt sich ziemlich nutzlos vor. Wie ein Anhängsel. Er spürt die kritischen Blicke, die ihn taxieren. Wie bei einer Viehschau.

«Bist du der Engadiner von unserer Claudia?», fragt ihn ein Mann beim Vorbeigehen.

Gaudenz murmelt etwas Belangloses.

«Kommt», sagt er zu Verena und Sandra. «Wir suchen uns schöne Plätze zum Sitzen.»

Am Rand der Festwirtschaft ist noch ein ganzer Tisch frei. Da machen sie es sich bequem. Er bestellt für sich einen Saft und Süssmost für die Mädchen, dazu eine Flasche Wein für später. Bald sind auch die Mädchen weg, abgeholt von den neuen Freundinnen aus der Schule.

Das ganze Fest hat etwas Unkompliziertes. Die Leute sind ordentlich angezogen, aber nicht übertrieben herausgeputzt, wie es im Engadin oft der Fall ist, weil die Einheimischen mit den Gästen wetteifern. Die Garderobe der Jungen hat etwas Rührendes. Hemden mit irgendwelchen Aufschriften, grosse Gurtschnallen, absichtlich zerrissene Jeans. Die jungen Frauen tragen enge Hosen, die Oberteile sind gespickt mit Glitter. Es wird viel gesprochen und gelacht. Die Leute setzen sich zueinander, diskutieren, heben die Saftflaschen und Weingläser, wechseln die Plätze, hier scheint jede die andere und jeder den anderen zu mögen. Das einfache Leben auf dem Land, denkt Gaudenz.

Er steht auf und will hinüber zu seiner Frau, zögert aber. Er spürt einen Stich, als er sieht, wie Claudia mitten in einem Pulk von jungen Frauen steht, wie sie strahlt, wie die Sätze aus ihr heraussprudeln. Das ist ihre Heimat, ihr Zuhause. Hier wurde sie geboren, spielte mit den andern Kindern, drückte die Schulbank und heckte Streiche aus. Hier irgendwo war sie zum ersten Mal verliebt, küsste zum ersten Mal, ging mit ihrer Clique ins Kino und zum Tanzen. Seidlingen ist immer noch ein wichtiger Ort in ihrem Leben, das sieht er jetzt. Wie stark ist wohl ihr Heimweh, wenn es im Engadin kalt und unwirtlich ist?

Er fühlt sich etwas fehl am Platz hier neben den Büschen am Rand des Festplatzes und nimmt ab und zu einen Schluck von seinem Saft. Sauer und erfrischend zugleich läuft ihm der vergorene Apfelmost die Kehle hinunter. Er fühlt sich wie ein Voyeur, der den Leuten beim Glücklichsein zuschaut.

«Ein schöner Abend.» Ein Mittfünfziger mit Bauchansatz

und einer Bierflasche in der Hand ist neben ihm stehen geblieben.

«Finde ich auch.»

«Habt ihr noch Schnee oben in den Bergen?»

«Ein wenig liegt immer irgendwo herum. Und es ist um einiges kühler als hier.»

Der Mann hebt seine Flasche. «Ich bin Markus.»

«Gaudenz.»

«Ich weiss. Der Mann von Claudia.» Markus nimmt einen Schluck.

«Hier scheint jeder zu wissen, wer man ist.»

«So ist es eben im Dorf. Das hat viele Vorteile. Und einige Nachteile. Aber wenn man auswärts arbeitet, geht es. Seid ihr zu Besuch?»

«Ich mache eine Weiterbildung. Wir bleiben zwei Monate.»

«Dann gehen deine Kinder hier zur Schule?»

«Ja, sie sind in der ersten und vierten Klasse. Ich glaube, die Luftveränderung tut ihnen gut. Und die Schule scheint ihnen zu gefallen.» Gaudenz schaut hinüber zum angrenzenden Sportplatz, auf dem die Kinder herumtollen.

«Du bist doch auch Polizist, oder?»

«Was meinst du mit ‹auch›? Bist du Polizist?»

«Nein. Ich arbeite in der Entwicklungsabteilung einer Elektronikfirma in Tägerwilen.» Markus lächelt entschuldigend. «Mit ‹auch› meine ich Bruno, der ist doch ebenfalls bei der Polizei.»

Gaudenz nickt und wartet.

«Schlimme Sache, das in Konstanz. Weiss man schon mehr?»

«Die Untersuchungen laufen.»

«Du bist doch Insider, oder?» Markus hebt seine Bierflasche. Seine ganze Haltung hat etwas Steifes, Angespanntes.

«Ich besuche Kurse», erklärt Gaudenz. «Für die Ermittlungen vor Ort braucht man keinen Bündner.»

«Der ist gut, Gaudenz.» Markus klopft ihm auf die Schultern. «Ich muss zu meinen Leuten. Wir sehen uns sicher noch.»

Gaudenz schaut Markus nach, dann geht er hinüber zu seinem Tisch. Am Rand des Platzes tauchen Martha und Paul auf. Neben ihnen geht Bruno, locker gekleidet, mit einer braunen Lederjacke über der Schulter. Der erste Blick täuscht. Auf den zweiten wirkt der Kriminalpolizist angespannt, als würde er damit rechnen, dass gleich etwas passiert.

Gaudenz schaut zu seiner Claudia, wie sie etwas zur Frau sagt, mit der sie in ein Gespräch vertieft ist, wie sie den Neuankömmlingen zuwinkt und auf sie zuläuft, als hätte sie lange auf diesen Moment gewartet. Sie grüsst die Tante und den Onkel flüchtig, sie sagt etwas zu Bruno, fasst ihn an den Händen, umarmt ihn innig und küsst ihn auf beide Wangen. Es ist wie in einem alten Schwarz-Weiss-Film mit Lauren Bacall und Humphrey Bogart, die Zeit scheint stehen zu bleiben, und das Bild des Paares, das sich mitten auf dem Platz begrüsst, bleibt hängen.

Gaudenz sieht, dass nicht nur er die Szene beobachtet hat, es scheint, als seien die Gespräche verstummt, als hätten sich alle umgedreht, um zu sehen, was da vor sich geht.

Die Kohlers kommen heran, nicken den Leuten zu. Floskeln werden gebrummt, die Begrüssung ist zurückhaltend, niemand geht auf sie zu, erst als sie bei Patrizia und Armin sind, hellen sich ihre Gesichter auf.

«Gaudenz, schau, wer da ist», sagt Claudia.

Gaudenz drückt Bruno die Hand.

«Ich habe gehört, dass wir Kollegen bei der Kapo Thurgau geworden sind.» Ein freundliches Lächeln, ein wachsamer Blick.

Sie sitzen zusammen, Claudia und ihre Eltern, Bruno und seine Eltern, Gaudenz und die Mädchen. Es gibt Würste mit Brötchen und Salat, Saft, Bier und Wein.

«Hast du gesehen, wie sie schauen?», fragt Bruno kauend.

«Dörfler. Die freuen sich, wenn es eine Abwechslung gibt.» Armin hebt sein Glas. «Lass sie reden, die brauchen etwas zum Tratschen.»

«Bin ich froh, dass ich nicht mehr hier leben muss.» Bruno nimmt einen grossen Schluck Bier, das er dem Saft vorzieht. «In Frauenfeld ist es sehr viel angenehmer.»

«Wir sind trotz allem geblieben», sagt Paul. «Vielleicht hätten wir auch wegziehen sollen.»

«Ihr habt ja noch uns, Paul.» Patrizia lächelt ihren Schwager an. «Und es gibt viele Neuzuzüger im Dorf, so kleinkariert ist Seidlingen längst nicht mehr.»

«Mühsame Leute gibt es überall.»

«Danke, mein Schatz.» Claudia schubst Gaudenz an. «Für diese Weisheit hast du einen Orden verdient.»

Damit lockert sich die Stimmung auf, Armin füllt die Gläser und bestellt noch eine Flasche Wein. Geschichten werden erzählt von Seidlingern, die alle kennen, nur Gaudenz nicht. So schaut er den Leuten zu, bemerkt die Blicke, mit denen die Gruppe gemustert wird. Als Markus hinüber zum Getränkestand geht, nimmt er einige leere Flaschen und macht sich ebenfalls auf den Weg.

«Durst?»

«Immer.» Markus nimmt eine Note aus der Hosentasche. «Wie ist es, wenn man bei den Aussätzigen sitzt?»

«Mir geht es gut.»

«Da bin ich aber froh. Ich möchte nicht, dass unsere Gäste das Gefühl haben, sie seien nicht willkommen.»

«Was ist eigentlich los hier?», fragt Gaudenz seinen neuen Bekannten.

«Was meinst du?» Markus nimmt drei Flaschen Bier entgegen.

«Na, diese Blicke. Sogar ein Blinder merkt, dass die Stimmung gekippt ist, als die Kohlers aufgetaucht sihd.»

«Die Kohlers. Die können sich einfach nicht einordnen in eine Dorfgemeinschaft. Das war mal anders. Ganz anders. Als Bruno noch klein war. Aber später … Es ist nicht einfach mit einem solchen Kind. Na ja, ich will nur so viel sagen: Pass auf deine Frau auf.» Markus deutet hinüber zum Tisch, an dem die Stimmung immer fröhlicher wird. Dann lässt er Gaudenz stehen.

Dieser sieht, wie Claudia ihren Kopf an Brunos Schulter

lehnt, wie sie zusammen lachen, sich etwas erzählen und er ihr dabei immer wieder auf die Brust tippt.

Bevor mir Hörner wachsen, denkt er, muss ich etwas tun.

«Nachschub.» Er stellt die Flaschen auf den Tisch, schenkt rundherum nach.

«Was würden wir nur tun ohne meinen Gaudenz», sagt Claudia und hebt ihr Glas. «Auf den besten Mann der Welt. Und auf den besten Cousin.»

«Übertreib mal nicht.» Bruno lacht.

«Ich übertreibe nicht. Wir haben unsere Geschichte, das vergesse ich nicht.»

Gaudenz spürt eine grosse Wut in sich hochsteigen. Die Geheimnistuerei macht ihn hilflos und wohl auch ungerecht. Bevor die Situation eskaliert, fasst er Claudia am Arm. «Du, ich glaube, Verena will etwas von dir.»

«Mutterpflichten», entschuldigt sie sich bei den Anwesenden und geht hinüber zum Spielplatz. Da stehen auch andere Mütter, von denen sie sich schnell in eine angeregte Diskussion verwickeln lässt.

«Was machen wir Männer mit dem angebrochenen Abend?» Bruno schaut Gaudenz augenzwinkernd an. «Vorschlag. Erst gehen wir pissen, danach wagen wir uns an die Bar.»

«Einverstanden.» Endlich ist er mit Bruno alleine.

Sie gehen den Tischen entlang, vorbei an einer Männergruppe, bei der Markus das grosse Wort führt.

«Hallo, Bruno. Wieder mal im Land?»

«Arschloch», brummt dieser, ohne anzuhalten.

«Man hört so einiges über die Polizei», ruft ein Bärtiger mit Schiebermütze.

Irgendeiner sagt noch etwas, das wie «auf den Falschen geschossen» tönt, dann sind sie vorbei.

«Der Alkohol», sagt Gaudenz unbeholfen.

Toilette, Bar, dann ein Bier auf dem Mäuerchen im Halbdunkel. Sie trinken. Sie reden. Sogar als er Gisler erwähnt, bleibt Bruno einigermassen ruhig. Und plötzlich ist alles im Eimer.

«Was sollte das mit Sabrina?»

«Was meinst du?»

«Warum tauchst du bei der im Kurs auf?»

«Gisler hat mich geschickt.»

«Und du machst einfach alles, was er sagt? Ohne zu überlegen?»

«Ich glaube, Sabrina war ganz schön froh, dass ich ihr half, als sie belästigt wurde.»

«Das glaubst du. Mann, Gaudenz, was läuft hier eigentlich?»

«Ich mache eine Weiterbildung bei der Polizei, das ist alles.»

«Wer soll das glauben? Hör zu, Gaudenz, lass mich fortan in Ruhe, besuch deine Kurse, bleib weg von Sabrina und meinen Freunden. So kannst du weiterhin den Bündner Kantonspolizisten spielen. Wenn du mir in die Quere kommst, lassen wir dich hopsgehen.»

«Willst du mir drohen?»

«Ich sage nur, dass es die Kollegen kaum schätzen werden, wenn sich ein Maulwurf bei uns einnistet. Ein Gemeindepolizist hat bei der richtigen Polizei nichts verloren.»

«Klare Worte.»

«Die du hoffentlich verstehst, Gaudenz.» Bruno steht auf, dreht sich noch einmal um. «Noch etwas. Lass Claudia aus dem Spiel, hörst du?» Er lässt Gaudenz stehen und geht zurück zum Tisch.

***

Gaudenz hat genug von der Seidlinger Fröhlichkeit. Er verabschiedet sich, nimmt seine müden Mädchen an der Hand und macht sich auf den Heimweg. Claudia, die wieder am Tisch sitzt, schaut kaum auf, als er weggeht, denn sie muss Bruno unbedingt eine Geschichte erzählen, die sie drüben bei den Müttern gehört hat.

Ein letzter Blick zurück. Markus winkt ihm zum Abschied zu. Gaudenz lässt das Fest hinter sich und geht mit seinen Töchtern durchs schlafende Dorf. Dabei kommt er nur langsam vorwärts, weil er erst Sandra auf der Hüfte trägt und danach auch noch Verena huckepack auflädt.

Er wehrt sich nicht gegen die Last, obwohl ihm der Schweiss aus allen Poren schiesst, denn wenigstens seinen Mädchen will er beweisen, dass er nicht alles falsch macht, dass nicht alles schiefläuft, was er anfasst.

«Du bist der beste Papa», sagt Sandra schlaftrunken. «Ich möchte lieber dich als ein Pferd.»

«Ein Pferd wäre natürlich schneller», gibt Verena zu bedenken. «Aber ein Papa kann dafür viel besser vorlesen.»

Und so sind sie sich einig, den Papa dem Pferd vorzuziehen, aber nur unter der Bedingung, dass er sie beide ins Bett bringt und noch ein Lied singt. Weil man nie einfacher zu so viel Gegenliebe kommt, kämpft sich Gaudenz das letzte Stück über den Hofplatz, bringt seine Mädchen die Treppe hoch und erlässt ihnen sogar das Zähneputzen. Das steigert sein Ansehen zusätzlich.

«Gute Nacht, Sandra, gute Nacht, Verena.»

«Der Onkel Bruno ist nett», sagt Verena.

«Finde ich auch», murmelt Sandra, die schon fast eingeschlafen ist.

«Aber du bist der Netteste», ergänzt Verena, womit der Abend wenigstens teilweise gerettet ist.

Gaudenz zieht sich aus und geht unter die Dusche. Erst lässt er das Wasser warm über seinen Körper herunterlaufen, dann eiskalt, dann wieder warm. Danach fühlt er sich besser.

Weil er nicht einschlafen kann, holt er die nächsten Seiten der Rittergeschichte aus dem Zimmer der schlafenden Mädchen.

Im Kapitel VI «Mama kommt in die Schule» erzählt Felix, wie er in der Pause auf die Kletterbäume vor dem Schulhaus flüchtet und sich vorstellt, er sei Eisenherz und halte Ausschau nach Feinden. Obwohl sein Vater bei den Eltern seiner Peiniger war und das Gespräch suchte, obwohl man ihm versicherte, dass ihre Söhne Felix in Ruhe lassen würden und dass die Kinder ihre Probleme gut alleine lösen könnten, muss Felix immer öfter aus der Schule fliehen.

Gaudenz ist immer noch nicht schläfrig und will noch ein Stück lesen.

«Mama, kommst du wieder mal auf Schulbesuch?», fragt Sofie beim Mittagessen. «Mmmmh», macht Mama, was so viel heisst wie: Muss das sein?

«Bei mir warst du auch lange nicht mehr», reklamiert Jonas.

«Zu mir musst du nicht kommen, ich kann darauf verzichten.» Katrin löffelt mürrisch ihre Suppe.

Ich sage gar nichts, bin einfach froh, hier zu sein. Zu Hause habe ich meine Ruhe. Gleich nach dem Mittagessen will ich nochmals versuchen, den Abzug meiner Armbrust zu verbessern, damit die Schnur nicht immer hängen bleibt.

Sofie gibt nicht auf. «Bitte, Mama. Du kannst dann gleich Felix nach Hause begleiten, so passiert ihm nichts.»

«Wie bitte?» Mama lässt den Löffel sinken.

Unter dem Tisch gebe ich Sofie einen Schubs. Sie soll jetzt bloss die Klappe halten.

«Stimmt das, Felix, geht es wieder los?»

«Ach, weisst du, manchmal rennen mir ein paar nach der Schule hinterher, doch die sind nicht schnell genug. Ich komme immer heil nach Hause.» Dass es heute besonders knapp war, brauche ich wirklich nicht zu erzählen.

Mama schaut ganz ernst drein. «Es ist aber nicht in Ordnung, Felix, wenn du aus der Schule rennen musst. Ich will, dass du ohne Angst nach Hause gehen kannst, verstehst du?»

«Aber ich habe keine Angst, Mama. Ich komme gut zurecht, sicher.»

Zum Glück ist Papa nicht auch noch da, sonst hätte er mich mit weiteren Fragen gelöchert. Und vielleicht hätte ich dann mehr erzählt. Papa wäre wütend geworden und Mama traurig. Jeden Mittag fragen sie mich, ob etwas in der Schule vorgefallen sei, ob sie mich geschlagen hätten. Sie geben mir gute Ratschläge, doch ich weiss, dass Mama und Papa so hilflos sind wie ich.

«Kommst du jetzt zu mir auf Schulbesuch?»

«Na gut, Sofie, dann komme ich heute Nachmittag zu dir.»

Der Abzug meiner Armbrust klemmt immer noch, obwohl ich beim Mittelteil ein Stück weggefeilt habe. Vielleicht liegt es auch am Stift, der den Abzug hält, vielleicht geht es, wenn er mehr Spiel hat.

«Felix, machst du mir auch eine?» Jonas ist fertig mit Abtrocknen und setzt sich auf die Werkbank.

«Vielleicht. Gibst du mir die Zange?» Langsam ziehe ich am Stift, bis der Abzug herauskommt. Wenn ich es mir recht überlege, müsste er noch etwas schmaler sein. Von allen Seiten schaue ich mir das Teil an und bringe es nochmals in Position.

«Wenn die Armbrust fertig ist, schiesst du damit auf die bösen Kinder?»

«Spinnst du? Und so böse sind sie nun auch wieder nicht.» Vielleicht kommen sie, wenn die Armbrust funktioniert, zu mir zu einem Wettschiessen, das wäre doch was.

Am Nachmittag sprechen wir über die Römer. Frau Loser erklärt, wie die römischen Wachttürme am Rhein ausgesehen haben. Daneben waren Heuhaufen aufgeschichtet, um Rauchzeichen zu geben. Für die Nacht lagen Fackeln bereit.

«Die Römer», erklärt sie, «waren nur so stark, weil sie sich gegenseitig gewarnt und einander geholfen haben.»

Wie die Ritter an König Artus' Tafelrunde, denke ich und stelle mir vor, einer von ihnen zu sein. Wir würden dasitzen am runden Tisch auf Burg Camelot, die Schwerter vor uns, sodass sich die Spitzen in der Mitte des Tisches treffen. «Alle für einen, einer für alle.» Und gemeinsam würden wir planen, wie man meinen Feinden eine gehörige Lektion erteilen könnte, sodass sie mich wieder aufnehmen und mich mitspielen lassen.

«Was haben die Römer gemacht, wenn feindliche Germanenstämme aufgetaucht sind, Felix?»

«Ich weiss nicht, ich …»

«Träumst du eigentlich, Felix?»

Die andern lachen, und mir brennen die Ohren.

Später dürfen wir einen Wachtturm zeichnen. Ich gehe nach vorne, um meinen Bleistift zu spitzen.

«He, Berger, nach der Schule bist du dran.» Ich schaue einfach nur geradeaus, spitze mechanisch meinen Bleistift, gehe zurück, ohne Fredi

anzuschauen. Wer würde nach der Schule draussen stehen? Sicher die Zwillinge, Samuel, Fausch und natürlich Fredi und Marc. Lorenz ist nie dabei, wenn mich einer packt oder schlägt. Er geht einfach stumm weg, als würde ihn das Ganze nichts angehen.

Meine Zeichnung ist nicht zu gebrauchen, und Frau Loser bezeichnet sie als «Felix-Pfusch», einige lachen. In der zweiten Lektion kommt Frau Hermann, die Zahnpflege-Frau, und lässt uns ein Fluorgel einbürsten. «Wer will Gel mit Pfefferminzgeschmack, wer hat lieber Kaugummi?»

«Gibt es auch Kaugummi ohne Fluor?»

Alle lachen, und Fredi setzt sich in Pose. Keine Ahnung, welcher Geschmack sich auf meiner Bürste befindet. Normalerweise nehme ich «Kaugummi», doch heute habe ich die Bürste einfach so hingehalten.

«Du bleibst noch da, Felix!» Frau Loser ruft mich ans Lehrerpult. Auch das noch, eigentlich wollte ich schnell davonrennen, denn der Kirchmann lässt seine Schüler meist einige Minuten nach dem Läuten raus. Vielleicht wäre mir die Flucht geglückt.

«Wir warten auf dich, Felix.» Marc und Fredi lächeln überfreundlich.

«Siehst du, du musst dir keine Sorgen machen, deine Freunde warten auf dich.» Frau Loser legt einige Hefte zurecht. «Setz dich, Felix. Schau mal, in der letzten Zeit sind deine Arbeiten immer unsauberer geworden.» Sie öffnet mein Sprachheft. «Siehst du, hier, die Schrift, da ist sie noch in Ordnung, und nun hier», sie blättert weiter, «schau mal, wie du schreibst, und die Fehler, es sind viel mehr, und hier», sie zieht ein paar Blätter hervor, «siehst du, wie die zerknittert sind? Das kenne ich gar nicht von dir.»

Sie schaut mich lange an. Ich zucke mit den Schultern. Das mit den Blättern ist wirklich ein Problem. Weil ich immer so pressieren muss, damit ich rechtzeitig wegkomme, nehme ich die Aufgabenblätter einfach so mit und mache mir nicht die Mühe, sie ordentlich in meinem Schulranzen zu versorgen. Manchmal stecke ich sie mir unter den Pullover, um schneller laufen zu können.

«Es wäre gut, wenn du dir in Zukunft wieder etwas mehr Mühe geben könntest. Haben wir uns verstanden?»

Ich nicke, packe meine Schulsachen ordentlich zusammen und gehe zur Tür. «Auf Wiedersehen, Frau Loser.»

«Noch etwas, Felix. Es wäre schön, wenn du nicht immer mit allen streiten würdest, klar?» Sie lächelt mir aufmunternd zu.

Dazu gibt es nichts zu sagen. So drehe ich mich um und schlucke. Unten bei den Schuhen ist niemand mehr, ich lege meine Zahnbürste auf die Bank und binde mir die Schuhe. Sie würden draussen auf mich warten, auf dem Pausenplatz oder oben beim Bahnhof. Langsam stehe ich auf und schaue hinaus. Dort drüben stehen sie in einer Reihe. Thomas, Martin, Fausch, Samuel, Fredi und Marc. Weiter hinten lungern ein paar Gaffer herum. Heute würde ich nicht davonkommen.

Doch dann sehe ich Mama, sie steht genau neben der Tür, zusammen mit Sofie und Jonas. Erleichtert gehe ich hinaus.

«Na, wie war's in der Schule?», fragt Mama.

«Ganz gut.» Aus den Augenwinkeln sehe ich, wie die andern miteinander tuscheln.

«Hast du deine Zahnbürste?»

«Oh, die liegt noch drinnen auf der Bank. Ich hole sie schnell.» Und schon bin ich wieder im Schulhaus. Hinter mir höre ich Schritte. Sofie, denke ich und greife nach der Zahnbürste. Da ist Marc neben mir und wischt meine Zahnbürste auf den Boden. Fredi kickt sie unter die Bank.

Ohne etwas zu sagen, bücke ich mich, da trifft mich ein Fusstritt von Fredi, und Marc boxt mich in die Seite.

«Wir machen dich fertig, Berger, versprochen.» Dann sind sie weg.

«Hast du deine Zahnbürste?» Ich nicke. Die andern schauen uns grinsend an.

«Na, Muttersöhnchen, geht's heimwärts?»

Mama kocht gleich über, das merke ich. Wir gehen an den andern vorbei und nehmen den Weg zum Bahnhof. Hinter uns Gekicher, sie folgen uns.

«Nicht umdrehen, Felix», flüstert Mama, «ich bin ja hier.»

«Ich habe Angst.» Sofie fasst Mama an der Hand.

«Schade, ist die Armbrust nicht fertig», flüstert Jonas.

Beim Bahnhof kommen sie näher, gehen höchstens zwei Schritte hinter uns.

«He, Sie, Frau Berger. Der Felix ist auch nicht heilig.»

«Nein, er ärgert uns die ganze Zeit.»

«Wir müssen uns wehren gegen ihn, sonst wird er zu frech.»

Da bleibt Mama stehen und dreht sich um. «Es braucht wirklich viel Mut, wenn ihr zu sechst auf einen Einzelnen losgeht.»

«Aber Frau Berger», Thomas schaut Mama unschuldig an, «es schlägt immer nur einer aufs Mal.»

«Und wenn der müde ist, kommt der Nächste an die Reihe, oder?», sagt Mama ganz leise.

«Wir sind fair, Frau Berger, wirklich fair.» Entschuldigend hebt Fredi seine Hände hoch, um seine Unschuld zu beteuern.

Da dreht Mama sich um und zieht uns weiter.

Die Jungs fangen an laut zu johlen, «Berger, olé», immer wieder und immer lauter: «Berger, olé!»

Erst als wir bei der Unterführung sind, hören wir sie nicht mehr.

«Am liebsten würde ich packen und wegziehen», sagt Mama.

«Aber Mama, ich habe doch hier meine Freunde Yves und Lennart, ich kann hier nicht weg», sagt Jonas.

«Schon gut, Jonas, ich bin nur einfach wütend.»

Zu Hause machen wir unsere Hausaufgaben, Mama steht in der Küche und trinkt einen Kaffee. Was wird Papa sagen, wenn er nach Hause kommt?

***

Gaudenz legt die Blätter auf den Nachttisch von Verena, geht zurück ins Bett und versucht zu schlafen. Doch das ist unmöglich. Seine Gedanken kreisen erst um Felix und seine Familie. Es ist kaum zu glauben, dass weder Lehrer noch Schulbehörden in der Lage sind, das Kesseltreiben gegen eine ganze Familie zu unterbinden. Anscheinend kuscht man lieber vor einem Kirchmann, der ein Mädchen missbraucht hat.

Dann wandern seine Gedanken weiter zu Bruno und Claudia. Ist da etwas zwischen den beiden? Oder waren sie früher mal ein Liebespaar? Früher, das heisst vor seiner Zeit. Claudia hatte nie etwas davon erzählt. Ihre Schul- und Jugendgeschichten waren harmlos, da kam kein Bruno vor, auch keine Sabrina Leisinger und kein Stefan Gisler. Peanuts also, falls sie ihm nicht etwas verheimlicht hat.

Bruno traf er zum ersten Mal an seiner Hochzeit. Da waren auch Martha und Paul Kohler eingeladen. Claudia stellte ihm den jungen Polizisten als ihren Lieblingscousin vor. Es gab noch das eine oder andere Treffen bei einem Familienfest und an den Beerdigungen der Grosseltern. Da war Claudias Verhalten aber nie merkwürdig. Erst jetzt schien ihr Interesse an Bruno wieder grösser zu sein.

Um sich abzulenken, nimmt er den Laptop aus seiner Tasche. Er will versuchen, sein Gespräch mit Bruno Kohler zu rekonstruieren, um etwas für die Akten zu haben.

Gespräch zwischen Huber Gaudenz und Kohler Bruno
Freitag, 17.04., 21.00 Uhr, Grillfest, Seidlingen am Untersee

«Ich möchte erst einmal da in die Turnhalle rein und pissen. Hier drin spielten wir Völkerball, bis uns die Arme wehtaten. Es gab Theatervorführungen, bei denen ich jeweils unbedeutende Nebenrollen spielen durfte. Und da drin im Klo gab es die besten Wasserschlachten, die man sich nur vorstellen kann.»
«Eine glückliche Kindheit?»
«Eine glückliche Kindheit, wie man so schön sagt. Dorf, Wald, viele Freiheiten. Wie war es bei dir?»
«Nicht immer so toll, wenigstens nicht so einmalig, wie man sich normalerweise eine Kindheit in den Bergen vorstellt. Ich hatte sehr oft Angst vor der Schule, vor anderen Kindern.»
«Soll ich dir etwas beichten? Ich war der grösste Schläger, den man sich vorstellen kann.»
«Dann wären wir wohl keine Freunde geworden in der Schule.»

«Das glaube ich auch nicht. So, nun gehen wir an die Bar und schauen, wie die auf uns reagieren.»
«Auf den grössten Seidlinger Schläger?»
«Genau. Und auf seinen Kollegen aus Graubünden.»
«Vielleicht haben sie Angst.»
«Das war früher mal so. Als Erwachsene gehen wir einander einfach aus dem Weg.»
«Claudia hat nicht viel erzählt von eurer Schulzeit.»
«Da gibt es auch nicht viel zu erzählen. Aufsätze, Rechnungsprüfungen, eine Schlägerei in der Pause, danach Turnen. Im Winter Schneebälle, wieder Rechnungsprüfungen, Schlägereien mit anderen Gegnern, danach Aufsätze mit neuen Themen. Claudia war richtig gut.»
«Bei den Schlägereien?»
«Ach was. Die Mädchen hatten es gut zusammen, das siehst du ja dort drüben beim Treffen der Mütter. Und auch in der Schule hatte sie etwas drauf.»
«Geschichte und Geschichten?»
«Genau. Ich würde gerne wieder mal ihr Aufsatzheft sehen.»
Anmerkung: Bruno Kohler scheint keinen Freund hier im Ort zu haben. An der Bar bestellt er einen Saft für mich und ein Bier für sich, es findet aber kaum ein Gespräch statt. Als wir weggehen, wird hinter unserem Rücken getuschelt. Wir setzen uns auf ein Mäuerchen am Rand des Areals. Hier haben wir unsere Ruhe.
«Viva, Bruno.»
«Prost. Schmeckt dir unser Saft?»
«Ich mag die Apfelbäume, die Landschaft hier am See. Im sauren Most ist das alles drin.»
«Genau darum kann mir das Gesöff gestohlen bleiben. Das Bier ist da ehrlicher. Arbeiterschweiss.»
«Warum wurdest du Polizist, Bruno?»
«Ich wollte helfen.»
«Helfen? Wem?»
«Den Schwachen und Rechtlosen. Das tönt vielleicht etwas

überheblich oder romantisch, aber es ist so. Vielleicht wollte ich auch ganz einfach die Seite wechseln. Und du?»
«Ich begann zuerst die Lehrerausbildung, brach dann ab und machte eine kaufmännische Lehre. Ich wollte immer etwas mit Menschen zu tun haben. Und da war diese freie Stelle in Sils.»
«Als?»
«Gemeindepolizist.»
«Und das reichte dir?»
«Ich hatte eine junge Familie zu ernähren, da war ich nicht wählerisch. Und mit der Zeit fühlte ich mich richtig wohl mit der Aufgabe.»
«Du jagst also keine Gangster.»
«Nein, aber im Kleinen sorge ich schon für mehr Gerechtigkeit und Ausgleich bei uns im Dorf.»
«Wie machst du das?»
«Ich sage den Kindern, dass sie nicht ohne Licht Velo fahren sollen. Ich verteile Parkbussen und kontrolliere die Hunde. Und ich installiere die Lautsprecheranlage, wenn eine kulturelle Veranstaltung stattfindet.»
«Trägst du eine Waffe?»
«Sicher nicht. Meine Autorität und der Bussenblock müssen reichen. Ihr hattet ja auch keine Waffen dabei, als ihr in Konstanz wart, oder?»
«Natürlich nicht. Das war auch etwas anderes. Wir wollten nur zum Essen rüber.»
«Ich habe versucht, mir vorzustellen, wie das ist, wenn plötzlich jemand vor dir steht und eine Pistole auf dich richtet.»
«Du bist wie gelähmt. Du erwartest die Kugel und fürchtest dich gleichzeitig vor dem Schmerz.»
«Und wohin schaust du?»
«In das Gesicht des Schützen. Ich suche nach einer Gefühlsregung, ich will wissen, was er vorhat.»
«Was hatte er vor?»
«Er wollte die Sache zu Ende bringen, glaube ich. Er wollte

töten. Aber irgendwie war er gehemmt, etwas hatte ihn daran gehindert, alles richtig zu machen.»
«Kein Profi?»
«Sicher nicht. Sonst hätte er uns alle zusammen umgelegt. Ein engagierter Amateur, könnte man sagen.»
«Würdest du ihn wiedererkennen?»
«Vielleicht. Allerdings war es nur ein kurzer Moment. Du fragst gut, Herr Gemeindepolizist.»
«Danke, ich bin hier, um etwas zu lernen.»
«Und darum gibst du dich bei uns als Bündner Kantonspolizist aus?»
«Ich trage diese Uniform nur, damit ich die Kurse in Amriswil besuchen kann, ohne aufzufallen. Eine Katze, die als Hund getarnt ist sozusagen.»
«Aber wie ich von meinen Eltern gehört habe, bist du im Moment nicht an der Polizeischule.»
«Noch nicht. Erst soll ich den ganzen Laden von innen kennenlernen.»
«Und das machst du von der Medienstelle aus?»
«Ja, ich bin Stefan Gisler zugeteilt.»
«Gisler ist ein Arschkriecher und nicht sonderlich beliebt. Ich weiss nicht, was du von dem lernen kannst. Nimm dich lieber in Acht.»
«Ich fand ihn ganz in Ordnung. Ausserdem hat er in seinem Büro eine breite Auswahl von qualitativ guten Tees.»
«Du bist aber nicht wegen dem Tee in Frauenfeld, nehme ich an.»
«Nicht nur. Aber auch. Vor allem will ich noch einiges lernen. Beim Kriminaltechnischen Dienst, bei der Verkehrspolizei und auch bei euch von der Kripo.»
«Was interessiert dich an meiner Arbeit?»
«Das, was es auch bei uns gibt. Die Kriminalität über die Grenze hinweg.»
«Da könnte ich dir viele Geschichten erzählen.»
«Worüber?»
«Menschenschmuggel, Devisenvergehen, Waffenhandel.

Alles, was im anderen Land schwieriger zu haben ist, geht über die Grenze.»

«Ich frage mich, wie das mit Korruption ist. Heute im Kurs hatten wir einen schrägen Typen, Frank hiess er. Der erzählte einiges über den kleinen Grenzverkehr unter der schützenden Hand von Zoll und Polizei.»

«Du weisst aber, dass Frank keine Sachbücher, sondern Krimis schreibt.»

«Gut recherchierte Krimis, sagt man.»

«Sagt wer?»

«Gisler.»

«Gisler ist ein Schwachkopf.»

«Du denkst also nicht, dass die Geschichten von Frank wahr sein könnten?»

«Nein, sicher nicht.»

«Also gibt es keine korrupten Polizisten an der Grenze, niemand, der krumme Geschäfte macht?»

«Ihr habt doch alle keine Ahnung.»

Anmerkung: Ein Summen unterbricht die Unterhaltung. Bruno zieht sein Handy heraus, entschuldigt sich und geht einen Schritt zur Seite. Dort liest er die Nachricht, die ziemlich lang zu sein scheint. Als er zurückkommt, ist die ganze Lockerheit weg.

«Jetzt mal ehrlich, Gaudenz. Was soll das Ganze?»

«Wovon sprichst du?»

«Von dieser Mail. Sabrina Leisinger beklagt sich, dass sie von dir belästigt und ausgefragt wurde.»

Anmerkung: Bruno ist aufgebracht, er hat sich kaum mehr unter Kontrolle, ballt die Fäuste.

«Du bist ihr bis in die Tiefgarage nachgegangen und hast dich in ihre Angelegenheiten eingemischt.»

«Aber das war doch alles nur ein zufälliges Zusammentreffen.»

«Das sind zu viele Zufälle, Gaudenz.»

«In der Tiefgarage musste ich meinen Wagen holen.»

«Der stand ein Stock höher.»

«Hör zu, Bruno, ich will keinen Streit. Ich mache hier nur meinen Job.»
«Und der besteht darin, Sabrina und mir hinterherzulaufen und uns auszufragen?»
«Ach was, sicher nicht.»
«Langsam glaube ich dir gar nichts mehr.»
«Ich bin dein Freund. Ich kann dir helfen, wenn du Probleme hast.»
«Du? Der kleine Gemeindepolizist? Auf diese Hilfe kann ich wirklich verzichten.»
«Dann eben nicht, mach, was du willst.»
«Ich frage dich noch einmal: Was sollte das mit Sabrina?»
«Was meinst du?»
«Warum tauchst du bei ihr im Kurs auf?»
«Gisler hat mich geschickt.»
«Und du machst einfach alles, was er sagt? Ohne zu überlegen?»
«Ich glaube, Sabrina war ganz schön froh, dass ich ihr half, als sie belästigt wurde.»
«Das glaubst du vielleicht. Mann, Gaudenz, was läuft hier eigentlich?»
«Ich mache eine Weiterbildung bei der Polizei, das ist alles.»
«Wer soll das glauben? So naiv kannst nicht einmal du sein. Hör zu, Gaudenz, lass mich fortan in Ruhe, besuch deine Kurse, bleib weg von Sabrina und meinen Freunden. So kannst du weiterhin den Bündner Kantonspolizisten spielen. Wenn du mir in die Quere kommst, lassen wir dich hopsgehen.»
«Willst du mir drohen?»
«Ich sage nur, dass es die Kollegen kaum schätzen werden, wenn sich ein Maulwurf bei uns einnistet. Ein Gemeindepolizist hat bei der richtigen Polizei nichts verloren.»
«Klare Worte.»
«Die du hoffentlich verstehst, Gaudenz. Noch etwas. Lass Claudia aus dem Spiel, hörst du?»

Gaudenz liest den Schluss noch einmal durch, dann löscht er die letzten vier Sätze, schickt das Protokoll an Gisler und klappt seinen Laptop zu. Ausserdem nimmt er sich vor, mit seinem direkten Vorgesetzten ein ernsthaftes Gespräch über Seidlingen zu führen.

ACHT

Gaudenz schläft schlecht in dieser Nacht. Er fühlt sich ausgelaugt, missbraucht und unverstanden. In seinem Schädel tanzen Stefan Gisler, Polizeikommandant Keller, Sabrina Leisinger und Bruno Kohler samt seinen Freunden Sven Metzger und Franco Rossi herum. Seidlingen ist ein Kaff. Seidlingen ist der Nabel der Welt, aus Seidlingen kommen wir, Seidlingen verlassen wir, doch Seidlingen lässt uns nicht mehr los!

Irgendwann kommt Claudia mit den Schuhen in der Hand ins Zimmer. Sie bemüht sich, leise zu sein, um ihn nicht zu wecken. Gähnend dreht er sich in ihre Richtung, sieht ihre Silhouette vor dem Fenster.

«Wie spät ist es?»

«Gegen drei, schlaf weiter, ich geh noch schnell unter die Dusche.»

Gaudenz hört, wie sich Claudia auszieht, wie sie hinübergeht ins Badezimmer, wie das Wasser auf den Körper seiner Frau prasselt. Er wälzt sich hin und her, wartet darauf, dass sie sich neben ihn legt, dass er sie spüren kann, bei ihr Trost findet.

Endlich ist sie da, schlüpft zu ihm unter die Decke und schmiegt sich an seinen Rücken. Er versucht einzuschlafen, doch es gelingt ihm nicht, auch Claudia scheint noch nicht müde zu sein, denn sie wechselt dauernd die Position.

«Ist etwas?»

«Nein, nichts, aber eigentlich …»

«… eigentlich was?»

«Wie fandest du das Fest?»

«Schön, es war gemütlich mit deiner Familie. Und wie war es für dich?»

«Ich finde es einfach herrlich, wieder einmal hier zu sein.»

«Und sonst?»

«Meine Mitschülerinnen von früher sind auch Mütter geworden. Das schafft eine neue Nähe. Wir haben viel gemeinsam. Kleine Mädchen, kleine Jungs, Geschichten aus dem Leben. Und natürlich unsere Männer.»

Gaudenz lacht leise. «Es war wie auf einer Viehschau.»

«Echt?»

«Die musterten mich von oben bis unten. Das also ist der Polizist aus dem Engadin. Ein stattlicher Mann, der wäre wirklich eine Sünde wert. Oder: So eine Pfeife, arme Claudia, wo hatte die nur hingeschaut?»

«Du kamst ganz gut an bei ihnen, keine Sorge.» Er hört ihr Kichern im Dunkeln, spürt ihre Hände auf seinem Bauch.

«Da bin ich aber beruhigt. Du konntest auch punkten.»

«Bist du sicher?», fragt sie skeptisch.

«Aber klar doch. Ich war sehr stolz auf dich.»

«Das ist lieb von dir.» Ein Kuss auf den Rücken belohnt ihn für diesen Satz.

«Deine Seidlinger sind aber nicht immer gleich freundlich.»

«Das sind nicht meine Seidlinger. Und wie meinst du das mit der Freundlichkeit?»

«Hast du gesehen, wie die Leute geschaut haben, als die Kohlers kamen?»

«Das ist schon lange so. Martha und Paul stehen quer in der Landschaft. Sie sind so lieb, aber es gelingt ihnen nicht mehr richtig, mit den Leuten im Dorf zurechtzukommen. Sie schaffen es einfach nicht, den Ton der Leute zu treffen. Papa und Paul sind sehr verschieden. Dorfgeschichten sind eben nicht für alle gleich.»

«Und deine Eltern können nichts machen?», fragt Gaudenz.

«Sie stehen offen für Martha und Paul ein. Das war immer so, genützt hat es wenig. Papa ist auch ein Querkopf, aber anders als Paul, der früher ausgerastet ist wie kein Zweiter und immer schon ein Eigenbrötler war.»

«Wie ist es bei dir? Kannst du gut verzeihen?», fragt er neugierig.

«Ich bin extrem gut darin. Das hast du doch heute gesehen. Alle Sticheleien und Boshaftigkeiten von früher sind vergeben und vergessen. Kinderkram muss man hinter sich lassen. Und trösten kann ich auch gut», erklärt sie, küsst seinen Rücken und streicht ihm über die Wange.

«Das habe ich bemerkt», sagt er, statt sich wirklich trösten zu lassen.

«Was willst du damit sagen?», fragt sie, plötzlich auf der Hut.

«Es war doch nicht zu übersehen heute Abend, wie du dem armen Bruno Trost gespendet hast», sagt er mit etwas zu viel Schärfe in der Stimme.

«Was soll das, Gaudenz?», sagt sie erstaunt. Und rückt von ihm ab.

«Nichts. Es schien mir nur, dass ihr euch ausserordentlich gut versteht», sagt er betont gleichgültig.

«Bruno ist mein Lieblingscousin. Schon vergessen?», sagt sie etwas schnippisch.

«Wer könnte das vergessen? Und vor allem: Wer konnte das heute Abend übersehen.»

Gaudenz merkt, dass sie abdriften in die dunkle Welt der Missverständnisse, der Rechthaberei und der Wortklauberei. Er kennt den Punkt genau, an dem sie umkehren könnten, an dem es noch einen Weg zueinander statt voneinander weg gibt. Doch weil Claudia sich nicht versöhnlich zeigt, fühlt er sich als vernachlässigter Ehemann nicht verpflichtet, klein beizugeben.

«Hast du dich nicht gefragt, wie es in Bruno ausschaut?», zischt sie wütend.

«Warum sollte ich, ich bin doch kein Seelenklempner.»

«Nein, nur ein kleiner Dorfpolizist, der keine Ahnung hat von den Gefahren der wirklichen Polizeiarbeit.»

«Sagt wer?»

«Sagt Bruno. Der in den Lauf einer Waffe schaute und darauf wartete, dass dieser Verrückte abdrückt.»

«Soviel ich weiss, wurde ein anderer angeschossen.»

«Soviel ich weiss, hätten die Kugeln auch Franco Rossi oder Bruno treffen können. Damit muss einer erst einmal umgehen können.»

«Wie ich dich kenne, wirst du ihm sicher behilflich sein dabei.»

«Du hast ja keine Ahnung, Gaudenz Huber.»
«Du etwa, Claudia Huber, geborene Kohler?»
«Lass mich doch einfach in Ruhe schlafen.»
«Wenn du schweigen würdest, wäre das auch möglich.» Umständlich legt sich Gaudenz die Decke zurecht und dreht sich demonstrativ von seiner Frau weg.
«Na dann, gute Nacht, du Klotz.»
«Gute Nacht.»
«Mein Lieber», sagt sie. «Du bist mir einer.»
«Und du erst, meine Liebe.»
In den bewegten Ehejahren mit Claudia hatte Gaudenz gelernt, dass jeder Tag einen versöhnlichen Abschluss verdient, ganz egal, wie intensiv der Streit davor war.
«Und träum etwas Schönes.»
Schon rückt sie an ihn heran, und kurz darauf hört er ihre tiefen Atemzüge. Es ist doch immer wieder erstaunlich, denkt er beim Wegdämmern, wie schnell und unkompliziert seine Frau ihren Groll wegstecken kann.

***

Schön waren sie nicht, die Träume dieser kurzen Nacht. Eher wirr und wild. Allerdings kann er sich an nichts mehr erinnern, als er um halb sieben aufwacht und überlegt, was er noch eben durchgemacht und erlebt hat in der dunklen Welt. Claudia liegt in ihre Decke eingerollt neben ihm, um ihre Mundwinkel spielt ein Lächeln.

Ihre stille Freude weckt die Melancholie tief in seinem Innern. Warum nur, denkt er, ist es uns nicht vergönnt, diese Momente miteinander zu teilen? Vorsichtig steht er auf. Wenigstens jemand von ihnen beiden soll es schön haben, denkt er grimmig und wankt schlaftrunken hinüber zum Bad. Ein kurzer Blick ins Zimmer der Mädchen. Sandra schläft tief und fest. Verena hingegen liegt nicht mehr in ihrem Bett, sicher ist sie unten in der Küche bei der Grossmutter.

Nach dem Duschen geht es Gaudenz besser. Er startet den

Laptop. Keine neuen Mails. Auch gut. Er zieht die Uniform an, bindet sorgfältig seine Krawatte und holt die Tasche mit der Pistole und dem Gurt aus dem Schrank. Die braucht er vielleicht heute in Kreuzlingen, um als richtiger Kantonspolizist durchzugehen.

«Ich habe keine Ahnung von dem ganzen Zeugs hier», sagte Gaudenz vorgestern zu Raselli. «Was sage ich, wenn mich jemand nach der Waffe von euch Bündnern fragt?»

«Die werden nicht fragen. Wir gehören alle zu Ostpol, zum Konkordat der Ostschweizer Polizei. Gleiche Ausrüstung, gleiche Grundausbildung. Die kleinen Unterschiede interessieren niemanden. Solange du mit der Waffe keinen Unfug machst, schaut dir keiner auf die Finger.»

Gaudenz hatte eigentlich nicht vor, die Waffe zu tragen, höchstens für die Schiessübungen im Rahmen der Kurse an der Polizeischule. Aber wenn sie der Verkleidung diente, musste es möglicherweise sein. Man würde sehen. Auf jeden Fall wird er die Pistole nicht laden.

In der Küche ist niemand. Das Kontrolllicht der Kaffeemaschine leuchtet. Der Tisch ist für ihn gedeckt, neben dem Teller liegt ein Zettel. «Wir schlafen heute aus, es wurde spät gestern Abend. Lass es dir schmecken.»

Er lässt einen Kaffee durchlaufen, holt Butter, Käse und Konfitüre aus dem Kühlschrank und schneidet sich eine dicke Scheibe Brot ab. Gerade als er sich hinsetzt, hört er die Hintertüre zugehen. Hechelnd kommt Zora in die Küche und macht sich an ihrem Napf zu schaffen. Gleich darauf ist auch Verena da, ihre Wangen glühen.

«Endlich», keucht sie.

«Endlich was?», fragt er kauend.

«Ich habe auf dich gewartet, Papa.»

«Schön.»

«Ich konnte wirklich nicht länger schlafen. Du hast gestern noch ein Kapitel der Rittergeschichte gelesen, stimmt's? Ich heute Morgen. Felix geht mir einfach nicht aus dem Kopf. Kannst du nicht noch ein Stück vorlesen?»

«So früh?»

«Ich muss wissen, wie es weitergeht. Vielleicht wird ja alles besser, und Felix verträgt sich wieder mit seinen Freunden.»

Was soll er sagen? Dass es nicht einfach ist, eine Lösung zu finden, wenn eine Situation bereits eskaliert ist? Dass die Kinder, wenn die Erwachsenen nicht dahinterstehen, nicht so schnell Frieden schliessen? Lieber nicht. Er möchte seiner Tochter nicht den Tag verderben.

«Was meinst du, Papa? Wird alles gut?»

«Das kann ich mir gut vorstellen.»

Hoffentlich, denkt er, hat die Person, die diese Geschichte schrieb, ein Einsehen mit der Leserschaft und führt alles zu einem glücklichen Ende.

«Dann bist du also einverstanden?»

Ohne eine Antwort abzuwarten, eilt Verena die Treppe hinauf und kommt wenig später mit den Eisenherz-Blättern zurück.

«Ich muss bald weg, Verena.»

Sie setzt sich an den Tisch und nimmt seinen Teller. «Machen wir es so: Ich streiche dir Brote, lasse den Kaffee heraus, und dafür liest du mir vor. Abgemacht?»

«Warum kannst du nicht selber lesen?»

«Weil ich Angst habe, dass noch etwas Schreckliches passiert mit Felix und seinen Geschwistern. Da bin ich eben froh, wenn du bei mir bist, Papa.»

Geschmeichelt beisst Gaudenz in sein Brot. «Dann möchte ich jetzt ein Glas Wasser, noch einen Kaffee, ein Stück Brot mit Käse und eines mit Konfitüre.»

«Du kannst schon mal mit Vorlesen beginnen», sagt Verena und füllt ein Glas mit Wasser. Dann stellt sie eine Tasse unter die Kaffeemaschine und drückt den Knopf.

Gaudenz blättert in den Papieren und findet eine Ansichtskarte aus Luzern, die als Buchzeichen dient.

«VII. Die Hunnen kommen», liest er den Titel.

«Wer waren die Hunnen?» Verena stellt die Kaffeetasse neben die Blätter und macht sich ans Broteschmieren.

«Ein wildes Reitervolk aus dem Osten», sagt er. «Bist du bereit?»

Verena nickt und wartet gespannt auf die Fortsetzung der Geschichte.

«‹Natürlich hole ich dich am Mittag ab, kein Problem.› Papa nimmt seine Mappe, gibt uns allen einen Kuss und geht zur Arbeit …», beginnt Gaudenz mit der Geschichte.

Seit einigen Tagen wechseln sie sich ab, Mama und Papa. Sie bringen und holen mich in und von der Schule, damit mir nichts mehr passiert. Wenigstens nicht auf dem Nachhauseweg. Dafür müssen sie sich einiges anhören.

Gestern wartete Papa auf der Strasse mit dem Wagen. Sofie und Jonas waren schon da, Katrin geht jeweils mit ihren Freundinnen zu Fuss, sie will mit diesem lächerlichen Getue nichts zu tun haben, wie sie sagt.

Natürlich wurde ich herumgeschubst, kassierte auch mal einen Schlag, doch es ist auszuhalten.

«Mit deinem Vater müssen wir noch was besprechen.» Fredi und die Zwillinge drängten sich an mir vorbei.

Papa schaute uns entgegen. «Na, Jungs, gibt's Probleme?»

«Hören Sie, Herr Berger, wir finden es einfach nicht richtig.»

Papa runzelte die Stirn und schaute sie fragend an. «Sehen Sie, bei den Eltern von Thomas und Martin waren sie. Aber was ist mit den andern?» Fredi drängte sich vor. «Sie müssen unbedingt auch zu meinen Eltern kommen, ich schlage den Felix auch gerne.»

«Weisst du», antwortete Papa ganz ruhig, «ich glaube nicht, dass das einen grossen Sinn macht und man mit deinen Eltern darüber reden kann.» Dann stieg er ein und startete den Motor.

Fredi klopfte von aussen an die Scheibe. «Sie müssen wirklich bei uns vorbeikommen, meine Eltern freuen sich darauf.»

Papa knurrte etwas, das wie «Hau bloss ab!» tönte, dann fuhr er los.

«Irgendwann packe ich einen von diesen Kerlen und schüttle ihn durch.»

Doch Mama sagt immer, dass die nur darauf warten, dass sie uns genau da haben wollten, dass die uns am liebsten am Boden sehen würden. Darum müssten wir uns korrekt und ruhig verhalten.

Ich verhalte mich seit einiger Zeit ruhig, fange mit keinem Streit an, mische mich in keinen Kampf ein und schaue zu, dass ich mich von den starken Jungs fernhalte. Doch genützt hat es mir bisher wenig.

Ich bin vorsichtig wie ein Ritter im Feindesland, nur dass ich nicht so gut bewaffnet und beritten bin. Manchmal denke ich, dass es nur eine Frage der Zeit ist, bis ich endlich eine friedlichere Gegend erreiche, einen Ort, an dem man mich achtet und ich mit allen reden kann, einen Ort auch, an dem ich wieder lachen darf. Oder dann, stelle ich mir vor, stosse ich auf einen starken Freund, der mich schützt und mir Respekt verschafft. Wenn nun Samuel mein Freund wäre oder Ralf, wäre auch ich etwas wert und sie würden mich immer beschützen.

In der letzten Lektion haben wir Turnen. Wir spielen Fussball, ich bin mit Anna in der Verteidigung. Ruth ist bei uns im Tor, vorne im Sturm sind Fredi und Marc. Das Spiel beginnt gut, Fredi und Marc schiessen gleich zu Beginn zwei Tore. Doch wenn die gegnerische Mannschaft angreift, kommen unsere Stürmer nicht zurück, Anna läuft nicht gerne, und Ruth hat Angst vor dem Ball. Nach einigen Minuten steht es zwei zu zwei, wenig später gehen die andern in Führung und gewinnen.

«Alles deine Schuld, Berger!» Marc schmeisst sein Leibchen in die Ecke.

«Wieso? Ihr habt mich doch alleine gelassen in der Verteidigung.»

«Du hast mir nichts zu sagen, Berger!» Fredi gibt meiner Turntasche einen Stoss, sodass sie umkippt und meine Sachen durcheinanderfallen.

Da sehe ich rot und gehe ihm an die Gurgel. Er ist so überrascht, dass er sich kaum wehrt, nach wenigen Augenblicken sitze ich auf ihm. «Mach das nicht noch mal, Fredi, sonst …»

«Das wird Folgen haben, Felix, verlass dich darauf.»

Keuchend stehe ich auf und ziehe mich wortlos um. Es dauert eine Weile, bis ich mein Turnzeug wieder eingepackt habe. Als Letzter verlasse ich die Garderobe. Wie üblich stehen alle vor der Turnhalle. In den letzten Tagen sind noch einige Knaben aus anderen Klassen dazugekommen.

Thomas kommt auf mich zu. «Du hast also meinen Freund Fredi geschlagen. Ich mag das nicht, wenn man meine Freunde angreift, verstanden?»

Papas Wagen steht sicher da drüben hinter der Hecke.

«Wieso kannst du deine Probleme nicht alleine lösen?» Neben Thomas taucht Samuel auf.

«Immer holst du gleich deine Eltern. Und eines sag ich dir, vor deinem Vater hat keiner von uns Angst, der ist doch bloss ein Würstchen.»

Bitte, Papa, denke ich, bitte komm endlich!

«Heute, Berger, ist es etwas anders, heute sind wir alleine.»

«Jetzt regeln wir es unter uns.» Immer enger schliesst sich der Kreis um mich, immer näher kommen sie, und langsam wird mir bewusst, dass Papa nicht da ist und nicht kommt.

Ein erster Fusstritt trifft mich von hinten in die Kniekehle, und ich gehe zu Boden. Dort trifft mich ein Schlag vor die Brust, jemand packt meine Haare und zerrt meinen Kopf nach hinten.

Woher plötzlich meine Kräfte kommen, weiss ich nicht. Ich springe auf, wirble meine Turntasche im Kreis herum, sehe eine Lücke und beginne zu laufen. Als ich zurückschaue, sehe ich, dass mir nur noch Fredi, Marc und Samuel folgen. Tief durchatmen, Kraft sparen für einen Zwischenspurt. Ich fühle mich frei, jetzt erwischt mich keiner mehr.

Plötzlich tauchen sie vor mir auf, die Zwillinge und Ralf Fausch. Sie haben einen Bogen gemacht und die Strasse bei der Post genommen. Nun sitze ich in der Falle.

«Warum so eilig, Berger? Wir sind noch nicht fertig mit dir.» Und schon kommen die ersten Schläge, von hinten und von vorne dreschen sie auf mich ein. Ich falle, liege im Gras und versuche mich zu schützen. Fusstritte treffen mich in die Seite, einer spuckt mich an, Tränen laufen mir übers Gesicht.

«Na, wie ist das, Berger?»

«Sollen wir ihm noch den Kopf in die Hundescheisse stecken?»

Sicher hätten sie es getan, wenn nicht Sofie und Jonas schreiend dazugekommen wären.

«Aufhören, spinnt ihr? Sofort aufhören!» Sofie weint, als wäre auch sie geschlagen worden.

«Das reicht, gehen wir. Und eines sage ich euch, verdammte Berger-Bande, wenn ihr etwas zu Hause erzählt, seid ihr alle dran, verstanden?»

«Müsst ihr immer trödeln auf dem Heimweg?» Mama steht mit Pepe vor der Haustüre und erwartet uns ungeduldig. «Papa hat angerufen, er musste ganz unerwartet zu einer Pressekonferenz.»

Pepe rennt mir entgegen und leckt meine Hand. Da laufen mir die Tränen wieder über die Wangen. «Ich geh nicht mehr in die Schule, nie mehr», schluchze ich.

Auch Sofie beginnt zu weinen, und gemeinsam erzählen wir. Mama wird ganz bleich. «Jetzt reicht's, jetzt habe ich genug. Können wir nicht in Ruhe leben in diesem Dorf?» Mama füllt unsere Teller mit Spaghetti.

Wenig später ist Papa da. «Was ist denn mit euch passiert?»

Wieder Tränen, nochmals die ganze Geschichte von vorne und es schmerzt, als ob ich wieder und wieder getreten würde.

«Felix geht heute nicht mehr zur Schule. Ich habe Frau Loser angerufen.»

«Diese Früchtchen pflücke ich mir.» Grimmig dreht Papa die Spaghetti, bis es in seinem Teller knirscht.

Nach dem Essen nimmt er sein Velo und fährt zur Schule. Jedem Einzelnen will er seine Meinung sagen, und zwar klar und deutlich.

Ich lege mich auf mein Bett, Mama bringt mir Limonade und etwas zum Knabbern. Ich nehme meinen Eisenherz zur Hand und lese. Von den Einfällen der Hunnen unter der Führung von Kalla Khan, die ganz Mitteleuropa in Schutt und Asche gelegt hatten und nun von den Leuten Steuern erpressen und die Schätze der Städter wegtragen.

Ich, Eisenherz, habe mich mit einer Schar Getreuer auf einem Pass verschanzt, und wir konnten so den Warenverkehr und den Nachschub der Hunnen empfindlich stören. Die Leute aus der Umgebung fassen Mut und stossen zu uns, ausserdem versammeln sich Ritter aus allen Ländern unter meinem Kommando. Als es uns schliesslich gelingt, eine Stadt von einem Tyrannen zu befreien, schicken die Hunnen ein grosses Heer zum Pass und errichten unten in der Ebene ein befestigtes Lager.

Der Anführer der Hunnen heisst Karnak, ein dunkler Kerl mit langem Schnurrbart, der uns vernichten wollte.

«Wie geht's?» Katrin ist aus der Schule zurück und setzt sich an mein Bett.

«Was haben sie in der Schule erzählt?»

«Papa hat ganz schön gewütet heute Mittag. Er hat sich alle vorgenommen und ihnen seine Meinung gesagt.»

«Und was haben sie später gesagt, ich meine, als Papa weg war?»

«Da haben sie über ihn gelacht, haben gesagt, er werde sehen, wie es weitergeht, und ganz böse Drohungen ausgesprochen.»

«Meinst du, ich kann wieder in die Schule?»

«Wie soll ich das wissen? Wenn ich keine Freundinnen hätte, würde ich auch zu Hause bleiben.»

Das hätte ich nicht von Katrin erwartet. Nie hat sie erzählt, dass auch sie genug hat. «Meinst du, die schlagen nur dich? Die schlagen alle. Beim Vorübergehen in der Schule mal schnell eine Faust, der Kirchmann sieht nichts oder will es nicht sehen.»

Später kommt Papa zu mir.

«Wann muss ich wieder in die Schule?», frage ich.

«Ich weiss nicht, Felix, ich habe mit Adam Lauer gesprochen und gesagt, dass du erst wieder in die Schule gehst, wenn sie garantieren können, dass dir nichts passiert. Adam wird noch vorbeikommen, dann kannst du ihm alles genau erzählen.»

Und dann sitzen wir am Tisch. Mama hat Kaffee gemacht, Adam Lauer, der Vater von Lorenz, sitzt oben am Tisch, vor sich einige Papiere mit Notizen.

«Da hast du mir einen schönen Schlamassel eingebrockt, Nico.»

«Wie bitte? Was soll das heissen?»

«Wieso gehst du in die Schule runter und beschimpfst und beleidigst die Kinder und ihre Eltern? Ich habe Telefonanrufe gehabt von Frau Fausch, Frau Kauer und Frau Schad.»

«Worum geht es hier eigentlich, Adam? Mein Sohn wird zusam-

mengeschlagen, verfolgt und gequält. Ist es nicht verständlich, dass mir der Deckel hochgeht und ich den Kindern meine Meinung sage?» Papa trommelt mit den Fingern nervös auf den Tisch.

«Als Schulpräsident bin ich verpflichtet, allen Eltern gerecht zu werden, nicht nur euch. Du sollst gesagt haben, die Kinder seien feige und charakterlos.» Adam studiert seine Papiere. «Du hast zu Fredi gesagt, mit seinen Eltern könne man nicht sprechen. Du führst dich auf wie ein Berserker, das geht nicht, Nico!»

«Hier geht es nicht um meine Reaktion, Adam. Hier geht es um Gewalt von der schlimmsten Sorte, alles, was ich will, ist, dass es aufhört, dass man endlich Felix in Ruhe lässt und dass er ohne Angst zur Schule gehen kann.»

Wieder blättert Adam in seinen Papieren. «Felix soll in der Turngarderobe grundlos Fredi angegriffen haben. Es gibt noch einige andere Müsterchen von eurem Sohn, die mir die andern Eltern erzählt haben. Wenn ihr unbedingt über Gewalt sprechen wollt, dann bitte über jegliche Gewalt, auch die von Felix. Von Gregors Mutter habe ich erfahren, dass er sich mehrfach über Felix beklagt habe. Was sagst du dazu?» Adam schaut mich mit seinen stechenden Augen an.

«Aber die andern hetzen doch Gregor auf mich, wenn ich auf einen Baum klettere. Was soll ich denn tun?»

«Hör mal, Adam, seit einiger Zeit verbringt Felix die Pausen nur noch auf Bäumen, weil er dauernd geplagt wird. Die andern sind zu sechst, manchmal sind es noch mehr. Und nun willst du uns weismachen, dass Felix schuld an allem sei?»

«Schon gut. Das Einzige, was ich bisher gehört habe, sind Verteidigungsreden von allen Seiten. Niemand will etwas getan haben, und doch gibt es anscheinend ein Problem.»

Er streicht sich über seinen Schnauz und zieht ein anderes Blatt hervor. «Ich stelle mir folgendes Vorgehen vor: Erstens: Felix geht ab morgen wieder in die Schule. Zweitens: Alle beteiligten Kinder werden schriftlich verwarnt. Drittens: Verschiedene Mitglieder der Schulbehörde sowie die Lehrerschaft überwachen einen geordneten Schulbetrieb. Das wär's.» Schwerfällig steht Adam auf. «Und noch etwas: Für deinen Wutausbruch auf dem Pausenplatz von heute Mittag musst du selber geradestehen, Nico. Ist das klar?»

Dann geht er.

Ich verziehe mich wieder zu den Hunnen, während Mama Papa Vorwürfe für sein unbeherrschtes Benehmen macht. Die Hunnen, denke ich, kümmert es nicht, ob man wütend wird oder nicht. Wenn sie etwas zerstören wollen, zerstören sie es, dazu brauchen sie keinen Vorwand.

VIII. Das Nashorn

Es gibt eine Hoffnung. Oder besser gesagt zwei. Jedenfalls sagen das Papa und Mama immer wieder.

«Nach den Sommerferien, Felix, werden die Zwillinge, Ralf Fausch und Samuel nicht mehr in Graemingen zur Schule gehen. Sie werden wie Katrin in der Oberstufe in Allenhofen sein. Vor denen hast du also Ruhe.»

Ausserdem hat Papa die Eltern der Kinder angerufen, mit denen er so geschimpft hat. Er hat sich dafür entschuldigt, dass er so grob mit ihnen war, und die Eltern gebeten, dass man doch gemeinsam etwas gegen die Gewalt unternehmen soll.

Ich habe aber nicht nur Angst vor den Jungs, sondern auch davor, im nächsten Schuljahr bei Kirchmann in der Klasse zu sitzen. Schon jetzt giftet er mich an, wo er nur kann. Wenn ich im Treppenhaus sitze und jemand steht bei mir, ruft er diese Schüler zu sich. «Geht weg da, mit dem Felix habt ihr bloss Scherereien.»

Aber auch dieses Problem hat sich gelöst. An einem Abend holt Papa eine Flasche Sekt aus dem Keller. «Diese Flasche habe ich mir extra aufgespart für einen besonderen Moment.»

«Bist du befördert worden?» Mamas Gesicht leuchtet erwartungsvoll.

«Noch viel besser, da, lies dieses Inserat.» Und er streckt Mama einen Zeitungsausschnitt entgegen.

«Was soll das heissen: Lehrer gesucht für die fünfte und sechste Klasse in Graemingen?»

«Das heisst, dass Kirchmann geht.»

Mama fällt Papa um den Hals. «Felix muss nicht zu ihm? Wunderbar!»

Und gemeinsam tanzen sie in der Küche herum. «Das ganze Kirchmann-Theater, das mit Nora begann, hat nun ein Ende.»

«Was hat das mit Nora zu tun?», fragt Katrin.

«Nichts, es war nur so eine Redensart.» Papa setzt sich wieder an den Tisch.

«Dann ist das alles wirklich nur passiert, weil ihr euch eingemischt habt?» Meine Schwester schüttelt den Kopf, als könnte sie das nicht glauben.

«Wir wollten das alles nicht», sagt Mama leise.

In sechs Wochen ist alles vorbei, dann beginnen die Sommerferien. Sechs Wochen noch, und ich habe es geschafft. Sechs Wochen sind kurz, doch sie bestehen aus unzähligen Schulstunden und Pausen. Ich hänge bei mir im Zimmer ein Kalenderblatt auf und zeichne rot den Schulschluss ein. Dann beginne ich, für jeden halben Tag, den ich überstanden habe, ein rotes Kreuz zu malen.

Grün markiere ich die freien Nachmittage, meine Burgtage, wie ich sie nenne. Mit Franz, Anton, Jonas und Yves steige ich jeweils den Berg hinauf. Wir sind auf der Hut, niemand darf uns sehen, sonst macht uns vielleicht einer die Burg kaputt. Auch würden sie uns auslachen, wenn sie sähen, wie wir mit unseren Schilden, Schwertern, Speeren und Helmen ausziehen.

An einem Mittwochnachmittag müssen die Jungritter ihre Prüfung ablegen. Als erste Aufgabe bewachen Jonas und seine Freunde den Spazierweg, der von Allenhofen zum Lichtenberg hinaufführt. Ich sitze mit Franz hinter einer Brombeerhecke. Bald darauf sehen wir eine Frau mit zwei Kindern. Sie hat einen Picknickkorb dabei. Ganz in der Nähe breitet sie eine Decke aus und zieht ein Buch hervor. Die beiden Kinder beginnen, Verstecken zu spielen. Damit sie die Jungritter nicht entdecken, schleiche ich den Hang hinauf. Dort treffe ich das Mädchen.

Sie mustert mich von Kopf bis Fuss. Den Helm mit den Hörnern, das blaue Shirt, bestickt mit einem roten Pferdekopf, den roten Samtmantel, den Gurt mit dem Schwert, meinen gebogenen Schild. Sie heisst Julia und findet, dass ich toll aussehe. Sie verspricht, bei ihrer Mutter ganz viel Lärm zu machen, damit sich meine Freunde zurückziehen können.

«Wenn ich gross bin, will ich eine Prinzessin werden und komme

zu dir auf die Burg. Willst du mein Freund sein, Eisenherz?», fragt Julia noch.

«Sicher, aber nun musst du gehen, mach schnell.»

Bald schon hört man vom Picknickplatz Julias Geschrei, und die Jungritter erreichen unbemerkt die rettende Burg.

Bei der Burg muss alles seine Ordnung haben. Die Schilde mit den verschiedenen Wappen werden aussen an die Palisaden gehängt, die Schwerter stecken griffbereit in der Erde neben dem Tor.

«Und nun, edle Jungritter, kommen wir zur zweiten Aufgabe. Seid ihr alle bereit?»

Sie nicken.

Vorsichtig ziehe ich eine Papiertüte aus meiner Tasche. «Wenn ihr als fahrende Ritter durch die Länder zieht, dann werdet ihr allerlei Hexen und Zauberer treffen, die versuchen, euch mit ihren Mitteln zu lähmen. Ihr müsst stark sein und starke Mittel aushalten.»

«Meinst du den Zaubertrank von Sofie?» Jonas schüttelt es. Sofie braut immer wieder neue Hexensäfte und nimmt alle möglichen Zutaten wie Milch, Brombeeren, Mehl, Seife und Rasierwasser. Diese Säfte möchte ich keinem empfehlen.

«Es geht nun darum, diese Zauberpillen möglichst lange zu lutschen. Öffnet den Mund!» Ich gehe der Reihe entlang, stecke jedem eine Zauberpille in den Mund und nehme auch eine. Erst lächeln die andern noch, dann atmen sie tief durch, auch mir brennt die Zunge, doch so schnell gebe ich nicht auf. Ich kann gar nicht verstehen, dass Papa andauernd diese Fisherman's Friend lutschen kann, ohne dass ihm die Augen tränen.

«Wasser!» Yves hat seine Pastille ausgespuckt, die andern machen es ihm nach kurzer Zeit nach und beginnen zu trinken. Und dann lachen wir, dass es im Wald nur so widerhallt.

«Ihr habt die Prüfungen erfolgreich bestanden, somit schlage ich euch zu Rittern.»

Stolz kniet einer nach dem andern vor mir nieder, und ich berühre ihn mit meinem magischen Schwert.

Meine grün angestrichenen Nachmittage vergehen leider viel zu schnell, die roten Kreuze muss ich mir sauer verdienen. Wenn Frau

Loser «Gruppenarbeit» sagt, zucke ich zusammen, denn niemand will mit mir zusammenarbeiten.

«Wir sind vollzählig», sagt Marc.

«Dich können wir nicht gebrauchen», sagt Fredi.

«Wieso machst du nicht bei den andern mit?», fragt Sonja.

Und schon haben sich die Gruppen gebildet und sind weg. Ich bleibe alleine im Schulzimmer zurück. So hole ich mir ein Blatt und löse es für mich, das heisst, eigentlich sind wir immer zu zweit, Eisenherz und ich.

«Hör mal, Felix.» Frau Loser ist unbemerkt näher gekommen. «Du musst auf die andern zugehen, sicher ist es schwierig für dich nach dieser Keilerei. Aber ich denke, dass auch du über deinen Schatten springen solltest.»

«Ich arbeite lieber alleine, so geht es besser.»

«Schau, Felix, ich beobachte die Klasse nun die ganze Zeit. Es gibt kein böses Wort mehr gegen dich, keiner schlägt dich, das stimmt doch, oder?» Frau Loser reibt sich die Hände, wie immer, wenn sie eine Lösung sucht. «Es geht doch alles viel besser, du musst dir keine Sorgen mehr machen, du musst dich nur anpassen, verstehst du?»

Weil mir keine Antwort einfällt, nicke ich bloss.

«Na eben, siehst du? Es freut mich, dass auch du kapierst, dass die schweren Zeiten vorbei sind.»

Frau Loser geht zu ihrem Pult zurück und beginnt, unsere Rechenhefte durchzusehen. Was versteht Frau Loser schon? Mir wäre es lieber, wenn mich mal einer anschreien oder schlagen würde. Doch seit der Verwarnung durch die Schulbehörde schweigen alle. Sie sprechen nicht mit mir, sie gehen mir aus dem Weg, sie spielen nicht mit mir, sie arbeiten nicht mit mir zusammen, und im Turnen werde ich weder gewählt noch angespielt. Nichts. Ich bin nicht mehr da.

Erst waren es nur wenige, die mich mieden, doch es werden mit jedem Tag mehr. Erst durfte ich noch bei einigen Mädchen mitmachen, doch auch sie schauen jetzt durch mich hindurch. Auch die kleineren Schüler machen mit. Wenn einer mal mit mir spricht, kann man sicher sein, dass Fredi, die Zwillinge oder ein anderer sich diesen vorknöpfen. Ich bin nicht mehr da. Für niemanden.

Mama sagte, ich werde immer bleicher, und so schleppte sie mich zum Arzt. Der untersuchte mich, fand aber nichts, sprach dann mit mir und Mama, bis Mama zu weinen begann und sagte, sie halte das alles fast nicht mehr aus, es sei einfach zu viel für unsere Familie. Der Arzt fragte nach, machte sich Notizen und schlug vor, wir sollten zu Klaus Braun gehen, einem Psychologen, damit ich die Sache verarbeiten könne. Erst wollte Katrin nicht mitkommen.

«Was soll ich bei diesem Herrn Braun?»

«Vielleicht wäre es gut, wenn auch du sagen könntest, wie du unter der Situation leidest.»

Und so fahren wir nun alle zusammen zu diesem Herrn Braun. Ich stelle mir einen alten Mann in einem weissen Kittel vor und frage mich, wie das gehen soll, diese Sache zu verarbeiten.

Die Praxis ist in einem alten Haus untergebracht, die Räume sind hell gestrichen. Herr Braun ist jünger, als ich mir vorgestellt habe, und sportlich gekleidet. Er führt uns in ein grosses Zimmer, an den Wänden stehen Kisten mit Spielzeug. Jonas und Sofie machen grosse Augen.

Wir sitzen alle in einem Kreis. Herr Braun erzählt uns, was er so macht.

«Nun möchte ich von jedem von euch wissen, wie ihr diese Geschichte mit Felix und der Schule erlebt.»

Sofie lacht laut, wie immer, wenn sie verlegen ist. «Ich möchte nicht mehr, dass sie Felix hauen und dass sie mich auslachen wegen meinem Bruder.»

«Ich finde Felix gut. Er spielt immer mit mir Ritter und macht mir schöne Waffen. Wenn ich stark genug bin, helfe ich ihm.» Typisch Jonas.

«Es ist eine so grosse Unruhe in unserer Familie, dauernd haben wir Angst, dass wieder etwas passiert. Wir können Felix einfach nicht genug helfen.» Mama zieht ein Taschentuch hervor und schnäuzt sich.

«Wir haben bloss getan, was wir für richtig hielten. Keiner hätte gedacht, dass es so herauskommt und …»

«Ich habe es immer gesagt», unterbricht Katrin Papa wütend. «Das ist nur passiert, weil ihr euch bei Kirchmann eingemischt habt. Das habe ich die ganze Zeit über gesagt, das stimmt doch, oder? Aber niemand hat auf mich gehört. Und nun haben wir den Schlamassel.»

Herr Braun streicht sich eine Haarsträhne aus dem Gesicht. «Sieh mal, Katrin, so einfach ist das nicht. Wenn du mich fragen würdest, ob sich die Erwachsenen bei Kindern einmischen sollen, so wäre meine Antwort ein klares Nein! Aber», er macht eine kleine Pause und schaut uns der Reihe nach an, «wenn ein Erwachsener einem Kind zu nahe tritt, so müssen andere Erwachsene eingreifen, damit dieses Kind geschützt werden kann und weitere Kinder dazu. Das, was danach mit euch passiert ist, ist wie eine Lawine. Wenn sie losgetreten ist, lässt sie sich nicht mehr so leicht aufhalten. Verstehst du das?» Katrin nickt. «Wenn ihr wollt, könnt ihr spielen, ich spreche noch mit euren Eltern.»

Und während Mama und Papa Herrn Braun die ganze Geschichte von vorne erzählen, spiele ich mit Katrin Speed, ein Kartenspiel, bei dem man versuchen muss, möglichst schnell alle eigenen Karten loszuwerden. Jonas hat eine Ritterburg entdeckt, und Sofie sitzt drüben bei einer Puppenstube.

Und nun bin ich das erste Mal alleine bei Herrn Braun. Jede Woche soll ich zu ihm kommen. Papa hat mich hergefahren, er will einen Kaffee trinken und die Zeitung lesen und mich danach wieder abholen.

«So, Felix, ich könnte mir vorstellen, dass du nicht gerne über das sprichst, was mit dir passiert ist.»

«Mmmh.» Diese Antwort kann er so oder so verstehen.

«Du musst auch nicht darüber sprechen, wenn du nicht willst.»

Ich schenke ihm ein dankbares Lächeln.

«Sieh mal, ich habe da drüben einen grossen Sandkasten, mit dem machen wir heute etwas.»

Herr Braun nimmt den Deckel vom Kasten, und ich gehe näher ran.

«Der Sand ist zu trocken, da kann man nichts bauen damit.»

«Da drüben beim Lavabo hat es ein Glas, du kannst Wasser holen.»

Und so beginne ich, den Sand zu benetzen, damit er schön hält.

«Hör zu, Felix. Du kannst jetzt hier eine Landschaft bauen, die dir gefällt, dort drüben in den Gestellen findest du Pflanzen, Tiere und Männchen, die kannst du benutzen. Eines darfst du auswählen. Das

bist du selber, stelle dich in die Landschaft, sodass du dich wohlfühlst.» Dann geht Herr Braun ein paar Schritte zurück und überlässt mir alles.

Erst will ich eine Ritterburg bauen, eine starke Burg mit Türmen und Zinnen, dann überlege ich es mir anders. Mit beiden Händen forme ich eine leicht gewellte Wüstenlandschaft, die in der Mitte ansteigt. Dort, beim höchsten Punkt, pflanze ich Palmen und Blumen. Das ist meine Oase. Nun hole ich mir ein Nashorn und stelle es zwischen die Palmen.

«Ich bin fertig.» Zufrieden betrachte ich mein Werk.

Herr Braun stellt sich neben mich und schaut sich meine Landschaft an. «Und wo bist du, Felix?»

«Ich bin das Nashorn. Ich bin ganz alleine hier in meiner Oase. Rund um mich ist die Wüste. Die Nashörner sind geschützt, und niemand darf sie jagen. Ich habe eine dicke Haut, und nichts kann mich verletzen.»

NEUN

Erschrocken schaut Gaudenz auf die Uhr. «Schon acht vorbei? Ich muss los, Verena.»

«Was ist mit dem Schluss der Geschichte?»

«Den lesen wir heute Abend. Versprochen.»

Er haucht ihr einen Kuss auf die Wange und steht hastig auf. «Handy, Schlüssel, Portemonnaie, meine Tasche.»

«Du bist ein Schussel, Papa.» Verena lacht.

«Wieso?»

«Wenn wir unsere Sachen zusammensuchen müssen, sagt Mama auch immer, wir seien Schussel.»

«Da hat sie wohl recht. Gib ihr einen Kuss von mir. Und den anderen auch, ja? Und sag, dass ich anrufe, wenn ich weiss, wann ich heimkomme.»

Gaudenz zieht die festen Schuhe an, die zur Uniform gehören, und verlässt das Haus. Die Tasche stellt er auf den Rücksitz, dann startet er den Motor und fährt los. Wieder so ein herrlicher Frühlingsmorgen. Der See liegt glatt und glänzend unterhalb der Strasse. Links und rechts erstrecken sich die blühenden Obstplantagen, ein weiss-rosa Hauch schwebt über den sattgrünen Wiesen.

Hinter Steckborn folgt die Strasse direkt dem Seeufer. Gaudenz öffnet das Fenster und lässt die frische Luft und den Geruch nach See ins Wageninnere strömen. Er macht die Musik lauter, singt bei Paolo Contes «Sparring Partner» mit, geniesst die Klavierakkorde des Musikers und fühlt sich eins mit dem leicht dahingleitenden Wagen. Zwischen Fahrbahn und Wasser sind erste Radfahrer unterwegs, Männer und Frauen in farbigen Trikots, die sich auf dem Sattel von einer harten Arbeitswoche erholen.

Wie die frisch polierten Medaillen an der Brust eines alternden Helden, so glänzen die Dörfer zwischen dem morgendlichen Blau des Untersees und dem tiefgrünen Tannenwald an den Hängen des Seerückens. Hinter Ermatingen wird die Landschaft weiter, unten am See breitet sich der Schilfgürtel aus, Wasservögel kreisen. Beim Ortseingang von Tägerwilen säumen Garagen mit aufgereihten Neuwagen, Gewerbebetriebe und gesichtslose Mehrfamilienhäuser die Strasse. Ein erster Kreisel.

Gaudenz fährt am Bahnhof vorbei, dann kommt die Unterführung und das Industriegebiet Tägermoos mit Hallen von diversen Speditionsfirmen. Hier irgendwo hatte der Schlepper Konrad Höckler sein Lager. Von hier aus brach er nach eigenen Angaben mit den Asylbewerbern auf, um sie zum Grenzübergang Gottlieben zu bringen. Nach den letzten gesichtslosen Bauten erstrecken sich teilweise mit Plastikfolie bedeckte Felder. Links zweigt eine schlechte Strasse in Richtung Gottlieber Zoll ab, eine lange Allee, die quer durch das Gemüsegebiet zum Konstanzer Stadtrand führt. Dort wurde Höckler verhaftet. Gaudenz folgt der Hauptstrasse bis zu den nächsten Kreiseln. Links der Hauptzoll nach Deutschland, rechts die Autobahn, die durch einen langen Tunnel weg vom See nach Frauenfeld und weiter in Richtung Zürich führt.

Geradeaus geht es nach Kreuzlingen. Er nimmt die Strasse, die gleich hinter dem Bahnhof leicht ansteigt und dann nach links zum Grenzübergang Kreuzlinger Tor führt. Kurz vor dem überdachten Zollgelände befindet sich der Polizeiposten. Auf dem Parkplatz hinter dem Gebäude stellt er seinen Kombi neben einem Streifenwagen der Polizei ab.

Kurz durchatmen. Überlegen. Was sucht er hier? Ein Blick auf sein Handy. Eine SMS von Gisler.

«Habe das Protokoll gelesen. Gute Arbeit, Gaudenz.»

Er stellt den Ton des Gerätes ab. Dann nimmt er seine Tasche, geht ums Haus herum und klingelt.

***

«Gaudenz.» Philipp öffnet und lässt ihn ein. «Willkommen bei uns.»

Ein heller Korridor, auf beiden Seiten Arbeitsräume, grosse Schreibtische, Computerbildschirme.

«Willst du eines der schönsten Büros im Kanton sehen?»

Philipp öffnet eine Türe. Ein grosser Raum, die Decke mit Stuckaturen, dunkles Täfer, ein mächtiger Schreibtisch. In der Wand eingelassen ein dunkler Panzerschrank.

«Wozu braucht ihr diesen Tresor?»

«Um unsere Akten sicher aufzubewahren», sagt Philipp ernst.

«Echt?»

«Ach was.» Philipp lacht. «Wir wissen nicht mal mehr, wie man das Ding schliesst. Das Gebäude war früher eine Bank, daher der Tresor. Hier war das Büro des Direktors.»

Zusammen gehen sie ein Stockwerk tiefer. Im grossen Aufenthaltsraum sitzen zwei Polizisten beim Kaffee.

«Bist du der Bündner Kantonspolizist?»

«Das ist Gaudenz aus Sils. Und das sind Arnold und Leo.»

«In Sils war ich auch einmal. Zum Skifahren», sagt Arnold.

«Du und Skifahren? Wie viele Bäume und Hirsche hast du auf dem Gewissen?»

«Einige.» Der Polizist lacht. «Die Piste war nicht breit genug für mich.»

«Heute Morgen hat noch eine Frau angerufen», sagt Philipp zu seinen Kollegen. «Sie kommt in einer halben Stunde vorbei und möchte etwas melden. Ich wäre froh, wenn ihr das übernehmen könntet. Ich möchte Gaudenz noch einiges zeigen.»

«Um was geht es bei der Meldung?»

«Um unsere drei Freunde.»

«Nicht schon wieder.» Arnold schüttelt den Kopf, und zu Gaudenz gewandt ergänzt er: «Seit letztem Mittwoch kommen immer wieder Leute vorbei, die etwas gesehen haben wollen. Leider war noch nichts Verwertbares darunter, meist ist es ein Abklatsch der Pressemeldungen.»

«Ein Protokoll mehr», sagt Leo. «Und wir müssen sehr viel Glück haben, wenn da noch etwas Brauchbares kommt.»

«Hoffen wir mal das Beste», sagt Philipp und klopft Arnold aufmunternd auf die Schultern.

«Warum hat sich die Frau nicht früher gemeldet?», fragt Leo beim Aufstehen.

«Sie war zusammen mit ihrer kleinen Tochter zwei Tage bei einer Freundin in Heidelberg zu Besuch und kam erst gestern Abend zurück. Da sah sie die Schlagzeilen in der Zeitung und erinnerte sich, dass sie am Mittwoch unsere Freunde gesehen hat.»

«Zwei Tage? In dieser Zeit passiert viel mit der Erinnerung.»

Die beiden Beamten stellen ihre Tassen in die Geschirrspülmaschine und gehen wieder zurück an die Arbeit.

«Kaffee?»

«Darum bin ich hergekommen.» Gaudenz setzt sich an den Tisch.

Philipp nimmt zwei Tassen aus dem Schrank.

«Milch und Zucker?»

«Zucker reicht.»

«Was möchtest du gerne sehen bei uns?»

«Den Posten hier. Euer Gefängnis. Und natürlich die Häftlinge.»

Die Kaffeemaschine summt.

«Stefan hat mich vorgewarnt.» Philipp stellt die Tassen auf den Tisch.

«Inwiefern?»

«Deine Neugier sei kaum zu befriedigen.»

«Das hat er gesagt?» Gaudenz nimmt einen Schluck Kaffee.

Eine Viertelstunde später gehen sie vorbei an einem Vernehmungszimmer zu einem kleinen Hof für den Freigang. Die Wände sind bemalt, er ist mit einem Gitter überdeckt. Besonders einladend sieht er aber nicht aus.

«Insassen von Zellen haben das Recht, eine Stunde pro Tag an der frischen Luft zu verbringen. Dank diesem Hof können wir die Untersuchungshäftlinge bei uns behalten und hier befragen.»

Weiter geht es in den Trakt mit den Zellen. Philipp öffnet

eine Türe. Die Möbel im Raum sind entweder aus Beton oder mit dem Boden verschraubt.

«Es ist schon vorgekommen, dass Häftlinge die Betten zerlegt und die sanitären Anlagen von der Wand gerissen haben.»

Philipp deutet auf eine Türe. «Zurzeit ist gerade nur ein Mann hier.»

«Und wer passt auf ihn auf?»

«Zur Betreuung der Gefangenen gibt es einen Hauswart, der die Mahlzeiten bereitstellt und auch sonstige Betreuungsaufgaben übernimmt.»

«Was hat der Häftling getan?»

«Verstoss gegen das Ausländergesetz. Ein Schlepper. Wir möchten herausfinden, ob er gewerbsmässig handelte oder nur einem Freund einen Gefallen tat, wie er selber immer wieder behauptet.»

Sie steigen die Treppe hoch ins Erdgeschoss. In einem Büro sitzen Leo und eine junge Frau. Die Frau erzählt, Leo tippt und stellt Fragen.

«Was machen wir jetzt?», fragt Gaudenz.

«Wir gehen auf Patrouille. Ich habe heute Aussendienst. Dann zeige ich dir unsere Gegend und die Hotspots.»

Philipp holt seine Tasche aus dem Büro.

«Hast du eine Waffe?»

«Brauche ich eine?»

«Es macht einen besseren Eindruck.»

Gaudenz nimmt den Gurt mit der Waffe aus seiner Tasche und legt ihn an. Dann folgt er seinem Kollegen hinaus auf den Parkplatz.

***

Kaum sitzen sie im Volvo, kommt über Funk die Meldung, dass ein alkoholisierter Mann beim Einkaufszentrum Karussell immer wieder auf die Fahrbahn torkle. Sie fahren hin, treffen aber niemanden an. Weil sie schon mal da sind, machen sie einen Kontrollgang durch die glitzernde Einkaufswelt. Familien mit gefüllten Einkaufswagen kommen ihnen entgegen, Jugendliche stehen herum, Büchsen mit Energydrinks in der Hand. Im Manor händigt ihnen eine Verkäuferin die Videoaufnahme eines Diebstahls aus. Zwei junge Männer bedienen sich ziemlich dreist. Halb verdeckt von einem Gestell schneiden sie einfach die Etiketten der Waren ab und packen die Beute ein.

Bei der Bushaltestelle hinter dem Einkaufszentrum macht Philipp eine Personenkontrolle. Ein älterer Mann sitzt vornübergebeugt da, er ist möglicherweise betrunken. Als Philipp ihn anspricht, hebt er den Kopf und antwortet ziemlich klar. Gaudenz sieht die dick geschwollenen und geröteten Hände des Mannes, die dürren Beine und die verschlissenen Schuhe. Solche Leute gibt es kaum im Engadin.

Wieder knackt es im Funkgerät. Sie sollen nach einem roten KIA Ausschau halten, der nach Angaben von Verkehrsteilnehmern andere Wagen behindert haben soll. Im immer dichter werdenden Einkaufsverkehr von Kreuzlingen ist dies jedoch nicht ganz einfach. Schliesslich lassen sie es sein und fahren durch die Quartiere im Osten von Kreuzlingen, vorbei am Einkaufszentrum Seepark, am Fabrikladen der Firma Strellson, auf dessen Parkplatz sich die Wagen stauen, dann hinunter bis an den See. Philipp steigt aus, begrüsst die Kollegen der Seepolizei, die hier ihren Stützpunkt haben, und stellt ihnen Gaudenz vor.

Auf kleinen Nebenstrassen geht es über Bottighofen bis nach Güttingen. Philipp schaut sich auf verschiedenen Parkplätzen nach verdächtigen Fahrzeugen um, gibt immer wieder Autonummern an die Kantonale Notrufzentrale durch und wartet auf die Antwort.

«Wir müssen uns regelmässig in den Quartieren zeigen, das ist die beste Prävention und gibt den Leuten das nötige Gefühl von Sicherheit. Weil wir nicht immer überall sein können, ist ein guter Kontakt zur Bevölkerung besonders wichtig», erklärt Philipp den Zweck der Patrouillenfahrt.

Wieder zurück in Kreuzlingen, stellen sie den Wagen bei der Seeburg ab und gehen durch den Park. Philipp erzählt von

Fällen, die ihm nicht aus dem Kopf gehen. «Gestern Morgen erhielten wir einen Anruf, dass in Bottighofen ein Bettler aufgetaucht sei. Wir holten den jungen Mann ab und brachten ihn auf den Posten. Dort wurden seine Personalien aufgenommen. Er stammt aus Polen und wurde bereits früher von Kollegen angehalten.»

«Warum?»

«Wiederholtes, aktives Betteln. Das gibt es oft. Gerade hier an der Grenze.»

Philipp macht eine junge Frau darauf aufmerksam, dass sie ihren Hund an die Leine nehmen soll.

«Und was passierte mit dem Bettler?»

«Der Rucksack des Mannes war voller minderwertiger Bastelwaren, die er den Leuten an der Haustüre verkaufen wollte. Bei der Befragung sagte er nichts und beharrte darauf, stumm zu sein. Vielleicht stimmt das auch. Ausser Zigaretten, einigen Münzen und seinem Ausweis hatte er nichts dabei. Wir nahmen ihm die Bettelware ab. Mit einer Verzeigung wurde er wieder rausgelassen. Es wird eine Busse von etwa siebenhundert Franken durch die Staatsanwaltschaft geben. Wenn der Mann wieder irgendwo auftaucht, wird ihm diese ausgehändigt.»

«Und dann?»

«Bezahlen kann er wohl kaum, er wird wieder untertauchen.»

«Das ist doch ziemlich unbefriedigend, findest du nicht?»

«Auf dem Weg zu einer möglichst gut geordneten Gesellschaft gibt es manche Amtshandlung, die nicht zu einem befriedigenden Ziel führt.»

«Das stimmt leider.»

Am Ende des Parks stehen in Gruppen Südländer zusammen und diskutieren. Fern der Heimat nutzen sie die Chance, ihre Sprache zu sprechen, Neuigkeiten auszutauschen und sich gegenseitig etwas Normalität vorzuspielen.

Philipp und Gaudenz werden gemustert, einige der Männer grüssen.

«Was kann ich dir sonst noch zeigen?»

«Das Empfangszentrum für Flüchtlinge», sagt Gaudenz.

«Wie konnte ich das vergessen.» Philipp schnalzt mit der Zunge. «Dabei wünschte Gisler ausdrücklich, dass ich noch mit dir hinfahre. Da kann man schon auf komische Gedanken kommen.»

«Wie meinst du das?»

«Ein Polizist aus Graubünden, der hier ein wenig Weiterbildung macht. Ein Beamter des Mediendienstes, der besondere Wünsche anbringt. Und dies kurz nach den tragischen Schüssen auf Sven Metzger.»

«Träumer.»

«Und wenn ich recht hätte?»

«Dann müsstest du mir erklären können, wozu das alles gut sein könnte.»

«Eine geheime, interne Ermittlung?»

«So etwas gibt es doch nicht. Du siehst Gespenster.» Gaudenz lacht, doch ganz wohl fühlt er sich nicht. Ein Blick hinüber zum Hafenbahnhof. Da steht ein Güterzug, beladen mit grossen Containern. «Was ist dort drin?», fragt er.

«Rate mal.»

«Keine Ahnung.»

«Hausmüll. Vorgestern Abend wollten wir noch kurz ein Sandwich essen. Doch stattdessen mussten wir wieder ausrücken. Beim Hafenbahnhof rauchte einer dieser Container voller Kehricht. Er war bereits auf einen Güterwagen geladen und wartete auf den Abtransport. Doch drinnen glühte etwas. Nach uns kam die Feuerwehr. Wasser spritzen konnte man nicht wegen den Leitungen der Bahn. So organisierten wir einen Lastwagen aus Steckborn. Der kam irgendwann, lud den Container auf und fuhr ihn in die Kehrichtverbrennungsanlage nach Weinfelden.»

«Und?»

«Es ist zum Glück nichts passiert. Ausser dass wir zwei Stunden verspätet in den Feierabend kamen.» Philipp öffnet den Wagen.

Sie fahren quer durch Kreuzlingen. Der Verkehr ist jetzt äusserst zähflüssig und stockt immer wieder.

«Das ist jeden Samstag so. Die Geschäfte hier bei uns sind leer, dafür stehen sich die Leute in den Gassen von Konstanz auf den Füssen herum. Unsere Stadt taugt gerade noch als Parkplatz für die Einkaufstouristen, die nach drüben wollen.»

Wieder steht der Verkehr, beim Kreisel vor ihnen geht gar nichts mehr, weil eine Ausfahrt blockiert ist.

«Dieses Stop-and-go erinnert mich an den Verkehr zwischen Weihnachten und Neujahr in der Gegend rund um St. Moritz.» Gaudenz öffnet das Seitenfenster.

«Schau dir die Nummernschilder an. Uri, Aargau, Zürich. Von überall her kommen sie und verstopfen unsere Strassen.»

«Was macht ihr an solchen Tagen?»

«Wir hoffen, dass es keinen Notfall gibt. Zwischendurch verteilen wir Parkbussen. Seit einiger Zeit haben wir zwei E-Bikes für Einsätze im Zentrum.»

«Und wenn ihr freihabt?»

«Dann lassen wir den Wagen in der Garage. Auf jeden Fall gehen wir zu Fuss hinüber nach Konstanz. Dort ist der Stau noch schlimmer als bei uns.»

Am Bahnhof vorbei fahren sie zum Empfangszentrum für Flüchtlinge und parkieren neben dem Eingang. Ein grosser Betonbau, der von aussen wie eine Burg wirkt. Der Wachmann einer privaten Sicherheitsfirma öffnet die Türe und lässt sie herein.

«Alles ruhig?», fragt Philipp den Mann am Empfang.

«In der letzten Zeit ist es wieder besser. Und es gab zum Glück weniger Beschwerden aus der Bevölkerung.»

«Dann zeigen wir uns mal ein wenig, damit die Leute an uns denken, wenn sie shoppen gehen.»

«Shoppen? Wie ist das gemeint?» Gaudenz ist irritiert.

«Sehen Sie», sagt der Mann am Empfang, «die Leute hier haben kaum Bargeld. Ihr kleines Taschengeld reicht für Kleinigkeiten wie Shampoo, Seife, Schokolade oder Zigaretten.

Mehr liegt nicht drin. Und wenn unsere Bewohner plötzlich das grosszügige Angebot in den Läden sehen, könnten sie schon in Versuchung geraten.»

«Und dann ist es gut, wenn sie wissen, dass die Polizei da ist.»

Auf der linken Seite vom Empfang gibt es einen grossen Raum, auf langen Bänken sitzen Frauen und Männer und warten. Ab und zu wird ein Name aufgerufen. Jemand erhebt sich und geht in ein Büro.

«Komm, wir schauen uns einmal um.» Philipp scheint sich hier gut auszukennen.

Erst im Innern sieht Gaudenz die wahren Dimensionen der Anlage. In der Mitte gibt es einen staubigen Hof, der auf drei Seiten von Gebäuden eingeschlossen wird, im Süden beschränkt eine hohe Mauer das Blickfeld. Junge Männer spielen Basketball, Frauen sitzen auf Bänken, Kinder turnen um sie herum.

«Die meisten Leute hier stammen aus Eritrea, aus Afghanistan, Syrien und aus dem Kosovo. Je nach Lage in unseren Nachbarländern kommen auch wieder mehr Leute aus Nordafrika.»

Sie gehen weiter in den Wohntrakt. An den Aussenwänden erstrecken sich lange Betongänge ohne irgendwelche Abwechslung. Ihre Schritte hallen durch das triste Grau. Ab und zu streckt jemand den Kopf aus einem Zimmer. Dunkle Haare, dunkle Haut, dunkle Augen. Farbige Kleider. Sie schauen in einzelne Räume hinein. Diese sind einfach und zweckmässig eingerichtet. Es gibt jeweils zehn bis fünfzehn Schlafplätze, daneben liegen die spärlichen Habseligkeiten der Leute. Es gibt ziemlich viele Familien mit Kindern.

Misstrauische Blicke mustern die beiden Polizisten, die Anspannung der Leute angesichts der Uniformierten kann man fast mit den Händen greifen.

Als sie um eine Ecke biegen, läuft ein Mädchen in sie hinein.

«Hoppla, nicht so schnell.» Philipp hebt die Hände wie ein Fussballspieler, der nichts dafürkann, dass der Gegner auf dem Rasen liegt.

Das Mädchen ist ausgerutscht und kniet auf dem Boden. Einen kurzen Moment schaut es zu ihnen hoch, dann beginnt es verzweifelt zu schreien.

Aus den Zimmern kommen Frauen und Männer. Sie sprechen alle durcheinander. Gaudenz versteht kein Wort. Es werden immer mehr, immer lauter ist ihr aufgeregtes Gerede, ein drohendes Summen wie aus einem Bienenstock. Jederzeit kann etwas passieren. Eine Frau in einem farbigen Rock und mit einem Tuch über dem Kopf kauert sich neben dem Mädchen auf den Boden, nimmt es in den Arm und beginnt laut zu weinen.

Philipp legt die Hände auf seinen Gurt und schaut sich um. *«No problem»*, sagt er immer wieder. *«No problem.»*

Gaudenz stellt sich neben ihn und macht sich etwas grösser, als er ist. Gespannt wartet er.

Plötzlich wird es ruhig, die Menge teilt sich, ein Mann kommt nach vorne. Er hat kurz geschnittene Haare, trägt ein farbiges Hemd und eine gut sitzende Jeans, dazu neue Basketballschuhe. In einer fremden Sprache sagt er einige beruhigende Worte zu den Leuten und beginnt, mit der Frau und dem Mädchen am Boden zu sprechen. Alle warten gespannt.

«Das Mädchen sagt, dass Sie es erschreckt haben», erklärt er den Polizisten.

«Das wollten wir nicht», sagt Philipp und nimmt die Hand von der Pistole. «Das tut uns wirklich leid.»

Der Mann sagt etwas zur Frau und dem Kind. Die Frau nickt.

«Die Leute hier reagieren etwas nervös auf Uniformen.» Der Mann lächelt. «Sie haben eine schwere Zeit hinter sich. Und ihre Zukunft ist noch lange nicht gesichert.»

«Schon gut. Sagen Sie den Leuten, dass sie in ihre Zimmer gehen sollen.»

Nach einigen Worten des Mannes zerstreut sich die Menge, die Mutter und das Mädchen stehen auf und schlurfen grusslos davon.

«Danke», sagt Gaudenz und streckt dem Mann die Hand entgegen. «Gaudenz Huber.»

«Hayat. Ich arbeite hier als Übersetzer und Mädchen für alles.»

Hayat? Hatten nicht Sabrina und der Fremde im Parkhaus, den sie Ritter nannte, den Namen erwähnt?

«Wollen Sie einen Kaffee? Der tut gut nach der Aufregung.»

«Gerne», sagt Gaudenz und ignoriert das leise Kopfschütteln von Philipp.

Sie gehen die Treppe hinunter ins Erdgeschoss.

«Kommen Sie doch in mein Büro», sagt Hayat.

Philipp schaut auf das Display seines Handys. «Es tut mir leid, aber ich muss noch einige Anrufe tätigen.»

Der Raum liegt im Erdgeschoss. Er ist klein und überfüllt. Ein einfacher Schreibtisch, zwei Stühle, überall Papier und Bücher. Auf dem Tisch ein Laptop und eine Tischlampe. Hayat füllt Kaffeepulver in ein Kännchen und giesst aus einer Flasche Wasser dazu.

«Süss?»

Gaudenz nickt und schaut zu, wie Hayat Zucker ins Kännchen gibt und es auf eine elektrische Herdplatte stellt.

«Ich mache Ihnen einen türkischen Kaffee. Die Kapselbrühe konnte sich bisher nicht bei uns Asylbewerbern durchsetzen.»

«Eine Preisfrage?»

«Eine Geschmacksfrage. Sagen wir, weil wir uns den Luxus gar nicht leisten können.»

«Ist Hayat Ihr Nachname?»

«Nein, mein Vorname.»

«Ist es in Ordnung, wenn wir uns duzen?»

Hayat nickt und rührt im Pfännchen.

«Was machst du im Asylzentrum?»

«Ich bin vor knapp zwei Jahren hierhergekommen. Mein Asylgesuch wurde angenommen. Seither lebe ich hier in Kreuzlingen. Gerne möchte ich der Schweiz etwas zurückgeben und etwas Sinnvolles tun. Darum arbeite ich hier im Empfangszentrum. Ich übersetze bei Befragungen, diene als

Kontaktperson zu meinen Landsleuten und repariere auch mal einen Abfluss, wenn es sein muss.»

«Darf ich fragen, woher du kommst?»

«Eritrea. Wie viele Leute hier. Sicher willst du auch wissen, warum ich so gut Deutsch spreche.»

Gaudenz nickt.

«Meine Eltern studierten vor '89 in der damaligen DDR. Zwei Jahre nach dem Mauerfall gingen sie zurück nach Eritrea. Zu viel Rassismus im Osten.»

«Das kann ich gut verstehen.» Gaudenz hatte einige Filme gesehen über die Situation von Ausländern in den neuen Bundesländern. Da wurden Asylzentren gestürmt, es gab Brandanschläge und gewalttätige Demonstrationen.

«Nach ihrer Rückkehr arbeiteten sie in verschiedenen Funktionen für die Deutsche Botschaft in Asmara. Ich besuchte eine internationale Schule und lernte so Englisch und Deutsch. Neben der Schule arbeitete ich als Journalist für eine Untergrundzeitung. Aber in meinem Land ist es nicht gut, wenn man sich ein eigenes Bild über die Situation macht. Unabhängige Gedanken passen unserer Regierung nicht.»

«Und wie bist du hierhergekommen?», fragt Gaudenz.

«So viel Zeit hast du nicht, mein Freund.» Hayat schüttelt den Kopf. «Das erzähle ich dir vielleicht ein anderes Mal.»

Er stellt die Herdplatte ab, nimmt das Kännchen und giesst die dickflüssige Brühe in zwei kleine Tässchen.

«Pass auf, dass du dir nicht die Zunge verbrennst.»

«Danke.»

Gaudenz bläst auf die Oberfläche, nimmt dann einen kleinen Schluck. Stark, heiss, süss und bitter zugleich ist dieser Kaffee. Er spürt den körnigen Kaffeesatz auf der Zunge, schluckt.

«Du musst langsam trinken und den Kaffee mit den Lippen und den Zähnen sieben. Das lernst du schnell.»

Gaudenz überlegt sich, wie er sein Gegenüber zum Sprechen bringen könnte. Viel Zeit hat er nicht. Philipp könnte zurückkommen und ihn holen. Schliesslich versucht er es auf die direkte Art. «Kennst du Bruno? Bruno Kohler, der

Freund von Sven und Franco? Bruno ist der Cousin von meiner Frau.»

«Hat er dich geschickt? Seit Mittwoch habe ich nichts mehr von ihm gehört. Nur in der Zeitung von der Geschichte gelesen. Sabrina wusste auch nichts Genaues.»

«Du musst mir helfen. Ich möchte herausfinden, was passiert ist.»

«Das ist eure Aufgabe. Wozu seid ihr Polizisten?»

«Um zu verhindern, dass noch mehr passiert. Du bist vielleicht auch in Gefahr.»

«Ich? Der kleine Hayat? Ein Afrikaner, der in euren Augen aussieht wie viele andere Afrikaner?»

«Auf Sven wurde geschossen, vergiss das nicht.»

«Sven und die anderen sind die Köpfe. Ich helfe, wo ich kann.»

«Dann hilf mir bitte. Was weisst du?»

«Nichts. Ich bin hier im Zentrum und mache meine Arbeit. Mehr nicht.»

«Aber du siehst doch viel bei deiner Arbeit. War in der letzten Zeit, speziell am Dienstag oder Mittwoch, etwas Besonderes vorgefallen?»

«Hier passierte nichts Aussergewöhnliches. Niemand schöpfte Verdacht. Das Problem liegt bei deinen Kollegen. Oder bei Ritter. Hier läuft alles planmässig. Ich bin sauber.»

«Und wie soll es nach deiner Meinung weitergehen?»

Hayat holt ein Blatt aus einer Schublade des Schreibtischs und legt es vor Gaudenz hin. «Wir haben nicht viel Zeit. Diese Leute müssen weg.»

«Wie lange kannst du warten?», fragt Gaudenz gespannt und schaut sich die Liste mit den zehn fremd klingenden Namen an.

«Zwei Tage, vielleicht drei.»

«Gut, ich spreche mit den anderen», sagt Gaudenz möglichst unbefangen und hofft, dass Hayat ihm das Lügen nicht ansieht.

«Ihr müsst mit Ritter einen Termin für den Grenzübertritt ausmachen, sonst landen die Leute irgendwo oder tauchen unter.»

Gaudenz trinkt den Kaffee aus und steckt die Liste ein. «Ich muss weiter, sonst macht sich mein Kollege da draussen noch Sorgen.»

Gerade als er aufsteht, klopft es. Die Türe geht auf.

«Was macht der Steinbockpolizist denn hier?», fragt Sabrina Leisinger überrascht und deutet auf Gaudenz. Sie trägt eine weisse Bluse mit dem Emblem des Roten Kreuzes.

«Er ist ein Freund von Bruno», sagt Hayat und schaut erst Sabrina und dann Gaudenz an.

«So. Ein Freund also.» Sie verzieht den Mund zu einem höhnischen Grinsen. «Da hat Bruno aber eine ganz andere Meinung dazu. Für ihn bist du ein elender Schnüffler.»

«Ich muss gehen», sagt Gaudenz, klopft Hayat auf die Schultern und versucht an Sabrina vorbeizukommen.

«Lass dich hier nicht wieder blicken.»

«Die Liste», ruft ihm Hayat noch hinterher.

«Welche Liste?», hört er schrill und aufgeregt Sabrinas Stimme hinter sich.

Mit schnellen Schritten geht er am Empfang vorbei, grüsst den Wachmann und steigt draussen zu Philipp in den Streifenwagen.

«Wie war der Kaffee?»

«Stark. Fahr los, ich habe genug gesehen.»

«Leo hat vorhin angerufen.» Philipp steuert den Streifenwagen durch die Unterführung vor dem Bahnhof.

Obwohl sie sich immer mehr vom Empfangszentrum entfernen, kann sich Gaudenz nicht entspannen. Der Schrecken, den ihm Sabrina mit ihrem heftigen Auftritt eingejagt hat, sitzt ihm noch in den Knochen. Die Folgen seines Besuches bei Hayat sind nicht abzusehen.

Was wird Sabrina tun? Ruft sie Bruno an? Und wie wird Bruno reagieren? Macht er seine Drohung wahr und stellt ihn im Polizeikommando an den Pranger? Dann könnte er einpacken. An Claudia und die Kinder wagt er bei diesem Schreckszenario noch gar nicht zu denken.

«Stefan Gisler hat dich gesucht», fährt Philipp fort. «Und

unsere Zeugin hat äusserst interessante Aussagen gemacht. Lass dich überraschen.»

«Weisst du schon mehr?» Die Bedenken, die Gaudenz beschäftigen, weichen der Neugier. «Was genau hat sie erzählt?»

«So viel hat Leo auch nicht gesagt. Nur, dass sich ihre Aussagen mit denjenigen von Bruno und Franco decken. Und einige zusätzliche Informationen enthalten, welche die Ermittlungen weiterbringen könnten.»

Gaudenz spürt eine grosse Unruhe, ein Kribbeln in den Händen. Er kann es fast nicht erwarten, Gisler diese Neuigkeiten mitzuteilen.

ZEHN

Philipp hat ihm ein Büro zugewiesen. Gaudenz schliesst die Türe und wählt.

«Gisler.»

«Gaudenz hier. Du hast mich gesucht?»

«Ich wollte schauen, wie es dir geht. Und dir gratulieren.»

«Wofür?»

«Ich habe dein Protokoll gelesen.»

«Welches Protokoll?»

«Deine Vernehmung von Bruno. Gute Arbeit.»

«Das war keine Vernehmung, sondern ein Gespräch bei einem Bier.»

«Und einem Saft, ich habe es gelesen.»

«Bruno trinkt keinen Saft.»

«Ich weiss.» Gisler räuspert sich.

«Wir müssen uns einmal ernsthaft unterhalten.»

«Worüber?»

«Über Seidlingen. Da scheint ja einiges schiefgelaufen zu sein.»

«Machen wir. Nächste Woche haben wir sicher Zeit dafür. Was machst du jetzt?»

«Ich bin am Arbeiten.»

«Und weiter?»

«Zusammen mit Philipp war ich auf Patrouille. Kreuzlingen ist ein interessantes Pflaster. Die Grenze und der Verkehr.»

«Gibt es etwas Neues, etwas, das ich wissen sollte?»

«Eine Frau rief heute Morgen auf dem Posten an. Sie wollte eine Aussage machen. Sie hatte am Mittwoch Sven, Bruno und Franco drüben in Konstanz gesehen. Anscheinend konnte sie sich gut an Details erinnern. Es gibt neue Hinweise, die für die Ermittlungen nützlich sein könnten.»

«Dann solltest du dir mal das Protokoll der Vernehmung anschauen.»

«Und wie mache ich das? Soll ich Philipp fragen, ob er mir das Protokoll aushändigt?»

«Sicher nicht.» Gisler lacht nervös. «Hast du einen Computer vor dir?»

«Ja. Was soll ich tun?»

Schritt für Schritt erklärt Gisler Gaudenz, wie man sich im System der Kantonspolizei einloggt. Er gibt Gaudenz sein Passwort, damit dieser Zugang zu den internen Dokumenten erhält, und erklärt ihm, wo er das besagte Protokoll finden kann.

«Hast du es?»

«Ja.»

«Dann lies es durch, ich schaue es mir ebenfalls an, danach telefonieren wir noch einmal.»

Kantonspolizei TG, Befragung von Streuli Helen
Samstag, 18.04., 10.00 Uhr, Polizeiposten Kreuzlingen
Anwesend: Streuli Helen und Mazelli Leonardo.

Gaudenz überfliegt die Fragen zur Person. Schnell kommt er zum Wesentlichen. Er legt Stift und Papier zurecht, um sich Notizen machen zu können.

«Warum waren Sie am Mittwoch in Konstanz?»
«Ich wollte zusammen mit meiner zweijährigen Tochter Wendy nach Heidelberg, um eine Freundin zu besuchen. Weil ich noch Reiseproviant besorgen wollte, ging ich mit meiner Tochter zu Fuss über die Grenze.»
«Sie hatten also vor, den Zug in Konstanz zu besteigen.»
«Genau. Ich hatte mir ein Sparticket der Deutschen Bahn gekauft.»
«Welchen Weg nahmen Sie?»
«Ich folgte der Hauptstrasse und überquerte dort den Fussgängerzoll. Danach ging ich die Kreuzlinger Strasse entlang und bog in die Emmishofer Strasse ein. Ich wollte beim Schnetztor die Bodanstrasse überqueren und durch die Altstadt zum Bahnhof gehen.»

Anmerkung Mazelli Leonardo: Die Zeugin hat mir ihre Route anhand des Stadtplanes genau gezeigt, daher die exakten Angaben zu den Strassennamen.
«Fiel Ihnen auf dem Weg etwas auf?»
«Ein Mann.»
«Ein Mann?»
«Ja, ich sah ihn gleich nach dem Grenzübergang. Er hatte eine dunkle Lederjacke an mit hochgestelltem Kragen trotz dem warmen Wetter, ausserdem trug er eine merkwürdige Mütze und eine grosse Sonnenbrille.»
«Könnten Sie den Mann beschreiben?»
«Das Gesicht meinen Sie? Nein, nicht wirklich. Mir fiel einfach seine Aufmachung auf. Er sah irgendwie verkleidet aus. Wie jemand, der Detektiv spielt.»
«Wie lange sahen Sie diesen Mann?»
«Er ging vor mir her bis zur Einmündung der Emmishofer Strasse. Dort blieb er an einer Hausecke stehen und schaute hinüber zur anderen Strassenseite.»
«Was machten Sie?»
«Ich ging an ihm vorbei. Wie mir schien, beobachtete er einen Mann, der auf dem Trottoir vor einem Sexschuppen stand und rauchte.»
«Fanden Sie das nicht merkwürdig?»
«Es gibt viele komische Männer hier an der Grenze. Als Frau hat man einen Blick dafür, aber man macht sich nicht immer Gedanken über diese Kerle.»
«Sie gingen also weiter?»
«Ja, ich hatte vor, noch in einer Bäckerei etwas für die Reise zu kaufen. Wendy wollte selber gehen, sie hielt sich am Kinderwagen fest. Plötzlich rannte sie los. Hinüber zum Schaufenster dieses Geschäftes mit Modelleisenbahnen. Dort drückte sie am Glas die Nase platt. Und da stand noch ein anderer Mann.»
«Ein anderer Mann?»
«Ja, er war ein Stück über fünfzig Jahre alt und trug einen Hut und einen Regenmantel. Ich kann mir Kleidung gut

merken, denn ich arbeitete früher in einer Boutique. Darum kann ich auch den Stil eines Menschen beurteilen.»
«Wie würden Sie diesen zweiten Mann beschreiben?»
«Elegante und teure Kleidung, der Regenmantel passte zu ihm, er war aber etwas zu warm für den Tag. Die gestreifte Umhängetasche passte irgendwie nicht zum ganzen Outfit.»
«Könnten Sie diesen Herrn noch genauer beschreiben?»
«Wie gesagt, ich schaue auf den Kleiderstil. An etwas erinnere ich mich. Er sah aus wie einer, der in seinen besten Jahren mal ein attraktiver Mann war, nun aber verlebt und welk wirkt. Und er sprach Ostschweizer Dialekt.»
«Wieso wissen Sie das?»
«Meine Tochter zeigte ihm das Modell einer grossen Dampflok. ‹Die schö Loggi sött me haa›, sagte er.»
«Und weiter?»
«Auch dieser Mann schaute immer wieder hinüber zur anderen Strassenseite. Der rauchende Mann war nicht mehr alleine. Zwei Männer waren aus dem Haus gekommen und sprachen mit ihm, danach ging einer nochmals ins Haus.»
«Was machten Sie dann?»
«Meine Tochter und ich gingen weiter, der Mann im Regenmantel blieb beim Laden stehen. Ich sah noch, wie der dritte Mann aus dem Hauseingang bei diesem Sexschuppen kam und mit den beiden anderen Typen diskutierte.»
«Vielen Dank für Ihre Angaben. Sie haben uns sehr geholfen.»
«Ich bin noch nicht fertig.»
«Was noch?»
«In der Gasse hinter dem Schnetztor gibt es einen Teeladen.»
«Meinen Sie denjenigen hinter dem Musikgeschäft?»
«Genau den.»
«Ich wollte noch einen Grüntee für meine Freundin kaufen. Einen Morgentau. Die Verkäuferin füllte den Tee in einen Beutel und wog ihn ab. Ich schaute zum Fenster hinaus. Da zog der ganze Zirkus vorbei.»
«Was meinen Sie damit?»

«Zuerst schlenderten die drei Typen vom Sexschuppen vorbei. Sie wirkten locker und schienen es überhaupt nicht eilig zu haben, in einigem Abstand folgte der Mann im Regenmantel mit seiner gestreiften Umhängetasche, wenig später sah ich auch den Lederjackenkerl. Merkwürdig, finden Sie nicht auch?»

«Wir werden der Sache nachgehen, vielen Dank für Ihre Angaben. Dürfen wir Sie aus ermittlungstechnischen Gründen bitten, die Sache für sich zu behalten?»

Das Protokoll geht an die Staatsanwaltschaft in Frauenfeld.

Gaudenz schliesst das Programm und loggt sich aus. Er liest seine Notizen durch und schreibt sich einige Fragen auf. Dann ruft er Gisler an.

«Hast du das auch gelesen, Stefan?»

«Ja. Jetzt ist es wohl eindeutig. Der Täter kam aus der Schweiz.»

«Wen meinst du?»

«Für mich kommt nur der Mann mit der gestreiften Tasche in Frage. Nach der Aussage von Helen Streuli sprach der Mann einwandfrei Ostschweizer Dialekt.»

«Vielleicht war es auch der andere Mann, der mit der Lederjacke.»

«Das glaube ich nicht.» Schnell und heftig kommt Gislers Antwort aus dem Telefonhörer.

«Warum bist du dir da so sicher?»

«Weil Franco Rossi ebenfalls von dieser Tasche sprach.»

«Möglicherweise gehörten die zwei Männer zusammen.»

Gisler schweigt einen Moment. «Das könnte sein. Dem wird man sicher noch nachgehen.»

«Ich finde, das ist ein zentraler Punkt für unsere Ermittlungen. Franco, Sven und Bruno verhörten am Mittwoch den Schlepper Höckler. Als sie nach Konstanz hinübergingen, folgte ihnen der Mann mit der Lederjacke. Bei der Kreuzung Emmishofer/Kreuzlinger Strasse blieben unsere Freunde stehen, einer ging in ein Haus, möglicherweise in einen Sexshop. Davon war bisher noch nicht die Rede. Plötzlich war auch ein zweiter Beobachter da, den Frau Streuli vorher nicht gesehen hatte. Beim Restaurant kam es zu den Schüssen. Da gibt es schon einige Fragen, die für uns wichtig sind.»

«Schreib sie auf, wir reden später darüber. Am Nachmittag geben wir eine Pressekonferenz zusammen mit den deutschen Kollegen. Davor muss ich noch einiges erledigen. Sonst wirft man uns Untätigkeit vor.»

«Was passiert mit dem Vernehmungsprotokoll von Helen Streuli?», fragt Gaudenz.

«Zuerst schaut es unsere Staatsanwaltschaft an. Dann geht es an die Kollegen in Konstanz. Heute ist Samstag, das kann also dauern.»

«Wie lange?»

«Ein paar Stunden. Vielleicht geht auch etwas an der Pressekonferenz raus. Die Wege der Justiz sind rätselhaft.» Ein freudloses Lachen Gislers kommt aus dem Hörer.

«Wann ist die?»

«Um fünfzehn Uhr. Die Sonntagszeitungen sollen etwas zum Schreiben haben.»

Gaudenz legt die Bleistifte nebeneinander, sodass die Spitzen auf das Telefon zeigen.

«Wenn du nichts dagegen hast, werde ich den Nachmittag freinehmen. Viel mehr finde ich hier nicht mehr heraus.»

Gisler murmelt etwas. «Gut. Ich melde mich irgendwann nach der Pressekonferenz, dann schauen wir weiter.»

Gaudenz liest seine Fragen noch einmal durch. Auf die wenigsten gibt es bisher Antworten. Gisler ist heute keine grosse Hilfe. Unzufrieden faltet er den Zettel zusammen und steckt ihn in die Brusttasche seines Uniformhemdes.

Er nimmt das Handy aus der Tasche und ruft Claudia an.

«Wo seid ihr?»

«In Konstanz. Es ist wunderbar hier, so ganz anders als in St. Moritz oder in Sils.»

«Und was macht ihr?»

«Was Frauen so machen, wenn sie mal ohne Männer unterwegs sind.»

«Dann habt ihr sicher einiges gekauft?»

«Vor allem Kleider für die Mädchen. Und einige Kleinigkeiten für uns.» Er hört Claudias helles Lachen und das Geplauder der Mädchen im Hintergrund.

«Wir könnten zusammen essen gehen.»

«Da bist du etwas spät, Gaudenz. Wir sind fast fertig mit unserer Pizza. Aber du kannst zu einem Dessert rüberkommen. Wir freuen uns auf dich.»

Gaudenz verlässt das Büro und geht hinüber zu den anderen.

«War der Chef zufrieden mit dir?», fragt Philipp lachend.

«Es geht so. Er gibt mir frei. Seiner Ansicht nach habe ich für heute genug gelernt.»

«Und was machst du mit dem angebrochenen Tag?»

«Das, was die meisten Schweizer hier machen. Ich gehe nach Konstanz, meine Frau ist drüben am Einkaufen.»

Philipp empfiehlt einen Italiener, Leo kennt ein thailändisches Restaurant in einer Seitengasse, Arnold war vorgestern in einem kleinen Lokal am Fischmarkt. Alle haben sie gut und günstig gegessen, glauben aber, dass es heute sehr voll sein werde. Und erklären gleich noch, dass man natürlich auch in der Schweiz essen gehen könnte.

«Lass den Wagen hier bei uns.»

«Danke, Philipp. Kann ich mich irgendwo umziehen?»

«Unten neben dem Essraum gibt es eine Garderobe», sagt Philipp. «Lass die Waffe bei uns, die schiessen drüben nicht gleich auf jeden Polizisten aus der Schweiz.»

Die Kollegen lachen.

Gaudenz verabschiedet sich und geht die Treppe hinunter. In der Garderobe nimmt er eine Jeans und ein kurzärmliges Hemd aus seiner Tasche, verstaut die Uniform und den Gurt samt Pistole darin und zieht sich an.

Durch den Hintereingang verlässt er den Polizeiposten. Die Tasche stellt er in den Wagen.

Nun ist er frei. Keine Uniform, keine Waffe, kein Gisler. Keine unlösbare Aufgabe. Nur er und dieser Frühlingstag. Wenigstens für die nächste Stunde.

***

Gaudenz ist nicht der Einzige, der an diesem späten Samstagmorgen zu Fuss hinüber nach Konstanz geht. Einheimische und Auswärtige überqueren die Grenze beim Zollamt Kreuzlinger Tor, um drüben einzukaufen, zu essen oder einfach nur zu bummeln. In der Gegenrichtung kehren Leute mit vollen Taschen und Einkaufswagen in die Schweiz zurück. Beim deutschen Zollamt lassen sie sich die Ausfuhrscheine abstempeln. Wieder ein paar Euro und Schweizerfranken gespart. Und einige neue Gründe, um wiederzukommen und noch mehr Geld zu sparen beziehungsweise im Ausland auszugeben.

Er freut sich auf das Treffen mit Claudia, mit den Töchtern und der Schwiegermutter. Eigentlich hätte er gerne etwas Ordentliches gegessen, doch seine Familie hat nicht auf ihn gewartet.

Gaudenz schaut sich um. Am Mittwoch kamen hier die drei Kriminalbeamten Sven Metzger, Franco Rossi und Bruno Kohler vorbei. Nach der Vernehmung auf dem Polizeiposten gleich hier um die Ecke wollten sie drüben in Deutschland zu Mittag essen. Nach den Angaben von Helen Streuli war noch ein weiterer Mann unterwegs, der den Polizisten folgte und sie beobachtete. Möglicherweise wartete er bereits in der Schweiz auf Bruno und seine Freunde. Er hatte sich verkleidet, das heisst, er wollte bei seiner Detektivtätigkeit nicht erkannt werden. Daraus wiederum konnte man schliessen, dass der Unbekannte und die drei Polizisten sich möglicherweise schon einmal begegnet waren.

Vorne an der Ecke zur Emmishofer Strasse bleibt Gaudenz stehen. Weiter rechts sieht er das Schaufenster des Geschäfts mit den Modelleisenbahnen. Dorthin rannte Wendy, die Tochter von Helen Streuli, weil sie die Züge anschauen wollte. Er schmunzelt. Wie konnte man sein Kind nur Wendy nennen. Ausser vielleicht, man war totaler Fan von Peter Pan. Neben Helen Streuli stand der ältere Herr im Regenmantel, der nach Rossis Beschreibung der Schütze sein musste. Ein eleganter Ostschweizer, der Dialekt sprach. Bruno und Rossi glaubten nicht, dass der Täter ein kaltblütiger Profi war. Die Art und Weise, wie er mit Wendy Streuli in Kontakt trat, könnte dies bestätigen. Ein Killer würde vor der Tat niemals Kontakt zu Passanten aufnehmen.

Weiter. Zwei Polizisten gingen ins Haus beim Sexshop. Der andere stand draussen und wartete. Als sie wieder rauskamen, gab es eine Diskussion. Nachher gingen sie weiter. Die beiden Männer folgten ihnen. Der elegante Herr hatte eine gestreifte Tasche dabei, darin war eine Waffe. Er handelte nicht im Affekt, sondern hatte die Tat geplant.

Langsam schlendert Gaudenz über die Strasse. Beim fraglichen Gebäude gibt es zwei Eingänge. Der eine führt in den Shop, der andere in einen langen Flur. Er wägt die beiden Möglichkeiten gegeneinander ab. Wenn die Beamten in den Erotikladen gegangen wären, hätte es danach Diskussionen gegeben? Wohl kaum. Höchstens ein Gelächter. Die bisher gemachten Aussagen deuten aber vielmehr auf unsaubere Geschäfte hin. Und der Schlüssel dazu ist wohl im dunklen Hausflur und nicht im Erotikladen zu finden.

Also lässt Gaudenz den Sexshop rechts liegen, froh darüber, dass er sich nicht mit schmuddeligen CD-Hüllen und Vibratoren herumschlagen muss. Er betritt den Flur. Es riecht nach Kohl und Knoblauch. Die Namen unter den einzelnen Klingeln lassen sich im Halbdunkel kaum entziffern. Bei den Briefkästen ist es besser. Da stehen türkische neben tamilischen Namen, auch der Balkan ist gut vertreten. Dazwischen steht auf einer verblichenen Klebeetikette «Ritter Treuhand, erster Stock links».

Ritter. Ist das der Mann aus dem Parkhaus? Ist er auch der Mann, von dem Hayat gesprochen hatte?

Gaudenz zögert. Was sucht er hier eigentlich? Seine Familie sitzt in einem gemütlichen Restaurant in der Stadt und freut sich auf ihn. Es gibt keinen Grund, in diesem düsteren Haus herumzuschnüffeln. Andererseits kann er endlich herausfinden, was das für Geschäfte sind, die die drei Polizisten betrieben haben. Langsam steigt er die Treppe hinauf. Die Stufen sind ausgetreten. Das Licht flackert. Oben wird der Essensgeruch stärker. Hinter einer Türe sind laute Stimmen zu hören. Der Korridor führt nach links. Am Ende eine Türe ohne Namen.

Gaudenz bleibt stehen. Sein Atem geht viel zu schnell, sein Herz pocht. Noch kann er zurück in sein Familienwochenende. Doch die Neugier lässt ihm keine Ruhe. Er klopft. Nichts passiert. Er klopft wieder, nun etwas stärker. Wieder nichts.

«Ritter», ruft er, «ich bin ein Freund von Bruno. Öffnen Sie bitte.»

Die Türe geht einen Spaltbreit auf. Sie ist mit einer Kette gesichert. Im Halbdunkel ist ein Gesicht auszumachen.

«Was wollen Sie?»

«Mit Ihnen reden. Es ist dringend.»

«Und wenn ich nicht will?»

«Sie würden es bereuen.»

«Ist das eine Drohung?»

«Eine Hilfeleistung.»

«Reden Sie.»

Gaudenz deutet auf den Flur hinter sich. «Nicht hier.»

Ritter schiebt die Sicherheitskette hoch und hält Gaudenz die Türe auf. «Dann kommen Sie eben herein. Ich habe aber nicht lange Zeit.»

Der Flur ist dunkel, rechts eine Küche, links ein Schlafzimmer. Ritter zieht die Türen zu und führt den ungebetenen Gast in ein Büro. Zwei Regale voller Ordner stehen an den Wänden. Auf dem Schreibtisch türmen sich die Akten.

«Sie haben fünf Minuten.» Ritter setzt sich auf einen Bürostuhl und wippt hin und her. «Also? Was wollen Sie mir sagen?»

«Hayat hat mir eine Liste gegeben.» Gaudenz legt das Blatt auf die Tischplatte.

Der andere wirft einen Blick darauf. «Was soll ich damit?»

«Das, was Sie immer gemacht haben. Den Grenzübertritt für die Leute vorbereiten.»

«Jetzt auf einmal? Bruno sagte noch vorgestern, dass wir uns im Moment still verhalten sollen, um die Organisation nicht zu gefährden.»

«Und Hayat sagte heute, dass die Leute baldmöglichst wegmüssen.»

«So? Sagt er das?» Ritter zieht eine Schublade heraus und beginnt darin zu wühlen.

«Wollen Sie nicht helfen, oder können Sie nicht? Haben Sie Angst, dass auch auf Sie geschossen wird?»

Ritter schaut auf. «Wer sollte auf mich schiessen?»

«Der gleiche Typ, der auf Sven schoss.»

«Das hat nichts mit unserer Sache zu tun.»

«Sagt wer?»

«Bruno.»

«Der muss es ja wissen.» Gaudenz schnauft hörbar.

«Wir hatten bisher nie Probleme, wieso sollten wir plötzlich zur Zielscheibe werden?»

«Weil ihr irgendwem ins Geschäft pfuscht. Darum.»

«Was wollen Sie von mir?»

«Die Wahrheit hören.» Gaudenz versucht ein Lächeln. «Was sind das für Schiebereien an der Grenze?»

Ritter hält in der Bewegung inne. Er nimmt etwas aus der Schublade und legt es auf den Schreibtisch. Es ist eine Pistole. Der Lauf ist auf die Körpermitte von Gaudenz gerichtet.

«So, mein Freund. Jetzt reden wir Klartext.»

«Das will ich schon die ganze Zeit.» Gaudenz hebt die Hände und legt sie gut sichtbar auf seine Oberschenkel. «Mein Name ist Gaudenz Huber. Ich bin Polizist aus Graubünden und mache hier eine Weiterbildung. Bruno ist der Cousin von meiner Frau. Ich will ihm helfen. Aber dazu muss ich wissen, was hier alles abgeht.»

«Ist das Ihre Geschichte?»

«Eine andere habe ich nicht.»

«Irgendetwas müssen Sie mir schon bieten.»

«Ich habe noch eine Zugabe. Heute Morgen machte eine Frau drüben auf dem Posten in Kreuzlingen eine Zeugenaussage. Sie hatte am Mittwoch einiges beobachtet. Unter anderem, dass einer der Polizisten hier ins Haus kam. Ich nehme an, dass dies auch die deutschen Kollegen interessieren wird.»

«Scheisse.» Ritter überlegt einen Moment, dann steht er auf und geht hinüber ans Fenster.

«Erzählen Sie mir jetzt …»

«Später. Kommen Sie, wir müssen weg. Da draussen ist die Polizei. Die sind aber fix heute.»

Er öffnet einen Schrank, zieht zwei Stofftaschen heraus und nimmt die Liste von Hayat.

Dann schaut er sich prüfend um.

«Was ist mit der Pistole?»

«Die bleibt hier. Ich habe einen Waffenschein.» Ritter legt die Pistole zurück in die Schreibtischschublade.

Gaudenz nimmt eine Tasche und geht zur Wohnungstür, öffnet und zuckt zurück. Unten im Treppenhaus sind Schritte und Stimmen zu hören.

«Mach schnell», flüstert Ritter hinter ihm. «Wir gehen hinauf zum Dachboden.»

Jetzt könnte ich rufen, denkt Gaudenz, dann würde die ganze Organisation auffliegen. Hier haben wir zwei Taschen voller Beweismaterial, eine Namensliste, Adressen von Beteiligten, alles, was die Staatsanwaltschaft in Konstanz und Kreuzlingen interessiert.

Doch er schweigt und folgt Ritter die Treppe hinauf, während die deutschen Polizisten die Stufen hinaufkommen und an den Türen der Wohnungen klopfen.

Der Dachboden ist geräumig und mit viel Gerümpel vollgestellt. Ritter geht voraus. Ein verschlungener Pfad führt zwischen alten Küchenbuffets, Bilderstapeln, Stoffballen und vielen Kartonschachteln hindurch bis zur Brandmauer. Ohne einen Führer könnte man sich hier glatt verlaufen, denkt Gaudenz. Ritter schiebt einen Schrank zur Seite. Dahinter kommt eine Türe zum Vorschein, die hinüber ins Nachbarhaus führt. Schnell ziehen sie den Schrank wieder an seinen Platz und machen die Türe zu.

Einen Augenblick später stehen Gaudenz und Ritter auf einem sauber aufgeräumten Dachboden mit verschiedenen abschliessbaren Abteilen. Ritter hebt ein Dielenbrett und zieht einen kleinen Schlüssel heraus. Damit öffnet er ein Abteil, verstaut die beiden Taschen aus der Wohnung ganz unten in einen Seemannskoffer und deckt sie mit Kleidern zu.

«Und hier schaut niemand nach?»

«Das Abteil gehört einer Freundin von einem entfernten Bekannten. Sie ist für ein halbes Jahr nach Berlin gezogen und hat ihre Wohnung weitervermietet. Bis sie zurückkommt, darf ich hier gewisse heisse Dinge zwischenlagern.»

«Ihr habt wohl an alles gedacht.»

«An vieles.» Ritter legt den Schlüssel zurück unter das Dielenbrett.

«Das heisst?»

«Ich zum Beispiel habe sichere Verstecke für meine Papiere. Jeder von uns hat seine saubere Fassade.»

«Dein Treuhandbüro?»

«Genau. Die Polizei wird wieder abziehen. Auf einen blossen Verdacht hin kann sie kein ganzes Haus auseinandernehmen. Schliesslich sind wir keine Terroristen. Unsere Logistik können sie sicher nicht stören, diese wird weiterhin einwandfrei funktionieren. Wir hatten ja bisher noch keinerlei Probleme.»

«Und trotzdem knallte es.»

«Mit den Schüssen hatte niemand gerechnet.»

«Warum eigentlich nicht? Ihr schmuggelt Flüchtlinge über die Grenze. Ihr pfuscht anderen ins Geschäft und bringt sie um ihren Profit. Da könnte man schon wütend werden.»

«Das ist ja lächerlich. Wir nehmen niemandem Geld weg.»

«Schlepper nehmen immer irgendwelchen anderen Schleppern das Geld weg.»

«Wir sind keine Schlepper. Hat dir das Bruno nicht gesagt? Was wir machen, sind Familienzusammenführungen.»

Gaudenz versteht nicht ganz und schaut Ritter erstaunt an. «Wie bitte?»

«Wir bringen Eritreer aus Deutschland in die Schweiz und umgekehrt, damit die Frau beim Mann ist oder die Kinder bei den Eltern.»

«Eine humanitäre Aktion also?» Gaudenz kann es kaum glauben.

«Wenn man so will. Die Leute kommen irgendwie hierher, die meisten sind traumatisiert. Unterwegs wurden sie ausgenommen, misshandelt oder auch missbraucht. Viele waren dem Tod oft sehr nah. Die Flüchtlinge, die es bis hierher schaffen, haben kaum mehr als die Kleider, die sie tragen. Da gibt es nichts mehr zu holen. Ihnen ist nur noch die Hoffnung auf ein Leben ohne Angst geblieben.»

«Und darum braucht es barmherzige Samariter, die das Gesetz brechen?»

Ritter ballt die Fäuste. «Pass auf, was du sagst.»

«Jetzt könnten wir uns prügeln», sagt Gaudehz und weicht einen Schritt zurück. «Oder wir lassen diesen Zwischenschritt aus und gehen ein Bier trinken.»

Ritter entspannt sich und lässt die Arme sinken. «Entschuldige, es war alles etwas viel in den letzten Tagen. Ich bin Paolo.»

«Gaudenz. Warum macht ihr das? Warum riskiert ihr, entdeckt zu werden?»

«Weil wir nichts vergessen haben. Hast du die Stolpersteine auf dem Pflaster nicht bemerkt?»

«Was ist das?»

«Wenn du durch die Strassen und Gassen von Konstanz gehst, siehst du leuchtende Plaketten, die in den Boden eingelassen sind. Sie erinnern an Juden, die in unseren Strassen gewohnt haben und während des Krieges deportiert und getötet wurden.»

«Aber die heutigen Flüchtlinge sind doch in einer anderen

Situation. Die meisten fliehen aus wirtschaftlichen Gründen. Sagt man jedenfalls.»

«So? Sagt man das? Wer entscheidet, wie gefährdet Menschen wirklich sind?» Die Augen von Ritter blitzen. «Ihr Schweizer hattet damals Tausende von Juden zurückgeschickt in den sicheren Tod. Dachtet ihr damals auch, dass die Situation nicht so dramatisch sei, dass die Leute nur wirtschaftlich bedroht seien?»

Gaudenz zuckt mit den Schultern. Er fühlt sich unwohl. Das Engagement von Ritter ist ihm unheimlich. Der Zweite Weltkrieg zog weit an Graubünden vorbei. Sicher, es gab Mangel, Krankheiten, einige wenige verirrte Bomben. Das war's auch schon. Die Schreinereien des Kantons lieferten vorfabrizierte Baracken an das Dritte Reich, hatte er einmal gehört. Mehr war da nicht.

«Mein Grossvater war Journalist. Ein mutiger Mann. Er schrieb gegen die Nazis an. Kurz vor seiner Verhaftung floh er über den Seerhein nach Gottlieben. Als Nichtjude durfte er drüben bleiben.»

«Warum hattest du gestern Zoff mit Sabrina?»

«Sie will aussteigen. Sie kann schlecht mit Druck umgehen. Aber wir brauchen sie. Weil sie im Empfangszentrum ein und aus gehen kann, ist sie die ideale Kontaktperson zu Hayat.»

«Und da wurdest du etwas grob?»

«Ach, leck mich doch.»

«Ich denke, dass Hayat und du die Organisation umkrempeln müsst.»

«Und warum sollten wir das tun? Willst du uns ein Management-Konzept aus den Bündner Bergen aufschwatzen? Sollen wir es wie die Murmeltiere machen und uns in Höhlen verkriechen, bis alle Probleme gelöst sind?»

Gaudenz lässt sich nicht provozieren. «Ich weiss, was bei der Kantonspolizei Thurgau läuft. Dort hat man die drei Kollegen auf dem Radar. Sven ist ausser Gefecht, Franco und Bruno können keine grosse Hilfe mehr sein. Sie bringen euch höchstens in die Bredouille. Ich möchte mich nicht einmischen, doch ich rate euch zu einem radikalen Umbau. Wenn ihr wirklich im grauen Non-Profit-Bereich arbeitet, findet ihr auch neue, engagierte Leute, die euch helfen.»

«Gut, ich überlege es mir.» Ritter schaut auf die Uhr. «Wir waren schon viel zu lange hier. Wir müssen weg.»

«Und das Bier?»

«Ein anderes Mal.»

Ritter macht sich zuerst auf den Weg. Vorne an der Tür dreht er sich noch einmal um.

«Danke, Gaudenz.»

Gaudenz winkt Ritter nach. Dann zählt er auf fünfundsiebzig, verlässt den Dachboden und steigt langsam die Treppe hinunter.

ELF

Als Gaudenz draussen auf der Strasse steht, vibriert sein Telefon. Ohne sich nach den Polizisten vor dem Nachbarhaus umzudrehen, überquert er die Strasse und nimmt das Handy aus der Tasche.

«Wo bleibst du?», fragt Claudia.

«Ich wurde aufgehalten.»

«Und jetzt?»

«Ich bin gleich bei diesem grossen Bogen.»

«Gut», sagt sie, «dann gehst du jetzt geradeaus unter dem Schnetztor hindurch und folgst der Gasse.»

Gaudenz merkt sich die Wegbeschreibung, dann geht er hinüber zum Modelleisenbahngeschäft und schaut sich das Angebot im Schaufenster an. Wenn er sich richtig hinstellt, sieht er genau, was vor dem Haus schräg gegenüber auf der anderen Strassenseite passiert. Neben einem Polizeifahrzeug stehen einige Beamte und beraten sich. Einer spricht in ein Funkgerät. Ritter ist nicht zu sehen. Schnell geht Gaudenz weiter.

An der Bodanstrasse stehen die Fahrzeuge dicht an dicht, die Kolonne reicht bis hinunter zum Lago Parkhaus. Familien aus der ganzen Schweiz sitzen in ihren Blechkisten und warten darauf, dass es eine Wagenlänge weitergeht. Zwischendurch schaltet die Ampel für die Fussgänger auf Grün und zerschneidet die gierige Schlange, die für heute die Strassen von Konstanz in Besitz genommen hat.

Zusammen mit anderen Schweizern überquert Gaudenz den Fussgängerstreifen, geht unter dem Bogen des Schnetztores hindurch und kommt in eine schmale Altstadtgasse. Fröhlich schnatternd macht sich die frühlingshaft gekleidete Menge daran, die Gassen der Konzilstadt zu erkunden. Rechts die Schaufenster eines grossen Musikgeschäfts. Blasinstrumente, Klaviere und Gitarren lösen in Gaudenz die Sehnsucht nach selber gemachter Musik aus. Er stellt sich vor, wie er mit Claudia und den Mädchen im Wohnzimmer sitzt, wie sie alle singen und musizieren. Dann denkt er zurück an seine kümmerlichen Gehversuche mit der Blockflöte, an den Klavierunterricht. Seine langsamen Fortschritte im Fach Musik waren mit ein Grund, dass er die Lehrerausbildung abbrach.

Auf der gleichen Seite folgt der Teeladen, von dem die Zeugin Helen Streuli berichtet hatte. Er geht rein, schaut sich um. Von hier aus sieht man sehr gut, was draussen auf der Gasse passiert.

«Kann ich Ihnen helfen?» Die Verkäuferin zeigt auf die mit Metalldosen voller Tee gefüllten Regale an den Wänden.

Gaudenz fühlt sich ertappt. «Ich möchte … irgendetwas Spezielles.»

«Wir haben nur spezielle Sorten. Was suchen Sie?»

«Haben Sie einen starken, malzigen Assam?»

Die Verkäuferin holt eine Büchse von einem Regal. «Wie viel möchten Sie?»

«Geben Sie mir zweihundert Gramm.»

Die Frau öffnet die Büchse und füllt den Tee in einen grossen Beutel.

«Am Mittwoch war eine Bekannte von mir hier und kaufte Tee.»

«Bei mir kaufen viele Leute Tee, gerade auch von drüben.» Sie macht eine vage Handbewegung, mit der sie die halbe Welt einschliesst.

«Sie kaufte Geschenke ein, die sie einer Freundin in Heidelberg mitbringen wollte.»

«Schon möglich.» Die Verkäuferin verschliesst den Beutel und klebt eine Etikette darauf. «Sonst noch etwas?»

«Haben Sie auch Tee aus Nepal?»

Gaudenz riecht an der Dose, die ihm die Verkäuferin reicht.

«Von dem nehme ich hundert Gramm. Meine Bekannte hatte ihre Tochter dabei. Wendy.»

Nun huscht ein Lächeln über das Gesicht der Frau hinter der Theke. «An die kann ich mich erinnern. Ein merkwürdiger Name für ein Mädchen.»

«Was hat sie gekauft?»

Die Verkäuferin stellt zwei weitere Blechdosen vor Gaudenz hin und lässt ihn riechen.

«Was halten Sie von diesem Lapsang Souchong?»

«Der ist gut.» Gaudenz nimmt sich vor, Gisler von diesem Tee mitzubringen. «War sonst noch etwas?»

«Vor dem Schaufenster blieb ein Mann in einem Mantel für kurze Zeit stehen. Plötzlich war das Mädchen draussen auf der Gasse und sprach ihn an. Die Mutter folgte ihrer Tochter und holte sie wieder rein.»

«Und dann?»

«Wendy hielt eine Visitenkarte in der Hand, die Mutter nahm ihr diese weg und warf sie hier in den Papierkorb. Das gab ein schönes Geschrei, das kann ich Ihnen sagen. Die Kleine schrie immer wieder ‹Maa abeghait, Maa abeghait!›, doch die Mutter wollte nichts davon wissen. Kurz darauf bezahlte sie, nahm ihre Einkäufe und ging hinaus.»

Gaudenz wirft einen Blick auf den kaum gefüllten Papierkorb. «Und diese Visitenkarte?»

«Ist weg gestern mit der Müllabfuhr.» Die Verkäuferin zuckt bedauernd die Schultern.

«Wissen Sie vielleicht, was drauf war?»

«Verschiedene Schweizer Kantonswappen.»

«Und sonst? Erinnern Sie sich an gar nichts mehr?»

«Nein. Was wollen Sie eigentlich von mir? Hat diese Geschichte etwas mit den Schüssen auf die Schweizer Polizisten zu tun?», fragt die Verkäuferin, nun neugierig geworden.

«Sicher nicht», antwortet Gaudenz hastig. «Was bin ich Ihnen schuldig?»

Sie nennt den Preis, Gaudenz bezahlt und verlässt den Laden.

Draussen reiht er sich wieder ein in die Schlange der Einkäufer. Es scheint, als seien immer mehr Leute unterwegs. Die Taschen der Passanten werden voller, je weiter er kommt. Einen Moment bleibt er beim Warenhaus Karstadt stehen und schaut hinüber auf den kleinen Platz mit dem Blumengeschäft.

Dahinter sitzen die Leute vor dem Restaurant «ExxTRA» an der Sonne, essen und trinken. Nichts erinnert daran, dass hier vor drei Tagen auf den Schweizer Polizisten Sven Metzger geschossen wurde.

Gaudenz wird mehrfach angerempelt, weil er mitten im Strom vor dem Eingang des Warenhauses stehen geblieben ist und sich vorzustellen versucht, wie Bruno, seine beiden Kollegen und die Verfolger vorbeikamen. Der Mann mit dem Regenmantel blieb hier irgendwo stehen und wartete, bis die Polizisten ihr Essen vor sich hatten. Danach ging er hinüber und schoss, nachdem ihn Bruno angesprochen hatte.

Was aber war mit dem Beobachter? Dem Mann mit der Lederjacke, der irgendwie verkleidet aussah? War er ein Privatdetektiv? Wenn er die Polizisten verfolgt hatte, musste er die Schüsse mitbekommen haben. Warum meldete er seine Beobachtungen nicht? Vielleicht, weil er an den Schiebereien über die Grenze beteiligt war. Oder sonst ein Interesse an der Geschichte hatte und darum etwas von der Polizei zu befürchten hatte. Mutmassungen, die ihn nicht weiterbringen.

In Gedanken versunken lässt sich Gaudenz treiben. Ein Stück weiter umrahmen reich bemalte Häuser einen weiteren Platz. An der Ecke kauert ein Bettler mit zwei Hunden auf einigen Decken von undefinierbarer Farbe. Vor den Tischen, die zum Gasthaus Barbarossa gehören, stehen drei Strassenmusiker. Ihre melancholischen Melodien rufen in ihm Bilder von weiten Ebenen irgendwo in Osteuropa hervor. Er bleibt kurz stehen, wirft einige Münzen in den schwarzen Hut und biegt nach rechts ab. Koffer, Taschen, Handys, Brillen und Küchengeräte locken die Kundschaft an. Gaudenz wäre gerne in die grosse Buchhandlung hineingegangen und hätte sich nach neuen Titeln umgeschaut. Leider drängt die Zeit. Als er die lange Schlange drinnen bei der Kasse sieht, ist er froh, dass er nicht zwischen den Wartenden anstehen muss.

Er kommt zum Brunnen mit dem grossen Pferd, auf das sich auch schon seine Kinder setzen wollten. Ein Junge beobachtet, wie ein Frosch Wasser speit, daneben stehen Freikirchler, verteilen Bibeln und suchen den Kontakt zu den Passanten. Gleich dahinter beginnt die Weite der Marktstätte. Auf dem grossen Platz schlägt das Herz der Altstadt, hier laufen viele Gassen zusammen. Die Einkäufer treffen sich nach geschlagener Schlacht und genehmigen sich einen Kaffee. Studenten sitzen auf der Treppe, die zur Unterführung und auf der anderen Seite an den See führt. Die Marktstätte ist für Konstanz so wichtig wie die Piazza San Marco für Venedig. Wer in der Stadt unterwegs ist, muss hier irgendwann vorbeikommen.

«Wo warst du so lange?», fragt Claudia, als er sich zwischen Sandra und die Schwiegermutter an ein Tischchen vor dem Eiscafé Dolomiti setzt.

«Ich musste noch …», setzt er zu einer Erklärung an, da steht schon die Chefin des Lokals bei ihnen, macht einen Scherz und fragt nach den Wünschen. Die Mädchen bestellen grosse Eisbecher, Patrizia nimmt Joghurteis, Claudia etwas mit Zwetschgen und Zimt, er möchte zwei Kugeln Pistazie. Dazu gibt's Cola für die Mädchen und Kaffee für die Erwachsenen.

«Ich habe ein blaues Sommerkleid bekommen, dazu Sandalen und weisse Socken.» Sandra zeigt auf eine Tasche unter dem Tisch.

«Ich auch. Aber mein Kleid ist rot. Von meinem Taschengeld habe ich ein Buch gekauft.» Verena legt ein Taschenbuch mit einem Pferdekopf auf den Tisch. «Hoffentlich ist die Geschichte auch so spannend wie die andere.»

«Welche andere meinst du?», fragt Claudia zerstreut. Sie sieht müde aus. Der Einkaufsmorgen nach der langen Nacht hat ihr sichtlich zugesetzt.

«Die Geschichte, die mir Papa vorliest. Heute Abend kommt noch der Schluss.»

«Ach so.»

Seufzend streckt Patrizia ihre Füsse aus. «Dieser Einkaufsbummel war jetzt ganz schön anstrengend.»

Gaudenz weiss aus Erfahrung, dass solche Ausflüge selten etwas mit Bummeln zu tun haben, sie gleichen schon eher

Expeditionen und kleinen Beutezügen. Darum ist er froh, dass er heute Morgen arbeiten musste.

Die Getränke werden gebracht. Gaudenz gibt Zucker in seinen Kaffee, die Mädchen erzählen von einem Geschäft, in dem sie lange warten mussten, bis Mama sich endlich entscheiden konnte.

«Was hast du gekauft?»

«Lass dich überraschen. Ein Traum aus Spitzen.» Sie lächelt.

An einem Nebentisch sortieren zwei Frauen ihre Ausfuhrscheine, mit denen sie später die deutsche Mehrwertsteuer zurückverlangen können.

«Wir müssen noch fürs Wochenende einkaufen, sonst verhungern wir», sagt Patrizia. «Aber das erledigen wir in der Schweiz auf dem Heimweg.»

«Achtung, Signori.» Mit reich gefülltem Tablett steht eine junge Kellnerin neben Patrizia.

Damit die Eisbecher auf dem Tischchen Platz finden, schiebt Claudia die Tassen und Gläser zusammen. «Passt auf eure Kleider auf.»

«Wir sind doch keine kleinen Kinder mehr.» Empört leckt Verena ihren Löffel ab.

Dann wird es still am Tisch, und sie geniessen wortlos das möglicherweise beste Eis nördlich der Alpen.

Die Handys von Gaudenz und Claudia piepsen fast gemeinsam. Während er keinerlei Lust verspürt, die neusten Anweisungen von Gisler zu lesen, schaut Claudia interessiert auf das Display ihres Gerätes, runzelt leicht die Stirn und steht auf.

«Ich muss kurz zurückrufen, einen Moment.» Sie geht etwas zur Seite.

Gaudenz sieht, wie sie spricht, wie sie zuhört, wie sie gestikuliert. Es scheint ein aufregendes Gespräch zu sein. Mit energischen Schritten kommt sie an den Tisch zurück.

«Was ist?», fragt er gespannt.

«Das solltest du am besten wissen.»

«Bin ich vielleicht ein Gedankenleser?»

Sie macht ein böses Gesicht, sein Lächeln erwidert sie nicht.

«Komm schon, so schlimm wird es doch nicht sein. Wer war das?»

«Weisst du es wirklich nicht?»

Gaudenz erkennt seine Frau nicht wieder. Irgendetwas, wovon er keine Ahnung hat, muss passiert sein. Sie scheint innerlich zu kochen. Eine Explosion seiner wütenden Frau steht unmittelbar bevor.

Patrizia schaut ihre Tochter besorgt an. «Was ist mit dir?»

«Nichts, Mama. Können wir gehen?» Claudia winkt der Bedienung und verlangt die Rechnung.

«Wo habt ihr den Wagen?», fragt Gaudenz Patrizia und versucht, etwas Normalität herzustellen.

«Im Parkhaus am Fischmarkt. Und du?»

«Der Kombi ist drüben in Kreuzlingen.»

«Dann gehst du besser zu Fuss, wir müssen über den Hauptzoll, wir haben noch einige Ausfuhrscheine zum Stempeln», sagt Claudia und gibt sich Mühe, einen normalen Tonfall anzuschlagen. «Ich begleite dich ein Stück. Geht schon mal vor, ich komme dann direkt zum Parkhaus.»

Gaudenz steht auf und küsst die Mädchen und die Schwiegermutter zum Abschied.

«Das wird schon wieder», flüstert Patrizia ihm ins Ohr.

Schweigend gehen Claudia und Gaudenz über das Pflaster. Ihre Absätze klackern.

«Bist du völlig hinüber», schnaubt sie, als sie ausser Hörweite der Familie sind.

«Warum meinst du?»

«Weil du dich hier aufführst wie ein Elefant im Porzellanladen.»

Ruhe bewahren, sagt sich Gaudenz. Ruhe bewahren und einen Scherz machen. «Für einen Elefanten bin ich vielleicht etwas leicht. Und wenn du mich fragst, trampeln hier in Konstanz ganz andere Monster herum.»

«Du weisst schon, was ich meine.»

«Tut mir leid, ich verstehe wirklich nicht, was du mir vorwirfst.»

Claudia lacht höhnisch. «Du Armer. Der unschuldige Gaudenz Huber fühlt sich ungerecht behandelt.»

«Ich weiss nicht, warum du hier so ein Theater aufführst.»

«Wer veranstaltet ein Theater? Ich nicht! Aber du. Du kommst einfach so daher und bringst alles durcheinander.»

Er fasst sie am Arm, doch sie zuckt zurück.

«Bitte, Claudia, beruhige dich.»

«Das ist nicht so leicht, wenn einem der eigene Ehemann in den Rücken fällt.»

«Jetzt reicht es aber. Ich rackere mich bei der Polizei ab, damit du bei deiner Familie sein und hierher zum Einkaufen kommen kannst.»

«Findest du das gemütlich?» Mit dem Kinn weist sie hinüber zur Filiale einer Drogeriemarktkette, in der man vor lauter Menschen die Regale nicht mehr sieht.

«Sag mir einfach, was geschehen ist. Was war das für ein Anruf vorhin?»

«Bruno war dran. Er hat sich schrecklich aufgeregt. Über dich.»

«Über mich? Warum?»

Sie bleibt stehen und schaut ihn prüfend an. «Bruno sagte, dass du ihm nachspionierst. Dass du versuchst, ihm etwas anzuhängen. Er glaubt, dass du dich beim Kommandanten beliebt machen willst, indem du ihn und seine Kollegen in den Dreck ziehst.»

«Aber das stimmt doch alles nicht. Ich will doch nur helfen.»

«Ihm hilfst du nicht mit deinen Nachforschungen. Und mir schon gar nicht. Du bringst die ganze Familie durcheinander. Dabei haben wir alle schon genug durchgemacht. Es ist kaum zu glauben, dass du beweisen willst, dass die Polizisten selber schuld an den Schüssen sind.»

«Und wenn es so wäre?»

«Rede keinen Schwachsinn, Gaudenz.»

«Hör mir bitte zu, Claudia. Ich hatte keine Wahl. Entweder mitmachen oder zurück ins Engadin. Was sollte ich da tun?»

«Charakter zeigen, Gaudenz. Das ist doch nicht schwer, oder?»

«Du hast leicht reden», sagt er leise.

«Ich stelle mich jedenfalls nicht gegen meine Familie.»

«Das tue ich auch nicht. Die ganze Sache geht doch nicht gegen euch.»

«Familie ist nicht nur Papa, Mama und Kinderlein.» Ein junges Paar, das einen Zwillingswagen schiebt, dreht sich erschrocken nach Claudia um. «Zur Familie gehört mehr, das sollte sogar dein Quadratschädel begreifen.»

«Ist dir Bruno wichtiger als ich?» Sie sind am oberen Ende des Platzes angelangt. «Sag schon, Claudia!»

«Hör bitte auf, Gaudenz. Lass uns später darüber reden. Und halte dich bis dahin zurück. Bitte!» Ein kurzer Blickwechsel, dann biegt Claudia rechts in eine schmale Gasse ein.

«Aber …», ruft er ihr hinterher, doch da ist sie schon verschwunden.

***

Auf dem Weg zurück nach Kreuzlingen erinnert sich Gaudenz an den Signalton im Eiscafé, der eine SMS ankündigte. Im Gehen zieht er sein Handy aus der Tasche und streicht über das Display.

«Komm sofort zurück nach Frauenfeld», lautet die Nachricht von Gisler. Es ist keine Bitte, sondern ein Befehl. Kurz, knapp und ohne eine Begründung.

Ohne auf die Leute Rücksicht zu nehmen, eilt Gaudenz durch die Gassen. Mehrmals rempelt er Passanten an. Hinter ihm wird geflucht und gezischt, doch das ist jetzt auch egal.

«Ihr Schweizer habt wohl das Gefühl, dass diese Stadt euch gehört», brummt ein alter Mann neben ihm, als er beim Lichtsignal an der Bodanstrasse stehen bleibt. «Passt bloss auf, sonst passiert euch das Gleiche wie dem Thurgauer Polizisten am Mittwoch.»

Die Ampel schaltet auf Grün. Gaudenz eilt weiter, er kommt

am Haus vorbei, in dem Ritter sein Büro hat. Die Polizei scheint nicht mehr da zu sein. In einem Imbiss vor der Grenze bestellt er einen Döner. Während er wartet, nimmt er ein Wasser aus dem Kühlschrank. Heute hat er viel zu wenig gegessen und auch kaum etwas getrunken. Geschickt rollt der Mann hinter der Theke Fleisch, Tomaten, Salat und reichlich Sauce in ein Fladenbrot. Packt alles in Servietten und Alufolie und reicht Gaudenz das Paket. Kauend geht er weiter. Köstlich.

Beim Grenzübergang hat sich vor dem Büro auf der deutschen Seite eine lange Schlange gebildet. Die Leute stehen da, in der einen Hand die Taschen mit den Einkäufen, in der anderen ein Bündel Ausfuhrscheine. Gaudenz weicht ihnen aus, stolpert und merkt zu spät, dass die Sauce unter der Folie heraus auf sein Shirt tropft. Er nimmt noch einen Bissen und wirft den feuchten Rest wütend in den nächstbesten Abfalleimer. Notdürftig wischt er sich die Hände mit einem Papiertaschentuch ab.

Um vier ist er zurück auf dem Polizeiposten in Kreuzlingen. Philipp und die anderen Kollegen vom Vormittag haben ihre Schicht beendet und sind gegangen. Der Beamte am Empfang begrüsst Gaudenz knapp und förmlich. Nach einem vielsagenden Blick auf das vollgekleckerte Shirt führt er ihn hinunter in die Garderobe und wartet schweigend, bis Gaudenz sich die Hände gewaschen und das Shirt notdürftig gereinigt hat. Dann schliesst der Polizist die Hintertüre auf und lässt Gaudenz hinaus. Gaudenz öffnet den Wagen, setzt sich hinein und verlässt den Parkplatz.

Er fährt am Bahnhof vorbei, nimmt dann die Unterführung. Es geht nur langsam vorwärts. Vor jedem Kreisel staut sich der Verkehr, erst als er auf der Autobahn ist, wird es besser.

Gemächlich fährt er den langen Girsbergtunnel hinauf. Gestern Morgen zeigte ihm Gisler kurz die Kantonale Notrufzentrale KNZ, die sich im Polizeigebäude in der Nähe der Medienstelle befindet. In diesem Grossraumbüro kommen die Notrufe aus dem ganzen Kanton zusammen, von hier aus werden Feuerwehr, Ambulanzen, Polizeistreifen und wenn nötig auch Helikopter zum Einsatzort dirigiert. An der Wand vor den Arbeitsplätzen war auf einem grossen Bildschirm das Innere dieses Tunnels zu sehen. Von Frauenfeld aus können die Lichtsignale je nach Verkehrsaufkommen umgeschaltet werden, auch haben die Beamten die Möglichkeit, den Tunnel nach einem Unfall zu sperren. Ich könnte winken, denkt Gaudenz, dann wissen die Kollegen, dass ich unterwegs und bald bei ihnen bin.

Er versucht, die Vorwürfe seiner Frau zu ordnen, doch es gelingt ihm nicht, einen klaren Gedanken zu fassen. Die drei Polizisten Bruno, Metzger und Rossi sowie Sabrina, Hayat und Ritter wirbeln in seinem Kopf herum. Auch der Mann im Mantel ist da, die kleine Wendy und der verkleidete Beobachter. Es gibt zu viele verschiedene Akteure, denkt er. Es ist unmöglich, hier einen Zusammenhang zum Verbrechen am Mittwoch herzustellen. So etwas kann nur ein Supercop, und er ist definitiv keiner, das sieht er jetzt ein. Er ist ein guter Dorfpolizist, der seine Leute kennt. Mehr nicht. Sein anfängliches Misstrauen war berechtigt. Es wäre wohl klüger gewesen, auf seine Gefühle zu hören und auf einen Auftritt als Kantonspolizist hier im Thurgau zu verzichten. Wie so oft wollte er es allen recht machen. So hat er versucht, die Interessen seiner Familie und seiner neuen Arbeitgeber miteinander zu verknüpfen, und ist damit auf der ganzen Linie gescheitert.

Eine halbe Stunde später verlässt er in Frauenfeld die Autobahn. Beim Kreisel mit dem runden Turm biegt er nach links ab und parkiert den Wagen vor dem Polizeigebäude.

Ein Kollege der Verkehrspolizei, der gestern beim Mittagessen auch mit am Tisch sass, hält ihm mit einem unverschämten Grinsen die Türe auf.

«Der Bündner. Bist du heute mal ohne Uniform?»

Gaudenz murmelt einen Gruss und macht sich auf den Weg durchs Gebäude.

Vor einem Büro stehen zwei Zivilbeamte der Kriminalpolizei. Als er sich nähert, drehen sie ihm den Rücken zu und verschwinden grusslos im Raum. Gestern wurde er überall neugierig gemustert und freundlich begrüsst. Heute hingegen trifft er kaum jemanden, die Polizisten, die im Haus unterwegs sind, biegen ab, sobald sie ihn sehen.

Er nimmt die Treppe und steigt zwei Stockwerke höher. Noch ein Flur, dann ist er oben. Die Türe bei der Medienstelle steht offen. Gisler sitzt an seinem Schreibtisch und starrt angestrengt auf den Bildschirm seines Computers. Gaudenz lässt sich ihm gegenüber auf den Bürostuhl fallen.

«Hast du noch nicht Feierabend?»

«Heute dauert es länger. Die Sonntagszeitungen brauchen noch einen Nachschlag.»

Auf dem Tisch steht eine Teekanne. Daneben zwei Tassen.

«Darf ich?»

Gisler nickt. Während Gaudenz einschenkt, schreibt Gisler seine Mail fertig und schickt sie ab.

Schweigend nehmen sie den ersten Schluck.

«Ceylon?», fragt Gaudenz.

«Ja.»

«Der ist nicht schlecht. Ich habe dir noch etwas mitgebracht.» Gaudenz schiebt Gisler den Beutel aus dem Teeladen in Konstanz hinüber.

«Lapsang Souchong. Den mag ich.»

«Das habe ich mir gedacht.»

«Hier kann ich mit niemandem über Tee reden.» Gisler seufzt. «Mit dir würde ich gerne weiter zusammenarbeiten.»

«Was heisst würde? Wir arbeiten doch zusammen. Und nicht mal so schlecht.»

«Schon. Aber so etwas kann ganz schnell zu Ende gehen.»

Gaudenz spürt, wie der Boden unter ihm wankt. Er stellt seine Tasse ab. «Was ist eigentlich los? Ist etwas passiert?»

«Wir haben ein Problem.»

«Und das wäre?»

«Bruno. Er kam am späten Vormittag ziemlich aufgebracht hierher und beschwerte sich bei Herbert Lüscher über dich.»

«Wer ist das?»

«Lüscher ist der Chef der Kriminalpolizei. Er ist bekannt dafür, dass er sich zu einhundert Prozent vor seine Leute stellt.»

«Und was hat das mit mir zu tun?»

«Wir hatten heute Nachmittag eine Sitzung. Kommandant Keller, Kripochef Lüscher und ich.»

Gaudenz wartet. Er spürt, wie sich in seinem Innern alles zusammenzieht.

«Eigentlich wollten wir über die weitere Strategie bei der Medienarbeit und über die bevorstehende Pressekonferenz sprechen. Das Thema hatten wir in fünfzehn Minuten erledigt. Dann kam der Auftritt von Lüscher. Er beschwerte sich in aller Form darüber, dass ein Polizist aus einem anderen Kanton hinter seinen Beamten herschnüffelt. Danach wollte er wissen, wer dir den Auftrag gegeben hat.»

«Und weiter?» Gaudenz rutscht auf die vordere Kante seines Bürostuhls.

«Der Kommandant sagte, dass du hier nur zu Ausbildungszwecken seist und er von nichts wisse. Ich erklärte, dass du Bruno nicht verfolgen würdest, vielmehr seien dies rein hypothetische Ermittlungen im Rahmen deiner Weiterbildung. Schliesslich wollten wir einem Polizisten der Bündner Kantonspolizei die Chance geben, an einem realen Fall zu arbeiten. Da seist du wohl etwas übereifrig gewesen.»

«Und das haben sie geschluckt?»

«Keller war zufrieden. Doch Lüscher sagte, dass da noch etwas anderes sei.»

«Und das wäre?», fragt Gaudenz gespannt.

«Du bist gar kein Kantonspolizist. Trotzdem warst du heute Morgen in Kreuzlingen auf Patrouille. Mit einer Waffe, die du eigentlich gar nicht tragen dürftest.»

«Aber das wusste Keller doch schon. Und du auch.»

«Dieses Wissen gilt nur bei schönem Wetter. Und jetzt zieht ein Sturm auf.»

Plötzlich ist sie da, die grosse Leere und Kälte im Innern von Gaudenz. So fühlt sich also die totale Niederlage an. Das Ende seiner Pläne, die nicht mehr waren, als ein schlecht konstruiertes Kartenhaus. Warum nur hatte er sich auf diese Sache eingelassen?

«Und jetzt? Wie geht es weiter?»

«Es geht gar nicht weiter, Gaudenz. Du bist raus. Keller wird dich beurlauben, dein Vorgehen kann er nicht dulden. Vielleicht können wir eine Woche für dich rausholen, mehr liegt aber sicher nicht drin. Hier im Haus kannst du dich nicht mehr blicken lassen.»

«Warte», sagt Gaudenz. «Heute Nachmittag habe ich drüben in Konstanz einen Mann kennengelernt. Ritter heisst er. Zusammen mit Sabrina Leisinger und unseren drei Helden organisierte er illegale Grenzübertritte für Flüchtlinge aus Eritrea. Beteiligt ist auch ein Übersetzer aus dem Empfangszentrum. Er heisst Hayat.»

«Gibt es Beweise dafür? Etwas Handfestes, damit wir Lüscher zum Schweigen bringen können?», fragt Gisler voller Hoffnung.

«Hayat hat mir eine Liste für Ritter gegeben. Darauf waren Namen von Asylbewerbern, die über die Grenze gebracht werden sollen. Ausserdem half ich Ritter, zwei Taschen voller Dokumente in Sicherheit zu bringen, weil die deutsche Polizei anrückte.»

Gisler lässt sich zurücksinken und seufzt. «Du lässt aber auch gar nichts aus.»

Schweigend trinkt Gaudenz seinen Tee, dann unterschreibt er ein Formular, womit sein Anstellungsverhältnis bei der Thurgauer Kantonspolizei vorzeitig beendet wird.

«Schade», sagt Gisler zum Abschied, «es hätte alles so gut klappen können.»

«Was wolltest du eigentlich erreichen?», fragt Gaudenz. «Wolltest du Bruno und seinen Kollegen eins auswischen?»

«Sicher nicht. Mir geht es ums Ansehen der Polizei. Ausserdem haben Bruno, Sabrina und ich eine gemeinsame Vergangenheit. Das verbindet uns irgendwie.»

Ein verlegenes Händeschütteln, dann verlässt Gaudenz das Kommando der Kantonspolizei Thurgau. Beim Ausgang nimmt er einen Apfel aus dem bereitstehenden Korb. Dann lässt er die Türe hinter sich zufallen.

«Schmaladida merda dal diavel!», flucht er auf Rätoromanisch und ballt die Fäuste. Das hat er nicht verdient, wirklich nicht.

«Stüpids ignorants!» Für sie war er eine Figur in einem Strategiespiel, die man nun opfern musste, um das Gesicht zu wahren. Sein Schicksal interessiert niemanden wirklich. Es geht, wie Gisler richtig gesagt hat, um das Ansehen des Polizeikorps. Er war die ideale Besetzung für die Rolle: der Mann von auswärts, der alles durcheinanderbringt und dabei möglichst viel aufdeckt. Und der wieder verschwindet, ohne einen bleibenden Eindruck zu hinterlassen. Er liess sich reinlegen, hatte sich locken lassen von den Weiterbildungsmöglichkeiten und der Aussicht auf Frühling.

Er hätte es ruhiger angehen sollen. Das Gespräch mit Hayat und der Besuch bei Ritter waren völlig überflüssig. Damit hatte er sich nur geschadet. Am schlimmsten war wohl, dass er sich als Mann von Brunos Cousine ausgab und sich auf diese Weise in den inneren Kreis der Menschenschmuggler einschleichen konnte. Sein Handeln war übereifrig und dumm. Heute Morgen war der Jagdeifer mit ihm durchgegangen, dabei hatte er sich keinerlei Gedanken über die Folgen seines Tuns gemacht. Nun konnte er packen und nach Hause zurückfahren. Er war nicht einmal sicher, ob ihn seine Frau und seine Töchter auf dem Weg zurück ins Engadin begleiten würden.

Hatte ihn Keller nicht zur grösstmöglichen Diskretion aufgefordert? Aber er wusste es ja besser und mischte sich in eine Geschichte ein, die ihn überhaupt nichts anging und bei der er nur verlieren konnte. Warum hatte er sich nicht einfach dumm gestellt und Dienst nach Vorschrift geleistet?

Gaudenz steigt in seinen Wagen und atmet tief durch. Die Anspannung des Tages löst sich langsam. Doch unter seinem aufbrechenden Panzer, mit dem er sich vor unangenehmen Situationen schützt, kriecht die Angst hervor.

ZWÖLF

«Papa, Papa!» Verena rennt ihm über den Hofplatz entgegen, als er müde aus dem Wagen steigt.

Sie umarmt ihn, er hebt sie hoch, gibt ihr einen dicken Kuss und schaut zu, wie sie prüfend die Luft einzieht.

«Irgendetwas riecht hier komisch.»

«Ich habe geschwitzt», erklärt Gaudenz und stellt sie wieder auf den Boden.

«Nein, es ist eine Mischung aus Fleisch und Knoblauch. Hast du etwas Gutes gegessen?»

«Ich habe mich mit Dönersauce vollgekleckert.» Er schaut sich um. «Wo sind die anderen?»

«Mama, Grosmi und Sandra sind zu Tante Martha und Onkel Paul gegangen. Grospi hat noch Probe mit dem Musikverein.»

Enttäuscht trägt er seine Tasche ins Haus. Gerne hätte er sich mit Claudia ausgesprochen und versöhnt, er braucht dringend jemanden zum Reden. Wem sonst kann er erzählen, in welch misslicher Lage er sich nun befindet. Er könnte seinen Kollegen Giacun Rauch anrufen. Doch am Samstagabend ist Giacun meistens unterwegs mit einer seiner wechselnden Freundinnen. Davon kann ihn auch sein lädiertes Knie nicht abhalten.

«Warum bist du nicht mit den anderen mitgegangen?»

«Weil ich wütend bin.» Verena stampft mit dem Fuss. «Auf Mama.»

Gaudenz braucht einige Verhörtricks, die er in diversen Fernsehkrimis abgeschaut hat, um aus dem Redeschwall des Mädchens eine lineare Geschichte herauszuarbeiten.

Patrizia, Claudia und die beiden Mädchen waren auf dem Rückweg noch in einem Supermarkt gewesen, um Lebensmittel fürs Wochenende einzukaufen. Fleisch, Chips, Getränke und Gemüse für ein kleines Grillfest am Sonntagnachmittag. Müde waren sie nach Hause gekommen und trugen die vollen

Taschen ins Haus. Verena und Sandra gingen in ihr Zimmer und packten ihre Einkäufe aus. Claudia probierte nebenan das neue Kleid und kam herüber. Sie wollte noch zu Tante Martha und Onkel Paul, doch Verena wollte dableiben, weil ihr Gaudenz versprochen hatte, noch den Schluss der Geschichte mit Felix vorzulesen.

Als Sandra sagte, dass die Geschichte aus einzelnen Blättern bestehe, war Claudia hellhörig geworden. Verena musste erzählen, woher die Blätter stammten. Sie ging hinüber zum Schrank und holte die Kartonmappe mit der Eisenherzgeschichte raus, die sie auf dem Estrich in einer Kiste mit Kinderspielzeug gefunden hatte. Claudia nahm sie ihr aus der Hand, blätterte die ersten Seiten durch, las hier ein Zeile und dort ein paar Wörter. Dann machte sie die Mappe wieder zu und erklärte, dass Verena die Geschichte nicht lesen dürfe, sie sei einfach zu traurig und schrecklich, also nicht geeignet für ein Mädchen in ihrem Alter.

Verena wollte aber nicht klein beigeben, denn die Kinder in der Geschichte seien etwa so alt wie sie, argumentierte sie. Ausserdem habe sie doch ihren Vater, der alle Leute verhaften würde, die böse mit Kindern wären. Dann müsste Gaudenz einige Leute im Dorf ins Gefängnis stecken, sagte Claudia, gab ihrer Tochter auf die Frage, ob die Geschichte mit Felix wirklich passiert sei, keine Antwort. Stattdessen erklärte sie, dass sie nichts mehr von der Rittergeschichte hören wolle, sie nahm die Mappe unter den Arm und verliess das Zimmer.

«Und nun bist du wütend auf Mama, weil ich dir nicht vorlesen kann?»

«Nein», sagt Verena.

«Sondern?»

«Weil sie gesagt hat, dass ich zu klein sei und die Geschichte nichts für mich sei.»

«Mama hat keine Ahnung», sagt er und kneift sie in den Arm.

Gaudenz geht ins Bad, duscht, holt frische Kleider aus dem Schrank und schlüpft in eine Hose und ein Hemd. Neugierig schaut er sich im Zimmer um, doch die Mappe mit der Rittergeschichte ist nirgends zu sehen. Vielleicht hat sie Claudia mitgenommen.

Er geht hinunter in die Küche und setzt Wasser auf. Dann giesst er sich einen Tee an. Verena kommt herein und mischt sich ein Getränk aus Süssmost und Cassissaft. «Schwarzmost. Wie bei Felix.»

«Wie erfahren wir jetzt den Schluss der Geschichte?» Er verrührt einen Löffel Honig in seiner Tasse.

«Wie abgemacht. Du liest mir das Ende vor.»

«Aber Mama hat doch die Mappe mitgenommen.»

«Schon. Aber ich habe die letzten beiden Kapitel heute Morgen hier in der Küche gelassen.» Verena hebt den Deckel der Eckbank und zieht unter einigen Kissen den Schluss der Geschichte hervor.

«Kluges Mädchen», sagt Gaudenz und beginnt zu lesen.

IX. Todernst

In der Nacht träume ich wirres Zeug. Mit Lorenz zusammen fahre ich auf dem Plastiktraktor zur Schule hinunter, Marc und Fredi fahren mit ihren Bobs hinter uns her. Ich darf nicht zuerst bremsen, und so drehen sich die Räder immer schneller, ich stürze und sitze plötzlich zu Hause auf dem Sofa, neben mir Ralf Fausch. Wir schauen uns ein Eishockeyspiel im Fernsehen an, in der einen Mannschaft sind Thomas und Martin, in der andern spielt Papa. Er kämpft verbissen gegen die Zwillinge.

Schweissgebadet erwache ich, draussen dämmert es bereits, so ziehe ich mich an und gehe in die Küche.

«Na, schon auf?» Papa kocht sich einen Kaffee, er muss früh los heute.

«Papa?» Ich setze mich zu ihm an den Tisch. «Haben sie dich in der Schule früher auch … ich meine … na, du weisst schon.»

Vorsichtig giesst er etwas Milch in die kleine Tasse. «Sicher, Felix, mir ist es nicht anders ergangen als dir, vielleicht war es nicht so schlimm, vieles habe ich auch vergessen seither.»

«Komm, sag schon!»

«Irgendwie war ich ein Aussenseiter. Einmal, es war im Winter und sehr kalt, da haben sie mir die Handschuhe weggenommen, die Hände auf den Rücken gefesselt und mich in den Schnee geworfen. Und dann haben sie mich von allen Seiten mit Schnee zugedeckt, bis ich fast keine Luft mehr bekam. Irgendwann ist einer gekommen und hat mich losgebunden und gedroht, ich dürfe es keinem erzählen, sonst würde es noch schlimmer.» Papa schüttelt den Kopf, um dieses Bild loszuwerden.

«Hast du es erzählt?»

«Nicht viel, deine Grosseltern haben sicher etwas geahnt, doch auch sie konnten nicht viel ausrichten. Wie wir.»

«Katrin sagt immer, dass man sich anpassen soll. Warum geht das bei mir nicht?»

«Bei mir ist es auch nicht gegangen, Felix. Gerne hätte ich den einen oder andern der Starken als Freund gehabt, doch es hat nicht funktioniert. Erst später hat sich alles umgedreht.»

«Wann später?»

«Sehr viel später, Felix, als ich vierzehn oder fünfzehn war, da hatte ich wirkliche Freunde, und die sind mir geblieben.»

Papa steht auf und spült seine Tasse aus. «Mach's gut, Felix, noch vier Wochen, denk daran, nur noch vier Wochen!»

Ich weiss nicht, ob ich vier oder fünf Jahre warten will wie Papa damals, bis sich alles ändert. Gerne wüsste ich schon jetzt, woran ich bin. Marc geht an Stöcken, er hat sich gestern beim Fussball eine Bänderzerrung zugezogen. Die Knaben trainieren seit einiger Zeit jeweils nach dem Unterricht für das Schülerturnier in Allenhofen, das am letzten Schultag stattfinden soll. Letztes Jahr habe ich auch mitgespielt, wir wurden Dritte, nun möchten die Graeminger endlich einmal den Pokal holen.

Ob Marc seine Krücken absichtlich neben seinem Pult herausragen liess, weiss ich nicht. Jedenfalls bin ich gestolpert und gegen Annas Stuhl gestürzt. Mit einem Fuss bin ich an den Krücken hängen geblieben, und sie schlugen gegen das Bein von Marc. Als ich mich wieder aufrappelte, sah ich sein schmerzverzerrtes Gesicht.

«Entschuldige, Marc, ich wollte doch nicht ...»

«Du bist ein Trottel, Berger!»

Irgendwie bin ich erleichtert. Endlich einer, der mit mir spricht, einer, der das Schweigen der letzten Wochen bricht. Zufrieden gehe ich zu meinem Platz zurück, und die Rechnungen scheinen viel einfacher als vorher.

Als Frau Loser etwas fragt, melde ich mich mehrmals, die andern Kinder drehen sich erstaunt zu mir um, als bemerkten sie erst jetzt, dass ich da bin. Mir scheint, als sei mein Rücken wieder gerade, endlich kann ich aufrecht stehen. Als es zur Pause läutet, gehe ich in der Mitte des Flurs, nicht wie bisher den Wänden entlang, wenn mich jemand anschaut, lächle ich. Neugierig gehe ich auf dem Pausenplatz herum, um zu schauen, ob noch jemand mit mir spricht, und wirklich: Die Zwillinge und Fredi kommen auf mich zu.

«Du wirst dich bei Marc entschuldigen, wegen dir kann er nicht Fussball spielen.»

«Es war ein Versehen, versteht ihr, ausserdem habe ich mich bereits entschuldigt.»

«Du musst nicht frech werden, Berger, wir meinen eine richtige Entschuldigung.» Die Zwillinge packen mich an den Armen und zerren mich hinüber zu den grossen Steinen, dort sitzt Marc.

«Also», Martin verdreht mir den Arm, «was hat er dir getan?»

Marc verzieht sein Gesicht, um den Schmerz anzudeuten. «Er hat mir die Stöcke ans Bein geschlagen. Absichtlich!»

«Du wirst dich jetzt entschuldigen, Berger, augenblicklich.»

«Entschuldige, Marc, es war keine Absicht.»

«Richtig, meine ich.» Fredi packt meinen Kopf und zieht ihn hinunter. «Ich will dich auf den Knien sehen.»

Da beginne ich mich zu wehren, trete wild um mich und zerre an meinen Armen. Doch sie sind zu fünft, Fausch und Samuel sind dazugekommen, alle zerren an mir, bis ich schliesslich auf den Knien bin, dann drücken sie mir den Kopf auf den Stein, immer fester drücken sie, meine Backe, meine Nase, alles wird zusammengedrückt. Sie keuchen über mir, drehen an meinen Armen.

«Aufhören, wollt ihr wohl aufhören?» Das ist Frau Jossis Stimme, die Handarbeitslehrerin, sie hat heute offenbar Pausenaufsicht.

«Sie haben uns nichts zu sagen», keucht Samuel, «er ist schuld, er ist an allem schuld.»

Wie die Tiere drücken sie an mir herum, ich habe Angst, dass sie mir die Arme brechen oder die Nase.

«Willst du dich endlich entschuldigen?»

Doch ich kann nichts sagen, die Schmerzen sind zu stark, mein Kopf droht zu zerspringen, in meinen Ohren rauscht das Blut.

«Macht ihn fertig, macht ihn endlich fertig.» Von allen Seiten rufen sie es. Wie lange braucht Frau Jossi, um im Lehrerzimmer Verstärkung zu holen? Endlich ist Frau Loser da, sie schreit und zerrt an den Jungs herum, bis sie von mir ablassen.

«Was ist hier los?», fragt sie.

«Er hat Marc ins Bein getreten und wollte sich nicht entschuldigen», sagte Fredi.

«Aber er muss sich doch entschuldigen, Marc ist verletzt», sagt Thomas.

Ich sitze einfach da und halte meinen Kopf.

«Ist dir nicht gut, Felix?» Frau Loser hält mich an der Schulter.

«Mein Kopf.» Die Augen halte ich geschlossen, um die Tränen zurückzuhalten. Sie sollen mich nicht weinen sehen.

«Der simuliert doch nur.» Fredi drängt sich nach vorne und klopft mir auf die Schultern. «Komm schon, Felix, jetzt ist alles wieder in Ordnung, oder?»

«Ich komme nicht mehr zur Schule, nie mehr», schreie ich.

Ein paar Kinder lachen.

«Katrin, bringst du deinen Bruder bitte nach Hause, ich glaube, es geht ihm nicht gut», sagt Frau Loser.

«Der braucht sicher Mamas Behandlung», sagt Fredi.

Ohne die andern anzuschauen, gehe ich mit Katrin weg.

«Und jetzt?», fragt Katrin.

«Jetzt ist alles aus. Ich gehe nie mehr zur Schule.» Tränen laufen mir über die Wangen.

«Das geht doch nicht.» Katrin schüttelt den Kopf. «Das geht wirklich nicht.»

«Doch, das geht», sagt Mama und ruft Papa in der Redaktion an. Sie bringt mich ins Bett und holt einen Eisbeutel.

«Hör zu, Felix. Die Schule Graemingen ist für dich abgehakt. Du musst nicht mehr hin, hörst du? Wir werden eine Lösung finden, verlass dich drauf.»

Auf was soll ich hoffen? Immer wieder habe ich gedacht, dass es nun besser würde. Immer wieder habe ich auf ein Wunder gehofft, habe gedacht, dass Mama und Papa etwas ausrichten könnten, etwas ändern. Nichts hat geholfen, wirklich nichts. Und nun verspricht mir Mama irgendeine Lösung. Gibt es überhaupt eine Lösung für mich? Vielleicht bin ich wirklich an allem schuld, wie sie immer wieder sagen.

Am Nachmittag, so erzählt Sofie später, liessen sie die anderen nicht ins Schulhaus. Mädchen und Knaben versperrten ihr den Weg. Weil sie nicht sagen wollte, wo ich war, wurde sie gepackt und festgehalten. Erst als Frau Loser kam, liess man sie gehen. Nach der Schule versperren Marc und Fredi Jonas den Weg. Sie bezeichnen ihn als kleine Kröte und drohen damit, unsere Burg im Wald zu zerstören.

Papa bringt am Abend einen Kuchen mit. «Wenn alles schiefgeht, muss man sich süss trösten.»

Wir sind im Belagerungszustand. Die Schule, das Dorf, alle sind gegen uns. Und die Schulbehörde wird auch nichts unternehmen, genau wie beim letzten Mal.

«Solange die Kinder ihre Eltern hinter sich spüren, werden sie sich nicht ändern.» Mama nimmt einen grossen Schluck Kaffee. «Was passiert jetzt mit Felix? Er kann nicht die ganze Zeit zu Hause bleiben.»

«Wenn du willst, kannst du mit mir in die Redaktion kommen. Da kannst du eine Menge sehen und lernen und zwischendurch auch rechnen und schreiben.»

Es klingelt, Pepe bellt wie üblich, Katrin macht auf. «Es ist für dich, Felix.»

Draussen steht Lorenz mit meinem Tornister unter dem Arm. «Ich habe gedacht, dass du den brauchst. Stimmt es, dass du nicht mehr in die Schule kommst?»

«Ja, das stimmt.»

«Dann gehen wir nicht mehr zusammen hin?»

Ich schüttle den Kopf, Lorenz steht da, als hätte er noch etwas auf dem Herzen.

«Es tut mir leid wegen allem. Aber die sind so stark, da muss man einfach mitmachen, sonst …» Lorenz dreht sich um und rennt den Burgrain hinunter.

«Ich weiss, Lorenz», flüstere ich, «man kann wirklich nichts machen.»

Später schickt uns Papa raus und hängt sich ans Telefon.

Doch Papas Stimme dringt bis ins Wohnzimmer hinüber, wir hören ihn «Nein!» rufen und «Niemals!» und «Jetzt ist endgültig Schluss!».

Mama schickt uns in unsere Zimmer. Ich, Eisenherz, befinde mich in einer grossen Tropfsteinhöhle, tief im Erdinnern, meine Fackel wirft grosse Schatten an die Wände. Gerade noch bin ich den Hunnen entronnen, die mich bei einem Jagdausflug überrascht hatten. Hinter mir lauern sie beim Höhleneingang, zurück kann ich nicht. Vor mir die undurchdringliche Dunkelheit, das fremde Nichts, durch das mein Weg nun führt. Vorsichtig gehe ich weiter, leuchte den Boden ab, um nicht in einen Abgrund zu fallen. Nach einigen Stunden sehe ich weit hinten ein blaues Licht, das immer stärker wird. Als ich um eine Ecke biege, steht da ein alter Mann mit einem langen weissen Bart.

«Was suchst du hier, Fremder?»

«Ich suche einen neuen Weg, der alte wurde mir von den Hunnen versperrt.»

«Und du suchst in der Dunkelheit danach?»

«Gibt es eine andere Möglichkeit?», frage ich zurück.

Der alte Mann lächelt mir aufmunternd zu. «Es ist gut, dass du durch die Höhle gehst, wenn du beim Höhleneingang geblieben wärest, hätten deine Kämpfe mit den Hunnen nie aufgehört.»

«Muss ich denn nicht immer weiterkämpfen?»

«Nein, Eisenherz, dein Kampf ist fürs Erste vorbei, geh weiter, bis du ans Licht kommst, dort wird Frieden herrschen.»

Ich bedanke mich beim alten Mann, und das blaue Licht begleitet mich, bis ich durch ein schmales Loch ins Freie kriechen kann.

Der Anblick auf das Tal ist überwältigend.

X. Die Panther

Heute ist der letzte Schultag vor den Sommerferien. Es ist der Tag des Schülerturniers. Mannschaften aus der ganzen Gegend treffen in verschiedenen Kategorien aufeinander. Auf drei Spielfeldern wird um Punkte gekämpft. Am Nachmittag um vier sind die Finalspiele. Unter den Sonnenschirmen sitzen die Eltern, trinken Kaffee und essen Kuchen oder Würste und warten darauf, bis sie ihre Kinder anfeuern können.

Am Morgen sind wir fast zu spät zum Spiel von Jonas gekommen, weil ein grosser Möbelwagen unsere Ausfahrt versperrte. Männer in blauen Overalls luden die Möbel von Kirchmanns ein. Kirchmann stand dabei, um die Arbeit zu überwachen.

Papa ist hinübergegangen und hat den Fahrer gebeten, etwas zurückzusetzen. Da hat Kirchmann Papa den Rücken zugekehrt. Er hat nichts gesagt und Papa auch nicht, aber daran haben wir uns gewöhnt, denn die Kirchmanns haben uns schon seit Längerem nicht mehr gegrüsst.

Auf der andern Seite des Spielfeldes stehen Fredi, die Zwillinge und die andern und feuern die Graeminger an. Sie heissen «Graeminger Kickers» und werden erst später spielen.

Papa gibt mir einen freundschaftlichen Stoss. «Jetzt kann nichts mehr passieren, oder?»

«Nein, jetzt ist alles in Ordnung.»

«Hallo, Felix!» Sven und Robert kommen zu uns herüber. «Komm, es ist Zeit fürs Aufwärmen.»

Sven sagt immer, ich sei sein Geburtstagsgeschenk. An meinem ersten Schultag in Allenhofen hatte er Geburtstag. Kaum zu glauben, dass es erst zwei Wochen her ist.

Mama fuhr mich zur Schule. «Kopf hoch, Felix, das wird schon werden. Soll ich mit reinkommen?»

Stumm schüttelte ich den Kopf, ich wollte hier nicht als Muttersöhnchen beginnen, sondern ganz normal. Doch was war eigentlich normal in der Schule? Wie eine Schule funktionierte, in der nicht die Angst, sondern die Freude regierte, wusste ich schon lange nicht mehr.

Sven, Robert und all die andern standen zusammen mit Herrn Saxer, meinem neuen Lehrer, beim Parkplatz und warteten auf mich.

Herr Saxer gab mir die Hand, begrüsste Mama und stellte mich der Klasse vor. Die Kinder musterten mich neugierig. Sie nahmen mich in ihre Mitte, zusammen gingen wir zum Schulhaus hinüber. Einfach so.

So, wie es sein sollte, so, wie es noch vor einem Jahr in Graemingen war. Mit Sven und Robert verstand ich mich sofort ausgezeichnet. Sven liest auch Eisenherz, und wir haben schon Bücher getauscht. Robert ist ein absoluter Spezialritter, am Mittwoch war ich bei ihm zu Hause. Mama brachte mich und meine Waffensammlung zu ihm und trank danach mit Roberts Mutter im Garten Kaffee.

«Was hast du da?», fragte er.

Ich packte meine Waffen aus und zeigte sie ihm.

«Das reicht für uns beide.» Er zog ein paar alte, zerrissene Jeans an, die eher wie ein Lendenschurz aussahen, mit dem Gurt befestigte er ein Schafsfell auf dem Rücken, dann setzte er noch meinen Helm auf.

«Na, bin ich nicht ein prächtiger Wikinger?» Wir liefen zum Bach hinunter, stellten uns auf einen Stamm, der ins Wasser ragte, und gingen damit auf grosse Beutefahrt. Dabei schrien wir so laut, dass sich weder Fische noch Enten in unsere Nähe trauten.

«Wie seht ihr denn aus?» Mama musterte unsere verdreckten und nassen Kleider. Dann lachte sie mit Roberts Mutter.

So fröhlich hatte ich Mama schon lange nicht mehr gesehen.

Die Tage mit Papa in der Redaktion waren toll. Ich durfte mit ihm mitfahren, wenn er eine Reportage machte, wenn er an einer der vielen Sitzungen war, sass ich an seinem Arbeitsplatz, rechnete, schrieb ein bisschen und las Eisenherz. Manchmal brachte mir jemand ein Glas Orangensaft oder etwas Süsses.

Papa musste in diesen Tagen viel rumtelefonieren wegen mir. Erst wollte niemand, dass ich nicht mehr in Graemingen zur Schule gehe, doch dann kapierten sie es und mussten es akzeptieren. Adam Lauer kam noch einmal zu uns und versuchte, meine Eltern umzustimmen, er fand, dass es so einen Zwischenfall eben geben könne und dass eine raue Schule noch niemandem geschadet habe, das müssten sie doch verstehen. Doch meine Eltern wollten nichts mehr verstehen. Papa fand, dass man viel zu lange zugeschaut hatte, und Mama sagte, wenn eine Schule ein Kind kaputtmache, müsse es die Schule wechseln können. Adam erwiderte, man habe die Schule im Griff. Vielleicht sei es das Beste, wenn ich gehe, dann wäre das Problem beseitigt.

Schon am nächsten Tag war klar, dass ich in Allenhofen beginnen konnte. Wir bekamen einen Brief von Schulinspektor Suter, er schrieb, dass alles Nötige in die Wege geleitet worden sei.

Seither hat unsere Familie ihren Frieden. Katrin, Sofie und Jonas gehen weiter in Graemingen zur Schule und werden in Ruhe gelassen. Ich schwinge mich am Morgen aufs Rad und fahre die paar Kilometer nach Allenhofen hinüber.

«Wir wollen den Pokal», ruft Robert, unser Captain. «Welches ist die beste Mannschaft?»

«Die ‹Green-White Panther›!», rufen wir im Chor. Das haben wir schon mehrfach auf dem Pausenplatz geübt.

Ich spiele als linker Verteidiger. Beim ersten Spiel habe ich wenig zu tun. Wir gewinnen zwei zu null. Bei den Fans, das heisst bei unseren Eltern und den Mädchen unserer Klasse, sehe ich Lorenz stehen und uns zujubeln, obwohl die Mannschaft von Graemingen drüben auf Platz zwei spielt.

«Was machst du hier, Lorenz?», frage ich ihn nach dem Spiel.

«Nichts, ich bin eben mal vorbeigekommen und habe gedacht, ich schau euch zu.»

«Spielst du nicht mit Fredi und den andern mit?»

«Die lassen mich nicht, Felix, obwohl sie keinen Auswechselspieler haben. Ausserdem hatte ich keine Lust dazu.»

«Komm mit.» Ich ziehe meinen Fastfreund hinüber zu meinen neuen Freunden. Lorenz sitzt bei uns, als wir auf das nächste Spiel warten.

Später treffen wir Fredi beim Würstchenstand. «Na, Berger, wieder eine grosse Klappe?» Schon hat Fredi seine Faust geballt, da tauchen Sven und Robert neben mir auf.

«Hör zu, Kleiner, du bist hier nicht zu Hause. Benimm dich anständig, dann passiert dir nichts.»

Fredi macht ganz grosse Augen und verzieht sich hinüber zu seinen Freunden.

«Danke.»

«Kein Problem. Alle für einen, einer für alle!»

Endlich ist es vier Uhr. Gespannt warten wir auf die Finalspiele. Wir sind sicher dabei, denn wir haben alle Gruppenspiele gewonnen.

«Auf Platz eins», scheppert es aus dem Lautsprecher, «spielen in der Kategorie F die ‹Green-White Panther› gegen die ‹Graeminger Kickers›!»

«Na, Felix, wie ist das?» Sven knufft mich freundschaftlich in die Rippen. «Denen werden wir's zeigen, es geht um deine Ehre, Felix, die holen wir zurück!»

Robert schaut uns alle an. «Voller Einsatz jetzt, wir schnappen uns den Pokal!»

Dann stellen wir uns auf. Da die «Panther», dort die «Kickers». Thomas, Martin und Fredi sind im Sturm, dahinter stehen Samuel und Marc, Ralf ist im Tor. Die Graeminger beginnen mit viel Druck, die Zwillinge sind schnell und überlaufen uns an den Flügeln. Fredi lauert in der Mitte, doch ich passe auf, dass er nicht an den Ball kommt.

Jetzt sollte ich ein Pferd haben, denke ich, ein schnelles Pferd und eine glänzende Rüstung, gut geschützt würde ich in die Graeminger Verteidigung reiten, den Ball am Fuss, dann abdrücken, der Ball würde samt Ralf ins Tor knallen. Einen Moment passe ich nicht auf. Eine Flanke von Thomas kommt herein, Fredi köpfelt, und der Ball liegt hinter der Linie. Robert kommt zurückgelaufen, alles meine Schuld, denke ich, gleich wird er mich anschreien, doch Robert klopft mir bloss auf die Schultern. «Kein Problem, Felix, das haben wir gleich.»

Drüben jubeln die Graeminger Fans, die wollen es mir alle zeigen. Sie wollen recht haben, wollen mich weiterhin am Boden sehen. Ich spüre den Kloss im Hals hochsteigen.

Dann kommt der Anpfiff. Robert gibt einen langen Rückpass zu Sven, dieser wartet, bis Martin zu ihm aufläuft, spielt zu mir hinüber, ich laufe vorwärts, sehe Fredi auftauchen, täusche ihn mit einer Körperbewegung und laufe rechts vorbei. Dann gebe ich hinüber zu Sven, der Ball erreicht über mehrere Stationen Robert, der vor dem gegnerischen Strafraum lauert. Ein Traumschuss, und der Ball fliegt ins Netz.

«Panther, Panther, Panther!» Am lautesten schreit Lorenz hinter unserem Tor, weiter drüben sehe ich Mama und Papa herumhüpfen, daneben Jonas, Sofie, Yves und Lennart.

Und auch Katrin ist gekommen und feuert uns an. «Panther! Panther!»

Immer wieder versuchen es die Graeminger mit der Brechstange, doch wir stehen gut, mehr als einmal trenne ich Fredi vom Ball.

«Das wirst du uns büssen, Berger.»

Doch es gibt nichts mehr zu büssen für mich, hier ist Allenhofen, das Land der «Panther», und sie sind meine Freunde. Nach unserem zweiten Tor beginnen sich die Kickers gegenseitig anzuschreien, ihre Pässe werden ungenauer, immer wieder stösst ein Fuss ins Leere. Unser drittes Tor macht alles klar, und gleich darauf ertönt der Schlusspfiff.

Ein kleines Mädchen mit strohblondem Haar läuft auf mich zu. «Ich kenne dich. Du bist doch Eisenherz, oder?»

«Der bin ich. Und du bist Julia, Julia aus dem Wald. Das mit dem Lärm hast du übrigens grossartig gemacht.»

«Eisenherz, ich bin jetzt eine Prinzessin. Willst du mein Freund sein.»

«Aber sicher, alle hier sind meine Freunde.»

Ich renne hinter den Panthern her, die mit dem Pokal eine Ehrenrunde drehen.

***

«Jetzt ist doch noch alles gut geworden», sagt Verena zufrieden.

«Felix und seine Familie haben einiges durchgemacht. Es ist sicher nicht einfach, wieder neu anzufangen.» Gaudenz legt die Blätter ordentlich auf den Tisch. «Nach so viel Streit ist es für alle Beteiligten schwierig, weiterhin im gleichen Dorf zusammenzuleben.»

«Mach dir keine Gedanken, Papa. Ich finde, dass jetzt alles wieder in Ordnung ist.» Verena holt Geschirr aus dem Schrank und beginnt, den Tisch fürs Abendessen zu decken.

Gaudenz sitzt daneben, trinkt seinen Tee und versucht, nicht an die nächsten Tage zu denken. Was ihm jedoch nicht ganz gelingt.

Kurz vor acht kommt Armin von der Musikprobe nach Hause.

«Grospi, wir haben extra auf dich gewartet.»

«Hallo, Prinzessin.»

Umständlich stellt er seinen Instrumentenkoffer in eine Ecke und richtet sich schwer atmend wieder auf. «Hab ich einen Durst.»

«Wart ihr nicht schon im Restaurant.» Gaudenz zwinkert seinem Schwiegervater zu.

«Schon, aber das macht nur noch mehr Durst.» Er holt eine Flasche Saft aus dem Kühlschrank und setzt sich zu Gaudenz und Verena an den Tisch.

«Wo sind die anderen?», fragt er und schneidet sich ein ordentliches Stück Käse ab.

«Bei den Kohlers.»

«Schon wieder?»

«Was meinst du damit?», fragt Gaudenz seinen Schwiegervater.

«Dauernd hocken sie zusammen und wärmen diese alte Geschichte wieder auf», brummt Armin und füllt zwei Gläser mit dem trüben vergorenen Apfelsaft. «Prost, Gaudenz.»

«Viva, Armin.»

Draussen vor dem Fenster verschwimmt die Landschaft in der Dämmerung.

«Welche Geschichte?»

«Als Claudia in der fünften Klasse war, hatte ich einen schweren Unfall. Ein Sturz von einem Kirschbaum. Die Folge davon war eine komplizierte Rückenverletzung. Die Besuche im Spital, Claudia, Lena und der Hof waren für Patrizia zu viel. Ein Zusammenbruch und ein Klinikaufenthalt waren die Folgen. Claudia und ihre Schwester lebten danach ein halbes Jahr bei den Kohlers, bis wir unser Leben wieder einigermassen im Griff hatten. Seit damals hat sie ein sehr starkes Verhältnis zu Bruno und seinen Eltern, sie sind so etwas wie eine zweite Familie für sie.»

«Das habe ich nicht gewusst.»

«Es ist auch lange her. Seit den Schüssen von Konstanz sind die Vorkommnisse von damals wieder aufgetaucht. Dabei sage ich immer wieder, dass man das Alte ruhen lassen soll. Aber das können eben nicht alle.»

Schweigend essen sie. Dann geht Armin hinüber ins Wohnzimmer und stellt den Fernseher an. Zusammen mit Verena schaut er sich eine Spielshow an. Gross gegen Klein. Erst denkt Gaudenz daran, bei den Kohlers anzurufen, doch er will nicht wie ein eifersüchtiger Ehemann ins aufgeladene Gefühlsdickicht eindringen und noch zusätzlichen Schaden anrichten.

Um sich abzulenken, räumt er die Küche auf, blättert die Zeitung durch und liest einige Artikel, ohne wirklich etwas aufnehmen zu können. Als er zum dritten Mal den Artikel über die Expo-Pläne der Ostschweizer Kantone beginnt, gibt er auf. Später geht er hinüber ins Wohnzimmer. Armin schnarcht leise, während es Verena geniesst, den Fernseher ganz für sich alleine zu haben.

Um zehn Uhr kommt Patrizia nach Hause.

«Kannst du Sandra hochtragen? Sie liegt draussen im Wagen und schläft.»

Gaudenz geht hinaus und schaut sich um. Claudia ist nicht da. Erleichtert und gleichzeitig bedrückt trägt er seine Tochter ins Haus und bringt sie ins Bett.

«Muss ich noch die Zähne putzen?», fragt Sandra, als er ihr das neue Kleid auszieht.

«Nur wenn du willst, mein kleiner Schatz.»

«Dann will ich heute nicht.»

«War es schön bei den Kohlers?»

«Die Tante hat Schokoladenkuchen gebacken. Wir haben gegessen, dann durfte ich mit den Sachen der Kinder spielen.»

«Ich wusste gar nicht, dass Bruno Geschwister hat.» Gaudenz könnte sich ohrfeigen. Sicher hatte ihm Claudia schon viel von den Kohlers und ihren Kindern erzählt. Nur hatte er dabei nicht aufgepasst. Wie so oft bei den Dorfgeschichten von seiner Frau.

«Aber klar doch, sie haben noch einen Jungen.» Sandra schaut ihn an, als würde er das Selbstverständlichste auf der Welt nicht kapieren. «Mama und Tante Lena haben auch eine Zeit lang dort gewohnt.»

«Und was haben die Erwachsenen gemacht?»

«Geredet und geredet. Mama, Grosmi und die Tante haben manchmal geweint. Das finde ich doof. Später ist Bruno gekommen. Eigentlich war ich noch gar nicht müde, doch Grosmi wollte mich unbedingt nach Hause bringen.» Sandra gähnt. «Und jetzt will ich schlafen, Papa.»

Gaudenz sitzt am Bettrand und schaut seinem Mädchen beim Einschlafen zu. Wie lange kann er noch hier sein mit seiner Familie?

Wenig später kommt auch Verena herauf ins Zimmer.

«Gute Nacht, Papa», sagt sie und schiebt ihn hinaus auf den Flur. «Ich kann alleine ins Bett gehen. Du darfst später vorbeikommen und Gute Nacht sagen.»

Gaudenz geht hinunter. Armin ist nicht mehr im Wohnzimmer. Patrizia sitzt am Küchentisch, vor ihr liegt der Schluss der Eisenherz-Geschichte.

«Hast du das gelesen?», fragt sie und schaut ihn mit verweinten Augen an.

«Ja. Verena wollte die Geschichte hören.»

«Dann weisst du jetzt alles, oder? Der arme Bruno hat doch schon …»

«Gar nichts weiss ich», bricht es aus ihm hervor. «Und eigentlich ist mir auch alles egal, verstehst du? Euer Bruno, der so ein armer Typ sein soll, hat mich beim Polizeikommandanten angeschwärzt. Ich weiss nicht, was er über mich erzählte, auf jeden Fall reichte es aus, um mich fristlos auf die Strasse zu stellen. Fertig Kantonspolizei Thurgau, fertig schöne Zeit am Untersee. Und meine Frau steckt dauernd mit diesem Verräter zusammen.»

Ohne eine Antwort abzuwarten, steigt er die Treppe hinauf

und verkriecht sich in seinem Bett. War das jetzt nötig gewesen? Musste er Patrizia mit seinen Problemen belasten?

Andererseits hatte er genug von dieser «Armer-Bruno-Geschichte». Unruhig wälzt er sich im Bett hin und her. Er fragt sich, was er anders hätte machen können, wo er zu forsch vorgegangen war, warum er gewisse Entscheidungen fällte und zugriff, als sich ihm die Gelegenheit bot. Sabrina Leisinger, Hayat und Ritter, diese drei Menschen hätte er meiden sollen.

Eigentlich, denkt Gaudenz, ist Gisler an allem schuld. Stefan Gisler hatte ihn hierher geholt, um den Ruf der Kantonspolizei Thurgau zu schützen. Gisler dachte, dass Bruno sich dem Mann seiner Cousine anvertrauen würde. Doch da hatte er sich getäuscht. Bruno war misstrauisch und merkte schnell, dass Gaudenz seine eigenen Nachforschungen anstellte. Und er hatte einen Trumpf in der Hand. Das Wissen, dass Gaudenz kein echter Polizist und somit auch nicht berechtigt war, eine Waffe zu tragen.

DREIZEHN

Die Amseln draussen vor dem Fenster sind ziemlich laut. Gaudenz braucht einen Moment, um wach zu werden, um seine Gedanken zu ordnen. Claudia, wo ist sie? Das Bett nebenan ist leer, allerdings ist die Decke durcheinandergebracht. Hatte er sich im Traum durch die Laken gepflügt, oder war seine Frau für einige Stunden im Bett gewesen?

«Ich kann dir alles erklären.» Hatte sie das gesagt, als sie in der Nacht nach Hause kam.

«Dann mal los.»

«Nicht jetzt. Morgen Abend, wenn es vorbei ist, wirst du alles erfahren.» Hatte das Claudia wirklich gesagt? Oder war dies nur ein Teil seiner Träume?

Gaudenz macht Licht. Sieben vorbei. Er versucht, Claudia anzurufen, doch es kommt nur die Combox. Neben dem Bett seiner Frau liegen eine Unterhose und ein Paar Socken. Waren diese Dinge gestern schon hier? Es bringt nichts, wenn ich mich verrückt machen lasse, denkt er. Im Bad hängt ein Hauch von Claudias Parfum, das er ihr zu Weihnachten geschenkt hatte, nach ihren Anweisungen natürlich.

Er duscht erst warm, dann kalt, bis er einen klaren Kopf hat. Er beschliesst, frische Brötchen zu holen und sich bei Patrizia für sein Benehmen gestern Abend zu entschuldigen. Danach wird er warten. Wenn Claudia bis am Mittag zurückkommt, dann wird alles gut. Er nimmt sich vor, gleich am Montag früh bei Kommandant Keller vorzusprechen und zu schauen, ob es doch noch eine Möglichkeit gibt für ihn. Vielleicht habe ich ja Glück, macht er sich beim Abtrocknen Mut.

Wenigstens muss er keine fremde Uniform mehr anziehen, denkt er und schlüpft in bequeme Frühlingskleider. Im Haus ist es still. Seine Schwiegereltern sind noch nicht heruntergekommen. Auf dem Küchentisch grinst ihm der Expo-Geschäftsführer aus der aufgeschlagenen Zeitung entgegen.

Daneben findet er die letzten zwei Kapitel der Eisenherz-Geschichte, zuoberst liegt ein handgeschriebener Zettel von Patrizia.

Familie Berger = Familie Kohler
Mutter von Felix = Martha
Vater von Felix = Paul
Felix = Bruno
Katrin (Vertraute von Bruno) = Claudia
Ralf Fausch = Stefan Gisler
Nora = Sabrina Leisinger
Adam Lauer = Markus Moser

Gaudenz liest ihn. Zwei Mal. Dann schüttelt er den Kopf, wie um einen bösen Traum abzuschütteln, damit hat er jetzt wirklich nicht gerechnet.

Lieber Gaudenz, vielleicht verstehst du jetzt, warum die Situation von Bruno und seiner Familie eine besondere ist. Das Dorf Graemingen in der Geschichte ist Seidlingen. Geschrieben hat die Rittergeschichte Claudia, und zwar aus der Sicht von Bruno. Die ganze Zeit war sicher nicht einfach für sie, Armin war im Spital und ich zur Kur. Die Schüsse auf Bruno und seine Kollegen haben viele alte Wunden aufgerissen, auch bei Claudia.
Durch deine Arbeit bist du ins Kreuzfeuer geraten, das tut mir sehr leid. Ich hoffe, dass sich die ganze Situation beruhigt.
Hab Geduld und Vertrauen.
Patrizia

Wenn die Angaben seiner Schwiegermutter stimmten, so war die Eisenherz-Geschichte wirklich passiert. Claudia war während der Zeit, die sie bei den Kohlers verbrachte, Zeugin geworden vom Missbrauch eines Mädchens, der vor den Augen des Dorfes stattgefunden hatte. Weil die Verantwortlichen nicht richtig reagiert hatten, richteten sich danach alle Schuldgefühle und Aggressionen gegen Bruno, seine Geschwister und seine Eltern. Man hatte Sündenböcke gefunden und war zufrieden damit.

«Aussätzige» hatte Markus Moser, der ehemalige Schulpräsident, am Freitagabend die Kohlers genannt. Er erinnert sich gut an die offen gezeigte Feindschaft der Dorfjugend. Er kennt das aus seinem Dorf. Eine Gesellschaft braucht immer mal wieder ein Feindbild. Viele anständige und gut erzogene Kinder verwandeln sich blitzartig in kleine Monster. Wenn sie nicht von Lehrern und Eltern daran gehindert werden, können sie ganz schnell ein brutales Mobbing aufziehen. Weil die Wert- und Moralvorstellungen der lieben Kleinen von den Erwachsenen geprägt werden, ist ein gezieltes Eingreifen unabdingbar. In Seidlingen versagten leider alle Kontrollmechanismen.

Jetzt versteht er auch die Bemerkungen zu Stefan Gisler, der als Mitläufer ein kleines Rädchen im System gewesen war, ohne es vielleicht zu wollen. Er musste unbedingt mit Gisler sprechen, musste wissen, wie wahr die ganze Geschichte ist.

Gaudenz packt das Blatt ein und verlässt das Haus. Er steigt in den Wagen und fährt ins Nachbardorf. Dort befindet sich die beste Bäckerei der Region, die auch am Sonntag geöffnet hat und einige Stunden frisches Brot verkauft. Das weiss er von seinen früheren Besuchen in Seidlingen. Oder sollte er Graemingen sagen? Der Parkplatz ist noch leer, der Laden geschlossen, er öffnet erst um acht Uhr.

Er nimmt sein Handy hervor und wählt wieder die Nummer von Claudia.

«Bitte, Claudia, melde dich. Ich möchte gerne mit dir sprechen. Ich weiss jetzt, wer die Eisenherz-Geschichte schrieb und kann mir vorstellen, dass diese Zeit für dich und Bruno nicht ganz einfach war. Habe ich schon gesagt, dass ich dich liebe?»

Weil er noch etwas Zeit hat, beginnt er im Netz nach den Vorkommnissen von damals zu suchen. Schon bald hat er einen Artikel vor sich, der genau zur Geschichte von Felix passt.

SEIDLINGEN TG – Primarlehrer H. L. unterrichtet erst ein Jahr im Bauerndorf, als er sich in seine zwölfjährige Schülerin verliebt. An einem Frühsommertag lädt er die Sechstklässlerin zu sich nach Hause ein – und fällt im abgeschlossenen Gästezimmer über sie her. Diese Vergewaltigung war nur der letzte, der massivste Übergriff. Zuvor schrieb der verheiratete Primarlehrer seiner Schülerin Liebesbriefe. Und er liess sich «immer wieder zu sexuellen Handlungen mit der Zwölfjährigen hinreissen», so das Gericht. Nachdem das damalige Opfer volljährig geworden war, erstattete seine Familie Anzeige gegen den Lehrer, der zur Tatzeit auch stark in der Kirchgemeinde des Ortes engagiert war.

Gaudenz spürt eine unbändige Wut in sich hochsteigen. Er kann kaum verstehen, dass ein Mädchen, das kaum älter ist als seine Verena, vor den Augen eines ganzen Dorfes missbraucht wurde, ohne dass der Schuldige ordentlich bestraft wurde. Im Artikel stand, dass der Lehrer mit einer viel zu milden Strafe davonkam, weil der Fall erst Jahre später zur Anzeige gebracht worden war. Aus dem Artikel und der Geschichte von Felix konnte man schliessen, dass dieser H. L. auch nach seinen Taten noch mehrere Jahre ungestört unterrichten konnte. Er fragt sich, wie Sabrina Leisinger mit diesen Erlebnissen umging, vor allem mit der Tatsache, dass der Täter über längere Zeit unbehelligt blieb.

Aus den Augenwinkeln sieht er, dass ein Wagen neben seinem anhält. Das interessiert ihn im Moment nicht, gebannt starrt er auf den Artikel im Netz. Da klopft es ans Seitenfenster. Er schaut auf, draussen steht Markus, seine Bekanntschaft von vorgestern Abend und seines Zeichens ehemaliger Schulpräsident von Seidlingen.

«Auch schon so früh auf?», fragt er, als Gaudenz aus dem Wagen steigt. «Ich liebe diesen frischen Frühlingsmorgen, er macht so richtig Appetit auf ein gutes Frühstück.»

«Mir ist der Appetit vergangen», sagt Gaudenz und deutet auf sein Handy.

«Schlechte Nachrichten?»

«Lies mal.»

Gaudenz sieht, wie Markus die Schlagzeile liest, kurz zusammenzuckt, um gleich wieder sein gewinnendes Lächeln aufzusetzen. «Seit wann ermittelst du in alten Fällen? Das ist doch lange her, eine fast vergessene Geschichte.»

«Anscheinend gibt es Leute, die sich noch gut daran erinnern können.»

«Die Kohlers. Immer noch nachtragend. Dabei hatte alles seine Richtigkeit.»

«Wie lange war dieser H. L. noch Lehrer in Seidlingen, nachdem dieser Vorfall passiert war?»

«Spielt das eine Rolle?»

«Du warst doch Schulpräsident. Du hattest die Verantwortung.»

«Noch ein weiteres Jahr.»

«So lange?»

Markus nickt.

«Und danach? Habt ihr die nächste Gemeinde gewarnt, oder durfte er mit einem guten Zeugnis weiterziehen?»

«Das tut doch jetzt nichts zur Sache.»

«Für mich ist das wichtig. Meine Frau lebte zu der Zeit bei den Kohlers. Und anscheinend wurde der Familie übel mitgespielt, vor allem den Kindern.»

«Jetzt kommst du auch noch mit dieser Mobbinggeschichte.» Die Stimme von Markus bekommt einen schrillen Klang. «Was willst du eigentlich?»

«Ich frage mich, warum niemand von eurer Behörde sich für Sabrina Leisinger eingesetzt hatte. Unter euch waren doch sicher auch Eltern von Töchtern. Konnte sich niemand vorstellen, was ein Mädchen durchmacht?»

«Wir waren zu fünft. Wir beschlossen, erst einmal abzuwarten. Paul Kohler kam mehrfach zu uns. Er wollte den Lehrer anzeigen und den Fall untersuchen lassen.»

«Und du hast ihm davon abgeraten?»

«Erst hofften wir, dass Lieger einfach so gehen würde. Aber

plötzlich sass er wieder fest im Sattel. Und da war auch noch Schulinspektor Meier, der die Sache auf sich beruhen lassen wollte. Eine schwierige Situation für uns alle. Das musst auch du verstehen.»

«Ich muss gar nichts verstehen», sagt Gaudenz leise. Am liebsten würde er laut losschreien.

«Was wollt ihr alle wieder mit dieser Sache? Vor einer Woche rief Bruno an, dann kam Lieger bei mir im Büro vorbei, und schliesslich meldete sich Meier. Und jetzt kommst auch noch du und reibst mir die Geschichte unter die Nase. Für mich ist es vorbei und gegessen.»

Vor der Bäckerei stehen einige Kunden und schauen neugierig zu ihnen hinüber. Sie würden für Gesprächsstoff am Frühstückstisch sorgen.

«Was ist aus Lieger geworden?»

«Nach seiner Verurteilung durfte er nicht mehr unterrichten. Er arbeitete aber etliche Jahre im pädagogischen Team eines grösseren Museums mit. Wie er da reingekommen ist, ist mir ein Rätsel.»

«Vielleicht mit dem Arbeitszeugnis aus Seidlingen?»

Eine Verkäuferin öffnet die Türe der Bäckerei und stellt eine Tafel auf das Trottoir. Markus dreht sich um.

«Eine letzte Frage. Was wollte Bruno von dir wissen?»

«Wie das so war. Wer sich damals für Sabrina eingesetzt hatte und wer nicht.»

«Und was hast du ihm gesagt?»

«Dass wir nicht die Kompetenz hatten. Und dass die Situation schwierig war. Alle Behördenmitglieder waren auch Eltern und hatten Kinder in der Klasse von Lieger. Da musste man vorsichtig sein. Die einzige neutrale Person mit einer grösseren Befugnis war Meier. Und jetzt habe ich Hunger.»

Gaudenz wartet beim Wagen, bis Markus mit seinen Brötchen aus dem Laden kommt.

«Da ist noch etwas, Markus.»

«Ja?»

«Schämst du dich manchmal?»

«Sollte ich?» Markus schliesst seinen Wagen auf und legt die Brötchen auf den Rücksitz.

«Vielleicht vor deinen Kindern. Oder vor den Enkeln. Vielleicht ist da einmal jemand, der deine Familie vor etwas Schlimmem bewahrt. Und dann erinnerst du dich daran, dass du auch so etwas hättest tun können, aber gezögert hast, bis es zu spät war.»

Gaudenz dreht Markus den Rücken zu und geht hinüber in die Bäckerei.

Mit dem Geruch von frischen Brötchen in der Nase macht Gaudenz sich auf den Heimweg.

Im Flur riecht es nach Kaffee. Patrizia deckt in der grossen Bauernküche den Tisch.

«Ich habe Brötchen geholt.» Er stellt die Tasche auf die Ablage und umarmt sie fest. «Es tut mir leid wegen gestern Abend. Ich war gereizt und ungerecht.»

«Schon gut», flüstert sie und putzt eine Träne ab.

«Ist etwas passiert?»

«Paul hat gerade angerufen. Er möchte, dass du vorbeikommst. Bruno und Claudia sind heute ganz früh weggegangen.»

«Ich fahre gleich rüber. Macht was Schönes mit den Mädchen.»

Er gibt Patrizia einen Kuss und geht hinaus.

***

Das Haus der Kohlers steht in einer ruhigen Seitenstrasse oberhalb des Dorfes. Gaudenz war schon früher einmal hier gewesen, doch nach der Lektüre der Eisenherz-Geschichte sieht er das Quartier mit ganz anderen Augen. Gleich gegenüber auf der anderen Strassenseite steht das weisse Haus, in dem Lehrer Hansi Lieger gemäss dem Zeitungsartikel seine unglaubliche Tat verübte. Weiter drüben steht vor einem schmucken Einfamilienhaus der Wagen von Markus Moser. Wie hiess er doch gleich in der Geschichte? Adam Lauer. Adam, wie der erste Mensch. Claudia hatte die Namen gut gewählt.

Martha und Paul stehen neben dem Eingang zu ihrem Haus. Sie halten sich an der Hand. Ihre Gesichter wirken grau und übernächtigt.

«Komm herein, Gaudenz.» Martha fasst ihn am Arm.

«Es ist gut, dass du so schnell kommen konntest.» Paul führt ihn durch die Küche ins Esszimmer.

Der grosse Tisch ist für vier Personen gedeckt. Gaudenz sieht, dass nichts angerührt ist.

«Wir haben gedacht, dass Claudia und Bruno vielleicht mit uns essen.» Martha schiebt einen Teller vor ihn hin.

«Habt ihr sie heute gesehen?»

«Nur gehört, als wir aufstanden, waren sie schon weg.» Martha schnäuzt sich geräuschvoll die Nase. «Wir dachten, dass sie vielleicht Brötchen holen. Doch sie sind nicht zurückgekommen.»

«Gestern Abend sprachen wir viel von früher, irgendwie ist die ganze Geschichte wieder hochgekommen. Martha, Patrizia und Claudia haben sich da in etwas hineingesteigert. Kaffee?» Ohne eine Antwort abzuwarten, schenkt Paul ein.

«Hineingesteigert? Es ist einfach so unglaublich, was da alles ablief. Das können wir übrigens heute noch nicht begreifen. Und alles einfach nur wegschieben geht auch nicht immer.» Martha legt Gaudenz ein Stück Zopf auf den Teller. «Später kam Bruno dazu. Er war aufgebracht und wütend. Claudia versuchte, ihn zu beruhigen, doch das dauerte.»

Allmählich gelingt es Gaudenz, aus den Bruchstücken der Konversation den Abend, die Nacht und den Morgen zu rekonstruieren. Bruno war gegen zehn gekommen und hatte seine Eltern gefragt, ob er bei ihnen schlafen könne, bei ihm zu Hause würde es nicht gehen. Dann hatte er sich über ihn, Gaudenz, aufgeregt, weil er ihm in sein Leben gepfuscht hatte. Anscheinend hatte Ritter seinen Rat befolgt und die private Flüchtlingshilfe neu organisiert. In Zukunft wollte er auf die Hilfe der drei Kriminalpolizisten aus dem Thurgau verzichten, er hatte bereits andere Freiwillige gefunden, die beim Grenzübertritt helfen wollten.

Claudia hatte Gaudenz in Schutz genommen. Ihr Mann sei manchmal übereifrig, wenigstens sei er dem Grund der Schüsse auf die Spur gekommen. Und so sei Bruno nicht mehr gefährdet.

Das sei doch nicht wahr, hatte Bruno wütend geantwortet, ihr Mann habe zwar viel Geschirr zerschlagen, doch die wirkliche Gefahr sei lange nicht vorbei. Gerade heute Abend sei etwas passiert.

Bevor Martha und Paul etwas fragen konnten, hatte Bruno seine Tasche genommen und war mit Claudia in sein Zimmer gegangen. Aus den Wortwechseln, die bis in den Flur zu vernehmen waren, schloss Paul, dass jemand vor Brunos Wohnung stand und er sich bedroht fühlte.

«Und dann?» Gaudenz fürchtet sich vor dem, was jetzt kommt.

«Die Diskussionen dauerten bis nach Mitternacht. Später ging Claudia. Sie fuhr mit dem Auto ohne Bruno weg.»

«Und heute Morgen gegen sechs war sie wieder zurück», fährt Paul fort. «Bruno war bereits auf, sie tranken einen Kaffee, als wir runterkamen, waren sie schon fort.»

Obwohl seine Frau nicht hier ist, ist Gaudenz erst einmal erleichtert. Er hatte nicht geträumt, sie war in der Nacht zu Hause gewesen. Sie hatte versprochen, ihm zu erzählen, was los war, wenn alles vorbei sei. Und nun war sie mit Bruno unterwegs. Was hatten die beiden vor?

«Wisst ihr, wohin Claudia und Bruno gefahren sind?»

«Keine Ahnung», sagt Paul.

«Kann ich mir Brunos Zimmer einmal anschauen?»

Gaudenz steigt die Treppe hinauf. Oben links steht die Türe halb offen. Ein ungemachtes Bett, an der Wand ein Büchergestell, vorne am Fenster ein Schreibtisch. Er schaut sich die Bücher im Gestell an. Ganz unten eine Reihe mit verschiedenfarbigen Buchrücken. Die Abenteuer des Prinzen Eisenherz. Er hat das Zimmer von Felix gefunden.

Doch Bruno ist nicht mehr der kleine Felix, der in Seidlingen über den Pausenplatz läuft, um seinen Verfolgern zu entgehen, auch nicht der Bastler, der für sich und seinen jüngeren Bruder Waffen herstellt. Er wurde selber zum Ritter, der den Verfolgten und Bedrängten half, der Flüchtlingen den Weg über die Grenze zeigte. Vorgestern Abend hatte er auf die Frage, warum er Polizist geworden sei, geantwortet, dass er bei den Guten sein wollte. Doch sein Einsatz für die Leute aus Eritrea war nun vorbei.

Gaudenz schaut kurz in die offene Tasche. Kleider zum Wechseln, Toilettenartikel. Sonst findet er nichts Auffälliges. Auf dem Tisch liegt die Zeitung von gestern. Offen. Wieder der grinsende Expo-Geschäftsführer. Gaudenz geht hinunter zu den Kohlers und legt den Artikel auf den Tisch.

«Darüber haben wir uns alle aufgeregt.» Martha zeigt auf das Bild. «Leute wie Ex-Schulinspektor Meier steigen immer weiter nach oben, die kann keiner aufhalten, an denen perlt alles ab.»

«Hast du das Gesicht gesehen. Vorne trägt er eine lächelnde Maske, dahinter verborgen ist ein knallharter Machtmensch, der aber immer behauptet, er wolle die bestmögliche Lösung für alle finden.»

Gaudenz setzt sich wieder an den Tisch. «In den letzten Tagen habe ich eine Geschichte gelesen. Sie trägt den Titel ‹Mein Freund Eisenherz›. Claudia hatte sie geschrieben, als sie bei euch lebte, und nachher daheim auf dem Estrich versteckt. War es damals so krass?»

«Es war unglaublich.» Martha schliesst die Augen. «Für unsere Kinder war es schlimm, auch für Claudia und Lena, vor allem aber für Bruno, weil er ganz alleine war. Unsere Kinder hatten ja nichts gemacht, wir Erwachsenen waren es, wir hatten uns gegen Lieger gestellt und damit eine Lawine losgetreten. Was mir immer noch Mühe macht, ist die Tatsache, dass hinter all den Kindern Eltern standen, die das respektlose Verhalten ihrer Kleinen billigend in Kauf nahmen oder gar unterstützten.»

Gaudenz hört nicht mehr zu. Da ist ein Gedanke, den er

fassen möchte, etwas Unerhörtes, das von ihm Besitz ergreift. Erst ist er stolz darauf, dass er zu einer neuen Lösung gekommen ist, dann aber erschrickt er, weil ihm plötzlich klar wird, was das alles für Claudia und Bruno bedeuten könnte.

«Ich muss los», sagt er nur, denn er will Martha und Paul nicht erschrecken.

«Was können wir tun?»

«Versucht immer mal wieder, Bruno zu erreichen. Er soll sich bei mir melden, es ist wichtig. Ach ja, sagt doch bitte Patrizia und Armin Bescheid, dass ich nach Frauenfeld muss.»

Er verabschiedet sich, steigt in den Wagen und verlässt Seidlingen.

Diesmal nimmt er nicht den direkten Weg über den Seerücken, sondern fährt in die andere Richtung. Seine neuen Gedanken brauchen eine andere Strasse. In Stein am Rhein ist die Bahnschranke geschlossen. Er stellt den Motor ab und ruft Gisler an. Erst hört er nur ein Stöhnen.

«Gisler?»

«Bist du das, Gaudenz? Ich schlafe, lass mich bitte in Ruhe.»

«Steh auf und häng dich an den Computer. Ich brauche dich. Es ist dringend.»

«Du bist nicht mehr bei uns.»

«Das brauchst du mir nicht noch einmal zu sagen. Trotzdem.»

«Warum sollte ich dir helfen?»

«Ich habe da eine alte Seidlinger Schulgeschichte gehört. Eine üble Mobbingsache. Da gab es einen Mitläufer, wie hiess er doch gleich?»

«Ich rufe zurück.»

Gaudenz wartet auf den Zug. Er weiss nicht, warum ihm der Gedanke erst heute Morgen gekommen ist. Bei der Polizei ging man von Anfang an davon aus, dass die Schüsse in Konstanz allen drei Beamten galten. Metzger war der Pechvogel, der getroffen wurde. Kommandant Keller und Gisler vermuteten, dass Metzger, Kohler und Rossi in illegale Geschäfte verwickelt waren und dass sich ein Konkurrent an ihnen rächen wollte. Das mit den illegalen Geschäften stimmte, wobei es eher Freundschaftsdienste über die Grenze waren als knallharte, gewinnorientierte Deals. Dennoch waren diese Hilfeleistungen für Beamte im Staatsdienst absolut verboten, trotz der edlen Beweggründe. Über die Konsequenzen für die drei wollte Gaudenz jetzt nicht nachdenken.

Der Zug fährt vorbei, die Barriere hebt sich. Gaudenz startet den Wagen und gibt Gas. Bisher stellte sich niemand ernsthaft die Frage, ob der Schütze nicht doch einen bestimmten Mann des Trios treffen wollte. Von Sven Metzger wusste Gaudenz nur, dass er die gleiche Grösse und Statur wie Bruno Kohler hatte, auch die Haarfarbe und die Frisur waren ähnlich. Die Männer konnten leicht verwechselt werden. Dafür sprach das Zögern des Schützen am Tisch, denn er war sich nicht sicher, wer sein Opfer war. Das deutete darauf hin, dass der Mann die Polizisten nicht persönlich kannte.

Nach dem Industriegebiet von Stein am Rhein führt die Strasse durch Kaltenbach. Falls der Schütze es auf Bruno abgesehen hatte, war ihm der Irrtum sicher bekannt, die Medien hatten ausführlich über den Fall berichtet. Bruno wollte nicht in seiner Wohnung in Frauenfeld schlafen, er fühlte sich dort nicht sicher. Am Ende des Dorfes und nach einigem Hin und Her ist Gaudenz überzeugt, dass Bruno wusste, wer der Schütze war. Er hätte ihn anzeigen können, tat es aber nicht. Warum?

Zu dieser Frage findet Gaudenz erst in Stammheim eine einleuchtende Antwort. Zwischen den stolzen Riegelhäusern erscheint ihm als einzig möglicher Grund das schlechte Gewissen von Bruno. Sehr wahrscheinlich hatte Bruno den Mann provoziert und war damit mitschuldig an den Schüssen auf Sven Metzger.

Bei der Ortsausfahrt ruft Gisler an.

«Gestern vergass ich noch etwas. Du musst bei uns in Frauenfeld vorbeikommen und die Waffe abgeben.»

«Später. Ich brauche die Telefonnummern von Hansi Lieger und Roman Meier. Privat, Geschäft, Handy, alles, was du rausfinden kannst.»

Gisler seufzt hörbar. «Wie viel Schaden willst du heute anrichten?»

«Hör zu, Stefan. Bruno ist unterwegs, um selber nach dem Schützen zu suchen. Claudia ist bei ihm. Wenn etwas passiert, hängst du mit drin.»

«Du bekommst die Nummern. Sonst noch was?»

«Ja. In der Zeitung von gestern war ein Bild von Meier. Geh mit dem Foto zu Helen Streuli. Frag sie, ob das der Mann im Regenmantel war.»

«Und wenn er es nicht ist?»

«Dann musst du ihr auch noch Bilder von Markus Moser und Hansi Lieger zeigen. Beeil dich!»

«Muss das sein? Können das nicht die Kollegen aus Kreuzlingen erledigen?»

«Du weisst, dass dies nicht geht.»

«Aber …»

«Hast du Angst, dass sie dich erkennt? Du bist doch der Mann mit der braunen Lederjacke.»

«Ich kann das erklären, Gaudenz.»

«Später. Jetzt brauche ich erst einmal die Telefonnummern.»

Gaudenz fährt weiter. Zwischen Nussbaumen und Hüttwilen hält er an und schaut auf den See hinunter. Eben hat Gisler ihm die Telefonnummer des ehemaligen Lehrers geschickt. Er hat genau einen Versuch. Wenn er den vermasselt, gibt es keine zweite Chance.

«Lieger.»

«Kantonspolizei Thurgau, mein Name ist Gaudenz Huber.»

«Einen schönen guten Morgen, Herr Huber. Was kann ich für Sie tun?» Eine tiefe, sonore Stimme. Lieger ist sicher ein guter Sänger. «Ist meine Frau vielleicht zu schnell gefahren?»

«Wir ermitteln in einer Strafsache. Dabei ist auch Ihr Name gefallen.»

«So? Darf man fragen …»

«Die Fragen stelle ich, Herr Lieger. Herr Markus Moser hat ausgesagt, dass Sie Anfang Woche bei ihm in der Firma waren. Was war der Grund für Ihren Besuch?»

«Hat er Ihnen das nicht gesagt?»

«Ich möchte es von Ihnen hören.»

«Wir haben alte Zeiten wiederaufleben lassen. Unsere Familien waren früher gut befreundet.»

«Herr Moser erzählte, dass Sie es in den alten Zeiten nicht so genau mit dem Gesetz genommen haben.»

«Kommen Sie mir nicht mit diesen alten Geschichten.»

«Etwas bleibt immer hängen, Herr Lieger. Ich kann mir gut vorstellen, dass ein Kinderschänder im Gefängnis weit untendurch muss.»

«Ist das eine Drohung?»

«Eine Feststellung. Kooperieren Sie, dann sind wir schneller fertig.»

«Ich habe für meine Tat schwer gebüsst, Herr Huber. Sie müssen wissen, dass ich ein zweihundertprozentiger Lehrer war, für meine Schülerinnen und Schüler machte ich alles, mein Unterricht wurde weitherum geschätzt. Und plötzlich war Schluss. Mein Lebensinhalt wurde mir genommen. Eine wahrhaft harte Strafe.»

«Dann waren Sie danach arbeitslos?»

«Sicher nicht.» In der Stimme von Lieger schwingt Stolz mit. «Jemand wie ich findet immer wieder etwas. Ich war auch ein sehr guter Museumspädagoge.»

«Und jetzt taucht plötzlich dieser Bruno Kohler auf.»

«Er rief mich an. Und kam mit der alten Geschichte. Hat Ihnen Markus Moser nicht gesagt, was für ein schwieriges Kind dieser Bruno war? Er hatte immer Streit mit allen, ein Aussenseiter, der überall aneckte.»

«Was genau war der Inhalt Ihres Gesprächs mit Herrn Moser?»

«Wir waren beide von Kohler unter Druck gesetzt worden. Er wollte mit der Geschichte an die Öffentlichkeit gehen. Er meinte, dass die Leute heute anders reagieren würden. Ich weiss nicht, ob das in Seidlingen oder anderswo jemanden interessiert. Ich habe gebüsst, nun bin ich pensioniert und habe kaum noch etwas zu verlieren.»

«Markus Moser hat mir noch etwas anderes erzählt. Ich lade Sie gerne vor, damit Sie sich bei uns etwas besser erinnern können.»

«Wir beschlossen, Roman Meier einzuweihen. Er hat uns ja damals lange gedeckt und uns den Rücken freigehalten.»

«Und der frischgebackene Expo-Geschäftsführer hat einiges zu verlieren, das wussten Sie genau. Haben Sie von den Schüssen auf die Polizisten in Konstanz gehört?»

«Sicher. Wann war das doch gleich? Am Mittwoch? Leider muss ich Sie enttäuschen. Am Mittwoch war ich den ganzen Tag unterwegs. Der jährliche Ausflug der pensionierten Museumspädagogen. Wir waren in Bern im Naturhistorischen Museum, nach dem Mittagessen schauten wir uns noch die Sammlung der Paul Klee Stiftung an. Für meine Anwesenheit gibt es etwa vierzig Zeugen. Reicht Ihnen das?»

«Haben Sie Roman Meier angestiftet, die Polizisten anzugreifen?»

«Ich höre Sie leider ganz schlecht, Herr Huber. Haben Sie sonst noch Fragen?»

«Nein, für den Moment reicht das. Wir werden aber sicher auf Sie zurückkommen.»

Als er in Frauenfeld ankommt, hat ihm Gisler auch die St. Galler Adresse und die verschiedenen Telefonnummern von Roman Meier geschickt. Im Moment wird er den ehemaligen Schulinspektor in Ruhe lassen. Es bringt nichts, wenn er ihn jetzt aufscheucht. Zuerst muss er näher ran.

Er durchquert die Stadt und fährt parallel zur Bahnlinie und zum Lauf der Murg weiter. Kurz vor Matzingen kommt ihm ein weiss-rot gestreifter Zug entgegen. Am Donnerstagabend war er hierhergekommen, im Wagen seine schlafende Familie. Er hatte sich auf die Weiterbildungskurse gefreut, auf den blühenden Frühling fernab von Schnee und Eis. Seine Frau war glücklich gewesen, seine Mädchen konnten es kaum erwarten, am neuen Ort die Schulbank zu drücken.

Zweieinhalb Tage später hatten sich alle seine Hoffnungen

in Luft aufgelöst. Es würde keine Weiterbildungskurse geben, bald schon musste er zurück in den grauen Engadiner Vorfrühling. Zudem war seine Frau in Gefahr, und er wagte nicht sich vorzustellen, was er tun würde, wenn ihr etwas passierte.

Um sich abzulenken, versucht er während der Fahrt auf der Autobahn, den ganzen Tatverlauf zu rekonstruieren. Bruno hatte Anfang Woche Markus Moser und Hansi Lieger angerufen und ihnen gedroht, die alte Geschichte wieder ans Licht zu holen. Moser und Lieger informierten Roman Meier, der gerade eine prestigeträchtige und sicher gut bezahlte Stelle angetreten hatte. Meier beschloss, das Problem schnell aus der Welt zu schaffen. Von seiner früheren Tätigkeit als Schulinspektor im Kanton Thurgau konnte er sicher auf ein gutes Netzwerk zurückgreifen. So war er irgendwie an die Dienstpläne der Beamten gekommen. Am Mittwoch wartete er an der Grenze, dabei wurde er von der Zeugin Helen Streuli gesehen. Beim Teeladen verlor er eine Visitenkarte, die Wendy auflas. Darauf waren laut der Verkäuferin verschiedene Wappen abgebildet, es waren wohl diejenigen der Ostschweizer Kantone, die zusammen die Expo durchführen wollten.

Beim Restaurant zögerte er zuerst, weil er nicht wusste, welcher der Männer Bruno war. Als er erfuhr, dass er den Falschen getroffen hatte, wartete er zwei Abende lang vor Brunos Wohnung. Gestern oder heute hatten Bruno und Claudia Kontakt mit ihm aufgenommen. Sie wollten die Sache beenden. Aber wie? Und wo?

Dann war da auch noch Stefan Gisler. Er hatte von der Flüchtlingsgeschichte Wind bekommen und wollte nicht, dass das Polizeikorps in ein schlechtes Licht gerückt wird. Er beobachtete die drei Polizisten und wurde so Zeuge der Schüsse. Auch er konnte nicht ins Präsidium gehen und eine Zeugenaussage machen, wie hätte er auch seine Beobachtungsaktion erklären sollen? Also brachte er Keller dazu, den Bündner Polizisten Gaudenz Huber zu holen, den Mann der Cousine eines der Polizisten. Falls etwas schiefging, würde dieser Huber den Kopf hinhalten müssen. Was nun auch geschehen war.

Gisler hatte Bruno und Sabrina gegenüber ein schlechtes Gewissen. Schliesslich gehörte er damals zu den Tätern. So etwas kann man verdrängen, nicht aber vergessen. Er würde mit Gaudenz zusammenarbeiten. Wenigstens vorläufig.

Am Horizont erheben sich die Hügel und Berge des Appenzellerlandes. Viel Wald und tiefgrüne Wiesen. Weit oben hat es noch Schnee. Ein schöner Morgen für einen Familienausflug, denkt er. Wenigstens für Familien, bei denen alles in Ordnung ist. Gaudenz stellt sich die nächste Fahrt mit seiner Familie vor, die zurück ins Engadin führen wird.

«Guck mal», würde Claudia bei der Ankunft in Sils spöttisch sagen, «dort drüben schimmert es schon etwas grün. Und Krokusse sind doch einfach das Schönste in der Frühlingszeit.»

Das würde sie sagen, wenn sie überhaupt mit ihm zurückkäme.

Das Industriegebiet mit dem Kybun Park lenkt ihn von seinen trüben Gedanken ab. Die mehrspurigen Ein- und Ausfahrten liegen still und verlassen da. An diesem Sonntagmorgen sitzen die Leute noch gemütlich am Frühstückstisch.

Nach der langen Brücke nimmt Gaudenz die erste Ausfahrt, die ihn durch einen langen Tunnel direkt ins Zentrum der Stadt führt. Er folgt den Pfeilen bis zum Parkplatz hinter dem Bahnhof. Dort neben der Fachhochschule stellt er den Wagen ab, löst ein Parkticket, geht durch die Unterführung und holt sich einen Becher Kaffee am Kiosk. In Gedanken geht er den Dialog noch einmal durch, den er mit Meier führen will. Er muss möglichst schnell herausbekommen, wo der Mann ist und ob er Bruno und Claudia schon getroffen hat.

Unterwegs hatte er sich auch überlegt, ob es nicht besser wäre, gleich zur Polizei zu gehen. Aber würde man ihm die Anschuldigungen gegen einen ehrbaren Bewohner der Stadt abnehmen? Er konnte sich gut vorstellen, dass seine Glaubwürdigkeit nach Rückfragen in Frauenfeld stark schrumpfen würde und dass Claudia und Bruno unnötig lange der Gefahr ausgesetzt blieben.

Darum hat Gaudenz beschlossen, bei Meier zu Hause anzurufen.

«Meier.» Mit einer Frau hat er nicht gerechnet.

«Guten Tag, kann ich mit Herrn Roman Meier sprechen?»

«Er ist nicht hier.» Die Frau hüstelt. «Ich habe Ihren Namen nicht verstanden.»

«Huber. Ich arbeite für das Amt für Volksschule des Kantons Thurgau. Wir sind gerade in St. Gallen angekommen und wollten unserem ehemaligen Kollegen Roman zu seiner Ernennung zum Expo-Geschäftsführer gratulieren.»

«Das ist aber nett. Leider ist mein Sohn nicht da. Er musste weg. Eine dringende Sitzung, sagte er.»

Die Mama. Meier wohnt also zusammen mit seiner Mutter. Warum auch nicht?

«Eine dringende Sitzung? Das könnte unser Kollege Kohler sein. Er ist vorausgereist und wollte Roman in ein Café locken, damit wir ihn dort überraschen können.»

Die Frau lacht leise. «Roman liebt Überraschungen.»

«Hat er gesagt, wo diese Sitzung stattfinden soll?»

«Wissen Sie das nicht?», fragt sie misstrauisch.

«Unser Kollege hat das Handy ausgeschaltet. Wir können ihn nicht mehr erreichen.»

«Ach so. Er hat etwas von einem Kafi Franz gesagt. Ich finde das merkwürdig, denn da geht er sonst nie hin.»

«Vielen Dank, Frau Meier. Falls Ihr Sohn sich noch einmal bei Ihnen meldet, sagen Sie ihm bitte nichts von der Überraschung.»

Einen Moment lang ist es still.

«Sind Sie noch da, Frau Meier?»

«Ich überlege gerade, Herr Huber. Mein Sohn hat gar nichts Anständiges zum Anziehen, nur diesen Mantel und darunter einen beigen Pullover und eine alte Hose. Das ist doch nicht festlich.»

«Dann packen Sie doch eine Tasche mit ordentlichen Sachen für Ihren Sohn. Waschzeug wäre auch nicht schlecht. Jemand holt Sie in einer halben Stunde ab, dann können Sie bei der Ehrung mit dabei sein.»

«Das ist lieb. Ich mache mich gleich an die Arbeit.»

«Eine Frage noch. Wir haben gehört, dass Roman manchmal eine gestreifte Tasche mit dabei hat.»

«Die habe ich ihm aus Griechenland mitgebracht. Heute hat er sie auch wieder mitgenommen.»

«Danke, Frau Meier. Halten Sie sich bereit.»

Volltreffer. Den halb getrunkenen Kaffee lässt er auf dem Trottoir stehen und steigt wieder in den Wagen. Von seinem Handy lässt er sich durch die Stadt führen. St. Gallen scheint es darauf abgesehen zu haben, auswärtige Autolenker zu verwirren. Mehrmals wird Gaudenz in die entgegengesetzte Richtung geführt, bis er endlich in einer Strasse mit einigen Parkplätzen landet. Rechts ein Betonbau, bei dem sich die Architekten heftig austoben konnten. Beim Aussteigen sieht er, dass es ein Gymnasium ist. Auf der anderen Seite stehen zwei gesichtslose Wohntürme. Anschliessend bietet eine Zeile Altbauten einen bunten Mix von Freikirchen, Tattoo-Studios, Erotikbars und Schnellimbissbuden. Auf dem Rücksitz des Wagens liegt immer noch die Tasche mit seinen Polizeisachen. Er nimmt die Pistole heraus und steckt sie sich hinten in den Hosenbund.

Durch eine schmale Gasse, die aufwärts führt, kommt er in die gesuchte Strasse. Hier haben sich trendige Geschäfte eingenistet. Hippe Fahrräder, Frisuren und Taschen werden angeboten, daneben handgenähte Mode für Kinder und biologische Lebensmittel. Und weiter vorne befindet sich das Kafi Franz.

Bevor Gaudenz hineingehen kann, klingelt sein Handy. Er geht einige Schritte weiter.

«Stefan? Was gibt's?»

«Frau Streuli hat Meier erkannt. Er ist der Mann im Regenmantel.»

«Was noch?»

«An mich kann sie sich auch erinnern.»

«Da hast du wirklich Pech gehabt.»

«Wo bist du jetzt?»

«In St. Gallen. Vor dem Kafi Franz. Möglicherweise ist Meier mit Claudia und Bruno drin. Er ist bewaffnet.»

«Hör zu, Gaudenz. Ich informiere jetzt Keller. Der wird die Kollegen in St. Gallen alarmieren. Höchste Dringlichkeitsstufe. Du unternimmst gar nichts auf eigene Faust, verstanden?»

«Beeilt euch. Und sagt den St. Gallern, sie sollen sich zurückhalten. Es wäre besser, sie würden Meiers Mutter mitbringen, die alte Dame hat einen guten Einfluss auf ihren Sohn.»

«Bist du bewaffnet, Gaudenz?»

«Darf ich das denn sein?»

«Nein, sicher nicht.»

«Gut, dann hätten wir dies auch geklärt.»

Gaudenz drückt das Gespräch weg und stellt sein Telefon ab. Mit einem Kontrollgriff prüft er, ob seine Jacke die Dienstpistole verdeckt. Eilig geht er zurück zum Kafi Franz.

VIERZEHN

Langsam betritt er das Lokal. Als Erstes sieht er die blau gekachelte Theke mit der gut gefüllten Vitrine obendrauf. Weil er ein Kuchenmensch ist, bleiben seine Augen kurz an den Früchten und der matt schimmernden Schokolade hängen. Die Tische im vorderen Teil sind gut besetzt. Junge Leute sitzen beim Frühstück, andere haben einen Latte macchiato vor sich stehen und blättern in einer Sonntagszeitung oder schauen auf den Bildschirm eines Laptops.

Es riecht wunderbar nach frisch gebrautem Kaffee und Brötchen.

«Bist du alleine?», fragt ihn ein Kellner mit Dreitagebart.

«Ja.»

«Dann kannst du dich hierher setzen.» Der Kellner deutet auf einen Tisch, an dem ein Mann sein Ei löffelt.

«Ich schaue mich zuerst um. Vielleicht sind Freunde von mir da.» Gaudenz geht am Kellner vorbei.

Das Kafi Franz hat die Form eines L. Als Gaudenz um die Ecke schaut, sieht er ganz hinten einen Mann in einem Regenmantel sitzen. Von den zwei anderen Leuten am Tisch sieht er nur den Hinterkopf. Der kahle Kopf gehört Bruno, die braunen Haare seiner Claudia.

«Hast du dich jetzt für einen Platz entschieden?» Der Kellner steht immer noch neben ihm.

«Dahinten sind Bekannte von mir», sagt Gaudenz leise.

«Was kann ich dir bringen?»

«Habt ihr einen guten Assam?»

«Wir haben nur guten Tee», sagt der Kellner beleidigt.

«Dann spar nicht beim Angiessen, hörst du?»

Murmelnd verzieht sich der Kellner.

Gaudenz geht langsam durch den Raum. Nun sieht er, dass Meier eine gestreifte Stofftasche auf seinem Schoss hält. Seine rechte Hand liegt auf der Tasche. Meier ist bleich, sein gewinnendes Lächeln vom Zeitungsbild ist verschwunden, unter den Augen haben sich dunkle Ringe eingegraben.

«Ist hier noch frei?» Ohne eine Antwort abzuwarten, setzt er sich an die Stirnseite des Tisches neben Claudia. Ihre Knie berühren sich, Gaudenz spürt, dass sie zittert.

«Du störst», brummt Bruno.

«Das glaube ich nicht. Ich bin der Mann, der Licht ins Dunkel bringen kann.»

«Wer sind Sie?», fragt Meier.

«Mein Name ist Gaudenz Huber. Ich bin Dorfpolizist im Oberengadin, in Sils, um es genauer zu sagen. Ausserdem ist diese Dame hier meine Frau. Und ich gehe nicht ohne sie weg.»

«Die Sache geht dich nichts an», zischt Bruno.

«Das stimmt leider nicht. Du hast zu viele Leute mit hineingezogen. Und wenn hier noch etwas passiert, bist du ebenfalls dafür verantwortlich», sagt Gaudenz ruhig.

«Red keinen Schwachsinn. Dieser Mann hier», Bruno deutet auf Meier, «hat auf Sven Metzger geschossen.»

«Und statt ihn anzuzeigen, trinkst du mit ihm Kaffee?»

Erstaunt beobachten Meier und Claudia den Wortwechsel.

«Ich wollte ...»

«... dich reinwaschen?»

Der Kellner bringt den Tee. Er hat das Teekraut in eines dieser Löffelsiebe mit den kleinen Löchern gequetscht, sodass sich keinerlei Geschmack entwickeln kann.

«So trinken nicht einmal Neandertaler Tee. Den kannst du gleich wieder mitnehmen.» Gaudenz schiebt ihm das Teeglas zu. «Lass dir mal erklären, wie man richtigen Tee macht.»

Ohne zu antworten, nimmt der Kellner das Glas wieder mit.

«Was soll das alles?», fragt Meier ungehalten. «Sie tauchen hier auf, nur um Stunk zu machen.»

«Nein, ich bin gekommen, um allen die gegenwärtige Situation und den Stand der Ermittlungen zu erklären, damit sich niemand zu vorschnellen Handlungen verleiten lässt.» Gaudenz deutet auf die Stofftasche.

«Schiessen Sie los. Ich habe nicht ewig Zeit.»

«Beginnen wir bei Ihnen, Herr Meier. Vor einigen Jahren waren Sie Schulinspektor im Kanton Thurgau. Dabei wurden Sie nach Seidlingen gerufen, weil es Probleme mit dem Lehrer Hansi Lieger gab.»

«An diese Zeit kann ich mich kaum noch erinnern.»

«Dann will ich Ihnen ein wenig auf die Sprünge helfen. Der Lehrer wurde beschuldigt, eine Schülerin missbraucht zu haben. Sie stellten sich nach Angaben von allen Beteiligten kompromisslos hinter den Schulpräsidenten und den Lehrer. Vor der gesamten Schulbehörde haben Sie dem Ehepaar Kohler gedroht, es könne ein Verfahren wegen übler Nachrede geben, wenn es die Vorwürfe gegen Lieger wiederholen würde.»

«Das war eine schwierige Zeit. Die Schulbehörde hatte nicht alle Fakten auf den Tisch gelegt.»

«Schulpräsident Markus Moser sagt hingegen, dass Sie ihm und Hansi Lieger den Rücken freigehalten hätten.»

«Wie gesagt, das ist lange her. Wenn ich mich recht erinnere, habe ich immer Bedenken geäussert. Als es zur Verurteilung von Lieger kam, wurde ich in meiner Meinung bestärkt.»

«Merkwürdig. Lieger und Moser haben ausgesagt, dass Sie nach einem ersten Kontakt Anfang dieser Woche sofort bereit waren, das Problem Bruno Kohler zu lösen.»

«Was soll das? Was wollen Sie mir da anhängen?»

«Wir haben mehrere Zeugenaussagen. Die Frau mit dem Mädchen, das Sie vor dem Modelleisenbahngeschäft in Konstanz ansprachen, hat Sie auf einem Foto wiedererkannt. Ausserdem haben Sie vor dem Teegeschäft in der Hussenstrasse eine ihrer neuen Visitenkarte verloren. Mit den Wappen aller Expo-Kantone drauf. Ein weiterer Zeuge hat Sie bei der Schussabgabe gesehen. Und da ist noch die Tasche, die Ihnen Ihre Mutter aus Griechenland mitgebracht hatte.»

Roman Meier zuckt zusammen, seine Hände verkrampfen sich um den Griff der Tasche.

«Im Moment sieht es allerdings nicht ganz so schlimm aus für Sie, wie Sie meinen», fährt Gaudenz fort. «Ein geschickter

Anwalt, und ich nehme an, dass Sie sich einen solchen leisten werden, wird nachweisen, dass Sie von Lieger und Moser zur Tat angestiftet wurden. Er wird beweisen können, dass Sie nur die Absicht hatten, Bruno Kohler zu erschrecken. Die Schüsse lösten sich, dabei verletzten Sie Sven Metzger, ohne dies wirklich zu wollen. Sie haben keinerlei Ahnung, wie eine Waffe zu bedienen ist. Danach warteten Sie zwei Abende vor dem Haus von Bruno Kohler, um sich mit ihm auszusprechen. Das konnten Sie heute tun und Ihr Gewissen damit erleichtern.»

«Du bist ein Schleimer, Gaudenz.» Bruno springt auf. Meier hebt leicht seine Tasche.

«Auch dein Verhalten ist nicht ganz ohne», knöpft sich Gaudenz nun Bruno vor. «Mit deinen Anrufen bei Moser und Lieger hast du eine Lawine losgetreten, die niemand mehr aufhalten konnte. Warum hast du das getan?»

Bruno setzt sich wieder und rührt in seiner Kaffeetasse.

«Ich möchte es auch wissen, Bruno», sagt Claudia leise.

«Ihr kennt ja alle Sabrina», beginnt Bruno.

«Welche Sabrina?», fragt Meier.

«Das Mädchen, das damals diese schrecklichen Erlebnisse mit Hansi Lieger hatte», klärt Gaudenz Meier auf. «Wollen Sie Details hören?»

Meier schüttelt den Kopf.

«Sabrina machte in den letzten Jahren eine Therapie. Dies half ihr, endlich über die schwere Zeit in Seidlingen zu sprechen. Weil auch meine Jugend in diesem Kaff nicht ganz einfach war, konnten wir uns sehr gut austauschen. Auf dem Estrich meiner Eltern fand ich Briefe, die sie in dieser Zeit von der Schulbehörde bekommen haben. In den ersten Briefen hiess es, man würde die Arbeit von Lieger gut überwachen, und er dürfe keinen Schritt mehr mit den Schülern tun, der nicht beaufsichtigt werde. Später wurden die Briefe nachsichtiger. Es gebe keinen Grund, weshalb Lieger keine Schullager durchführen dürfe, er sei ein sehr guter Lehrer und darum ein Gewinn für Seidlingen. Dafür wurden meine Eltern nun frontal angegangen, schliesslich verbot man ihnen mit einem eingeschriebenen Brief jegliche Schulbesuche. Irgendwann war alles zu viel für uns. Sabrina und ich beschlossen, Moser und Lieger zu erschrecken. Ich rief sie an, doch die Reaktion war irgendwie enttäuschend.»

«Hattest du nicht einen Verdacht, als am Mittwoch auf Sven geschossen wurde?», fragt Gaudenz.

«Warum meinst du?»

«Weil du deinen Freunden von der Flüchtlingshilfe sagtest, dass die Schüsse nicht gegen die Organisation gerichtet seien.»

«Nach dem Angriff ahnte ich, dass etwas schiefgelaufen war. Wahrhaben wollte ich es aber nicht. Als ich gestern das Bild von Roman Meier in der Zeitung sah, erinnerte ich mich an die Augen unter dem Hut. Diesen Blick werde ich nicht vergessen.»

«Es hat doch alles keinen Sinn mehr.» Meier legt seine Stofftasche auf den Tisch und steckt seine rechte Hand hinein.

«Du hast dich über den Schwarztee beschwert?» Die Chefin des Kafi Franz steht plötzlich neben Gaudenz.

«Ich habe deinem Kellner gesagt, dass man ein ordentliches Sieb braucht, damit sich das Aroma entwickeln kann.»

«Warte, ich bringe dir einen neuen Tee.»

«Lass gut sein», sagt Gaudenz freundlich und greift nach hinten in seinen Hosenbund. «Wir sind gleich fertig mit unserer Sitzung.»

«Wie geht es jetzt weiter?», fragt Meier. Sein Arm zittert.

Gaudenz fasst den Griff der Pistole fester. «Wenn wir alle vernünftig sind, werden sich die Konsequenzen für unsere Handlungen in einem überschaubaren Rahmen halten.»

«Und wenn wir unvernünftig sind?»

«Dann müssen sie das Lokal hier neu streichen.» Aus den Augenwinkeln sieht Gaudenz die alte Dame mit Hut, die mit einer Reisetasche unter dem Arm ins Lokal hereinkommt.

«Sie haben Besuch, Herr Meier.»

«Mama!» Meier zieht die Hand aus der Stofftasche und steht auf. «Was machst du hier?»

«Die Polizisten haben mich hergebracht. Ich soll dir anständige Sachen zum Wechseln mitbringen. Du fährst nach Frauenfeld. Dort will man mit dir feiern.»

Meier geht zu seiner Mutter hinüber und umarmt sie. «Danke, Mama.» Dann dreht er sich zu den anderen um. «Ich gehe jetzt. Wir werden uns sicher noch sehen.»

«Sind Sie die Leute des Amtes für Volksschule?»

«Ja», sagt Gaudenz zur Dame. «Sie können stolz sein auf Ihren Sohn. Er hat sich sehr gut verhalten in dieser Sitzung.»

Sie hebt die Hand und geht hinter ihrem Sohn hinaus.

Gaudenz lässt den Pistolengriff los und hebt die Stofftasche hoch. Sie ist ganz leicht. Als er sie öffnet, sieht er, dass sie nur ein Buch und einen Schlüsselbund enthält.

«Was hättest du getan, wenn es hart auf hart gegangen wäre?», fragt Bruno.

«Dann hätte ich die altbewährte Taktik der Dorfpolizei Sils angewendet.»

«Und die wäre?»

«Reden», sagt Gaudenz, dreht sich kurz um und hebt die Jacke.

«Ich müsste noch einkassieren», sagt der Kellner.

«Wir wurden eingeladen.» Gaudenz deutet hinaus auf den Polizeiwagen, mit dem Roman Meier weggebracht wird.

FÜNFZEHN

Gaudenz schläft schlecht in dieser Nacht. Claudia sagt immer, dass er sich im Schlaraffenland nicht beherrschen könne. So war es auch gestern am späten Nachmittag. Die Schwiegereltern hatten ein Grillbuffet aufgebaut, von dem man nur träumen konnte. Verschiedene Salate von grün bis bunt, knuspriges Pizzabrot, saftige Fleischstücke und Würste vom örtlichen Metzger, Gemüsespiesse und Kartoffeln in der Folie, Saucen und Dips.

Die Mädchen hatten draussen unter den blühenden Apfelbäumen den grossen Tisch gedeckt. Martha und Paul steuerten das Dessert bei, sodass sich Gaudenz, Claudia und Bruno, als sie aus St. Gallen zurückkamen, bloss noch hinzusetzen brauchten.

«Eine Bedingung stelle ich», sagte Armin und hob sein Glas. «Hier am Tisch gibt es keine Geschichten von früher, versprochen?»

Alle hoben ihre Gläser. Und die meisten hielten sich auch an ihr Versprechen.

Nur Verena nicht. Sie wollte unbedingt, dass Bruno ihr zeigte, wie man einen richtigen Schwarzmost mischt.

Gaudenz hatte kräftig zugegriffen, gegessen, getrunken und viel mit seiner Familie gelacht. Dafür büsste er in der Nacht. Er wälzte sich hin und her, musste immer mal wieder zur Toilette, und als der Wecker um sechs Uhr klingelt, fühlt er sich zerschlagen und elend.

Nach einer kalten Dusche, zwei Tassen Tee und einem Stück Brot geht es wieder.

Kurz vor sieben ist die ganze Familie in der Küche versammelt, Sandra und Verena mit ihren Schultaschen, denn heute soll der Unterricht so richtig beginnen, Claudia noch etwas müde, die Schwiegereltern voller Tatendrang.

«Hast du jetzt auch Schule?», fragt Sandra zum Abschied.

«Polizeischule», verbessert Verena ihre Schwester.

Claudia begleitet ihn hinaus zum Wagen.

Gestern war sie mit ihm von St. Gallen zurückgefahren. Da erzählte er ihr die ganze Geschichte in allen Einzelheiten. Und dass er entlassen sei. Fristlos. Am Abend kam noch eine SMS von Gisler. Er soll sich am Montag um sieben Uhr fünfundvierzig beim Polizeigebäude einfinden. Sicher ging es um die Waffe, die er am Samstag ohne Erlaubnis getragen hatte.

«Das wird schon werden, Gaudenz. Die können dir höchstens den Kopf abreissen. Wenn du fliegst, fahren wir zusammen zurück nach Sils.»

Langsam rollt er über den Seerücken. Er schaut hinunter auf den See in der Morgensonne. Dann öffnet er das Fenster und lässt den Duft des Frühlingsmorgens in den Wagen strömen, feuchte Erde und frisch geschnittenes Gras.

Auf der Rückbank liegt die Tasche mit der Uniform, dem Gurt und der Pistole. Das alles wird er heute abgeben. Dann ist Schluss mit dem Versteckspiel. Er ist ein Gemeindepolizist, nicht mehr und nicht weniger.

Als er in Frauenfeld aussteigt, sieht er Bruno und Stefan Gisler vor der Eingangstüre des Polizeigebäudes warten.

«Du bist spät dran», sagt Gisler und schaut nervös auf seine Uhr. «Wir sollen uns sofort bei Keller melden.»

Sie nehmen die Treppe hinauf in den ersten Stock. Keller kommt ihnen bereits entgegen.

«Wie sehen Sie denn aus, Huber?»

Gaudenz bleibt stehen, schaut an sich hinunter. Er kann nichts Auffälliges sehen, so wartet er schweigend.

«Sie sollten in Uniform erscheinen. Hat Ihnen das Gisler nicht gesagt?»

«Vergessen», murmelt Gisler und grinst.

«Sie können sich gleich hier drüben umziehen.» Keller deutet auf eine Türe neben seinem Büro.

«Und die Waffe? Ich meine, ich kann doch nicht …»

«Sie können schon. Sie müssen auch», sagt der Kommandant. «Und jetzt beeilen Sie sich.»

Gaudenz zieht die Uniformhose an, schlüpft ins Hemd und legt den Gurt an.

«Komm mit.» Bruno führt ihn hinüber zu einer Doppeltüre. «Bereit?»

Applaus brandet ihm entgegen. Etwa vierzig Polizisten in Uniform und in Zivil klatschen, als Gaudenz hereinkommt.

«Ich will nicht viele Worte machen», sagt Kommandant Keller sichtlich gerührt, «wir möchten Sie mit dieser kleinen Feier im Korps willkommen heissen und freuen uns, wenn Sie ab jetzt die Thurgauer Löwen an der Uniform tragen. Den Steinbock können Sie für eine Weile weglegen. Die nötigen Weiterbildungsmodule werden wir in Ihren Dienst integrieren. Willkommen bei der Kapo Thurgau.»

Dank und Nachwort

Den grossen Einblick in den Alltag der Kantonspolizei Thurgau habe ich Alt-Regierungsrat Claudius Graf Schelling, Kommandant Hans Baltensperger und dem Leiter der Abteilung Medien und Öffentlichkeit Andi Theler zu verdanken. Die Betreuung und Begleitung durch meine Bürokollegen Matthias Graf, Daniel Meili und Daniel Metzler sowie durch die Beamten der Kapo, die ich in ihrem Dienst begleiten durfte, waren einmalig.

Der liebevoll-kritische Blick meiner Lektorin Irène Kost sowie ihre wertvollen Anregungen haben dem Text sehr gutgetan. Während meines unfallbedingten Schreibunterbruchs hat das Emons-Team viel Geduld mit mir gehabt.

Schliesslich möchte ich der ganzen Familie und unseren Freunden für den Zuspruch und die Unterstützung danken, damals und auch heute.

Ohne Unterstützung, das haben auch Felix und seine Familie erlebt, kann man eine solche Situation kaum meistern.

Das Dorf Seidlingen – oder Graemingen, wie es in der Rittergeschichte heisst – gibt es nicht. Es ist wie die Menschen, die diesen Flecken am Untersee bevölkern, in dieser Form meine Erfindung. Die Vorkommnisse, die dort passiert sein sollen, sowie deren Bewältigung möchte man keinem Ort im Land wünschen.

Daniel Badraun
SCHWARZEIS
Broschur, 224 Seiten
ISBN 978-3-95451-480-9

«In bester Whodunnit-Tradition entwickelt Badraun seinen Krimi, legt dem Leser Spuren aus und bringt ihn mehr als einmal auf die falsche Fährte.» Thurgauer Zeitung